庆祝中国作家协会成立70周年文集

1949-2019

文艺报 编

作家出版社

习近平致中国文联中国作协成立70周年的贺信

值此中国文联、中国作协成立70周年之际，我代表党中央，对此表示热烈的祝贺！向全国广大文艺工作者致以诚挚的问候！

文艺事业是党和人民的重要事业，文艺战线是党和人民的重要战线。新中国成立70年来，广大文艺工作者响应党的号召，积极投身社会主义革命和建设、改革开放伟大实践，创作出一批又一批脍炙人口的优秀文艺作品，塑造了一批又一批经典艺术形象。特别是党的十八大以来，广大文艺工作者坚持以人民为中心的工作导向，深入生活、扎根人民，不断增强脚力、眼力、脑力、笔力，推动我国文艺事业呈现出良好发展态势，文学、戏剧、电影、电视、音乐、舞蹈、美术、摄影、书法、曲艺、杂技、民间文艺、文艺评论等都取得了丰硕成果，弘扬了民族精神和时代精神，为实现国家富强、社会进步、人民幸福作出了十分重要的贡献。

中国特色社会主义新时代呼唤着杰出的文学家、艺术家。中国文联、中国作协是党和政府联系文艺界的桥梁和纽带，在团结引领文艺工作者、繁荣发展社会主义文艺事业方面肩负重要职责。希望中国文联、中国作协深入学习贯彻新时代中国特色社会主义思想和党的十九大精神，自觉承担起举旗帜、聚民心、育新人、兴文化、展形象的使命任务，认真履行团结引导、联络协调、服务管理、自律维权的职能，团结带领广大文艺工作者记录新时代、书写新时代、讴歌新时代，努力创作出无愧于时代、无愧于人民、无愧于民族的优秀作品，为繁荣发展社会主义文艺事业、建设社会主义文化强国，为实现“两个一百年”奋斗目标、实现中华民族伟大复兴中国梦作出新的更大的贡献。

习近平

2019年7月16日

目 录

第一辑

第二辑

第三辑

第一辑

在纪念中国文联、中国作协成立70周年座谈会上的讲话

黄坤明

在全党全国各族人民喜迎祖国华诞、共享伟大荣光的浓厚氛围里，今天，我们在人民大会堂隆重集会，纪念中国文学艺术界联合会、中国作家协会成立70周年。习近平总书记专门发来贺信，充分肯定了中国文联、中国作协的光荣历史和重要贡献，对做好新时代文联作协工作提出明确要求，充分体现了党中央对文艺工作的高度重视、对广大文艺工作者的亲切关怀和殷切期望，让我们倍感振奋、备受鼓舞。我们一定要认真学习领会习近平总书记重要指示精神，抓好贯彻落实，不断推动新时代文艺事业繁荣发展。在此，我谨向中国文联、中国作协成立70周年表示热烈祝贺！向出席今天座谈会的各位作家、艺术家，并通过你们向全国广大文艺工作者致以诚挚的问候和崇高的敬意！

当前，全党正在深入开展“不忘初心、牢记使命”主题教育，我们纪念中国文联、中国作协成立70周年，就是要在凝视出发点中重温我们的初心，在回望来时路中铭记我们的使命。1949年7月2日，迎着全国解放的曙光，在毛泽东、周恩来等老一辈无产阶级革命家的亲切关怀下，中华全国文学艺术工作者代表大会在北平隆重召开。7月19日，第一次全国文代会胜利闭幕，全国文联正式成立，7月23日，中华全国文学工作者协会正式成立。中国文联、中国作协的诞生，是五四新文化运动以来进步文艺力量发展的必然结果，是中国共产党顺应历史潮流、顺应人民呼声作出的科学决策，翻开了社会主义文艺事业的崭新一页。从诞生的那天起，中国文联、中国作协团结引领广大文艺工作者，积极投身社会主义革命、建设和改革开放伟大事业，热情讴歌新时代、新征程，走过了70年

很不平凡的光辉历程。

70年来，广大文艺工作者始终与党同心同德、同向同行，探索开创了社会主义文艺发展道路。我们党牢牢把握社会主义文艺的本质要求，植根中华文化沃土，聚焦人民群众期待，鲜明提出坚持“为人民服务、为社会主义服务”，坚持“百花齐放、百家争鸣”，坚持“创造性转化、创新性发展”等重大方针，指明了文艺发展的根本方向，确立了文艺创作的基本原则。广大文艺工作者认真贯彻落实党的文艺方针政策，高扬马克思主义旗帜，深入学习贯彻党的理论创新成果，以对党和人民的无限忠诚，对国家和民族的无限热爱，对艺术理想的执着追求，在走进人民中提升境界，在深入生活中开展创作，走出了一条具有深厚底蕴和无限前景的社会主义文艺发展道路，为我们党团结带领人民实现国家富强、社会进步、人民幸福作出了重要贡献。

70年来，广大文艺工作者始终倾心投入、倾力创作，为人民奉献了一大批脍炙人口、传之久远的优秀作品。不同文艺领域、不同艺术门类千帆竞发、争奇斗妍，文学、戏剧、电影、电视、音乐、舞蹈、美术、摄影、书法、曲艺、杂技、民间文艺、文艺评论、群众文艺、艺术教育等，都取得了丰硕成果，涌现了一大批反映中国道路、中国精神、中国力量的精品力作。像《东方红》《红色娘子军》《智取威虎山》等作品，以高昂的革命精神、英雄主义给人以力量；像《谁是最可爱的人》《离开雷锋的日子》《高山下的花环》等作品，为全社会带来精神的洗礼；像《创业史》《乔厂长上任记》《平凡的世界》等作品，激励了人民群众的拼搏奋斗；像《茶馆》《渴望》等作品，以生动的笔触刻画了时代的变迁；像电视剧《红楼梦》、小提琴协奏曲《梁祝》等作品，充分彰显了传统之美、文化之美；像《歌唱祖国》《乡恋》《在希望的田野上》等作品，成为一个时代的旋律。无论是在激情燃烧的建设岁月，还是在大潮奔涌的改革年代，正是有了这些作品，才高擎了精神的火炬，点亮了人生的理想，鼓舞了一代又一代人奋勇向前。

70年来，广大文艺工作者始终坚持立德修身、崇德尚艺，涌现出一大批德艺双馨的名家大师。在与新中国同呼吸、共成长的进程中，广大作家艺术家自觉把艺术追求融入党和人民事业之中，心怀祖国、根系人民，追求进步、向往光明，在新中国文艺发展的丰碑上镌刻下一个个光辉的名字。像世所公认的文坛泰斗郭沫若、茅盾、巴金、老舍、曹禺，像人民喜爱的艺术大师梅兰芳、齐白石、徐悲鸿、常香玉，像去年获评的“改革先锋”李谷一、李雪健、施光南、蒋子龙、谢晋、路遥，还有一大批在新时代潜心创作、崭露头角的佼佼者。他们以坚定的信仰追求、卓越的艺术创造，绘就时代华彩、奏响时代强音，以高尚的道德操守、独特的人格魅力，引领社会风尚、赢得人民热爱。

70年来，中国文联、中国作协坚持党的领导、把握正确方向，充分发挥了党联系文艺工作者的桥梁纽带作用。中国文联、中国作协认真学习贯彻党的理论和路线方针政策，全面贯彻落实党的文艺方针，始终坚持正确政治方向，始终坚持思想政治引领，自觉筑牢党联系文艺界的桥梁，拉紧党和广大文艺工作者的纽带，最广泛团结凝聚广大文艺工作者听党话、跟党走。特别是文联、作协深化改革以来，在组织“深扎”活动、开展“四力”教育、文艺志愿服务、团结联系新文艺群体等方面做了大量卓有成效的工作，展现出新风貌新作为。作为作家艺术家自己的组织，文联、作协与文艺工作者热诚交朋友、热情搞服务、热心解难事，为作家艺术家成长成才搭桥铺路，为大家切磋交流提供平台，在推动社会主义文艺繁荣发展中作出了重要贡献。许多老艺术家谈及自己艺术生涯的时候，都无不以当年加入文联各文艺家协会、加入作协感到光荣和自豪。

当前，中国特色社会主义进入新时代，我国社会主要矛盾发生深刻变化，我们比历史上任何时期都更加接近中华民族伟大复兴的目标。新时代赋予新使命，新时代提出新要求。在新的征程上，文艺作用不可替代，文艺工作天地广阔，文联、作协大有可为。在这里，我谈几点希望与大家共勉。

第一，举精神之旗，坚持以习近平新时代中国特色社会主义思想统领新时代文艺工作。习近平新时代中国特色社会主义思想，是党和国家必须长期坚持的指导思想，是实现中华民族伟大复兴的行动指南，是全党全国人民的思想之旗、精神之旗。要把抓好这一思想的学习宣传贯彻作为首要政治任务，自觉主动学、及时跟进学、联系实际学、笃信笃行学，切实用科学理论武装头脑、指导实践、推动工作。大家都有共同的感受，习近平总书记对文艺工作十分关心、格外厚爱，亲自主持召开文艺工作座谈会，出席中国文联十大、中国作协九大开幕式，十九大以来先后给内蒙古乌兰牧骑队员、老艺术家牛犇、中央美院老教授等写信回信，亲切看望参加全国政协联组会的文艺界代表，围绕做好新时代文艺工作作出一系列重要论述。这些重要论述，深刻回答了新的历史条件下文艺工作具有方向性、全局性、战略性的重大问题，是习近平新时代中国特色社会主义思想的重要组成部分，丰富和发展了马克思主义文艺理论，为我们做好工作指明了前进方向、提供了根本遵循。我们要认真学习贯彻习近平新时代中国特色社会主义思想特别是关于文艺工作的重要论述，不断增强政治认同、思想认同、情感认同，把贯穿其中的坚定信仰信念、真挚人民情怀、自觉历史担当，体现到创作实践之中，落实到具体行动之上，用艺术的方式、优秀的作品展现中国道路、弘扬中国精神，推动习近平新时代中国特色社会主义思想更加深入人心，转化为神州大地的生动实践。

第二，铸时代之魂，用文艺凝聚起新时代奋勇前进的磅礴力量。文艺是时代前进的号角，最能代表一个时代的风貌，最能引领一个时代的风气。在新中国 70 年波澜壮阔的历程中，文艺总能立时代之潮头、发时代之先声，激荡起不竭不息的精神力量。《暴风骤雨》《上甘岭》《焦裕禄》，激励了人们依靠艰苦奋斗、永远奋斗建设一个社会主义新中国的冲天干劲；《二十年后再相会》《春天的故事》《我的中国心》，激起了中华儿女投身改革开放、追求幸福生活的巨大热情；《红海行动》《战狼 2》《流浪地球》，激发了奋进新时代、创造新业绩的自觉自信。我们所处的这个伟大时代，是党领导人民开辟中国特色社会主义新境界的新时代，是中华民族孜孜以求、追梦圆梦的好时代，是当代中国从容自信、不断为世界作出新贡献的大时代。我们每个人都是时代的参与者、历史的剧中人。希望大家对这个时代珍惜珍视、用心动情，自觉承担起时代赋予的崇高使命，为时代画像、为时代立传、为时代明德，用自己的文艺创造反映历史巨变、描绘精神图谱，为新时代中国破浪前行、为亿万人民创新创造提供强大的精神动力和文化支撑。

第三，怀赤子之心，在扎根人民、融入人民中为人民抒写、为人民放歌。社会主义文艺是人民的文艺。毛泽东同志在第一次文代会上就对大家说，“你们都是人民需要的人，你们是人民的文学家、人民的艺术家，或者是人民的文学艺术工作的组织者”。邓小平同志在第四次文代会的《祝词》中指出，“人民是文艺工作者的母亲。一切进步文艺工作者的艺术生命，就在于他们同人民之间的血肉联系。”习近平总书记多次强调，人民需要文艺，文艺需要人民，文艺要热爱人民。许多作家艺术家都有同感，文艺创作的源泉在人民的实践中，文艺作品的生命力在人民的口碑里，文艺工作者的价值体现在为人民服务上。内蒙古的乌兰牧骑扎根戈壁、草原，六十年如一日，围绕农牧民创作、为农牧民放歌，成为北国边疆深受喜爱的“红色文艺轻骑兵”。前些天刚刚去世的著名画家刘文西老先生，半生青山、半生黄土，先后百余次到陕北乡下，与老百姓拉家常、交朋友，他为陕北沟门大队一位老汉画像的作品《沟里人》，十分传神。这充分说明，艺术的感染力离不开生活的浸染和对群众的感情。希望大家进一步坚定人民立场，牢固树立以人民为中心的创作导向，结合正在开展的增强“脚力、眼力、脑力、笔力”教育实践，深入生活、扎根人民，向人民学习、向实践学习，创作生产出更多群众喜闻乐见的优秀作品，为人民奉献更加丰富的精神食粮，更好满足人民精神文化生活新期待。

第四，树凌云之志，不懈攀登新时代社会主义文艺高峰。立德、立功、立言，是古人所说的“三不朽”。对于作家艺术家来说，创作的过程就是“立言”的过程，同时也是“立德”“立功”的过程。每一个有追求的作家艺术家，都应该严肃对待自己的作品，以十年磨一剑的坚韧，追求卓越、精益求精，而不是把作品当成商品甚至一次性的“快消品”。德国著名作家君特·格拉斯，在创作代表作《铁皮鼓》的过程中，曾经为小说的开头第一句话绞尽脑汁、冥思苦想，长达 3 年多时间。路遥为创作《平凡的世界》，脚步遍及陕北乡村城镇，多次到弟弟工作的铜川鸭口煤矿体验生活，大量阅读了 1975 年到 1985 年的中央各大报，光剪报和笔记就做了几箱子。这些事例都告诉我们，攀登文艺高峰没有捷径可走，要树立远大志向，更要付出艰辛努力。与路遥创作的那个年代相比，我们今天的创作条件和环境要好得多，更要增强迈向高原、攀登高峰的定力和勇气。希望大家把创作生产优秀作品作为中心环节，坚定文化自信，植根中国大地，大力弘扬中华美学精神，进一步突出文艺创作的民族性、原创性、时代性，进一步发挥文艺理论、文艺评论的导向作用，不断提升作品的精神高度、文化内涵、艺术价值。要把创新贯穿文艺创作生产的全过程，大力拓展文艺题材、内容、形式、手法，充分利用新技术新媒介，推出更多思想精深、艺术精湛、制作精良的精品力作。

第五，领风气之先，自觉做明大德、立大德的灵魂工程师。文艺工作者是社会风尚的风向标，一言一行都具有示范带动作用。大艺必有大德，大德成就大艺。京剧艺术大师梅兰芳蓄须明志，宁可卖房度日，也决不在日本侵略者的刺刀下登台演出，保持了崇高的道德节操。豫剧大师常香玉为支持抗美援朝，短短半年时间巡回义演170多场，用演出收入为志愿军捐赠了一架战斗机，成就了中国戏剧史上的一段佳话。这些都在告诉我们，崇德和尚艺、修德和修艺相辅相成、密不可分。这些年，有的文艺从业者失德败德甚至触犯法律，不仅破坏了自己的名誉、耽误了艺术生命，也损害了文艺界的形象，值得我们引以为戒、引以为鉴。希望大家继承和发扬老一辈艺术家的优良传统和崇高精神，始终牢记肩头的社会责任，自觉践行社会主义核心价值观，把崇德尚艺作为一生的必修课，不断修炼为人、做事、从艺的品行素养。要在文艺界大力倡导讲品位、讲格调、讲责任，抵制低俗、庸俗、媚俗，营造风清气正的良好生态，引导文艺工作者用健康向上的文艺作品和做人处事陶冶情操、启迪心智、引领风尚，为历史存正气、为世人弘美德、为自身留清名。

中国文联、中国作协是党领导的文艺界人民团体，是党和政府联系文艺工作者的桥梁纽带。当今时代，文艺领域发生深刻变化，文艺新业态、新样式不断呈现，新文艺组织、新文艺群体大量涌现，团结引领文艺界的任务愈加繁重。面对新形势新任务新要求，文联作协工作只能加强、不能削弱。我们要认真贯彻习近平总书记关于做好文联、作协工作的重要指示精神，从党和国家事业发展全局的高度，提高政治站位，强化责任担当，充分发挥文联作协的组织优势和职能作用，加强政策支持和保障力度，推动各级文联作协在新时代展现新作为。要按照增强政治性、先进性、群众性的要求，结合开展“不忘初心、牢记使命”主题教育，强化思想政治建设，深化体制机制改革，更好履行团结引导、联络协调、服务管理、自律维权的职能，不断增强组织活力、向心力、吸引力和行业影响力。要着眼夯实基层基础，加强基层建设，提高基层文联作协履职能力，使基层文联作协在参与新时代文明实践中心建设、丰富群众精神文化生活、培育基层乡土文艺人才等方面发挥更大作用，真正把文联作协建设成为让党中央放心、让人民群众满意的群团组织，成为广大文艺工作者的温馨之家。

回望风雨兼程的70年，广大文艺工作者与祖国共命运、与时代同步伐，用满腔赤诚、一身才华，书写了属于自己、更属于党和人民的光荣与辉煌。展望凝结着伟大梦想的下一个70年，我们在新时代的号角中启程，矢志不渝、充满信心、充满豪情。让我们更加紧密地团结在以习近平同志为核心的党中央周围，不忘初心、牢记使命，锐意进取、守正创新，不断谱写无愧于时代、无愧于历史、无愧于人民的文艺新篇章！

（《文艺报》2019年7月17日1版）

与人民一道前进

——新中国文艺的初心和使命

铁 凝

人民的新中国，人民的文艺

2019 年 7 月 16 日，我和作家艺术家们一道，在纪念中国文联、中国作协成立 70 周年座谈会上，聆听习近平总书记的贺信。总书记充分肯定中国社会主义文艺 70 年来的成就和贡献，勉励我们做好新时代文联作协工作。这封贺信，饱含对广大文艺工作者的尊重和信赖，贯穿着对党和人民的文艺事业的严肃要求和殷切期待。2019 年，是新中国成立 70 周年，中国当代文艺也走过了 70 年光辉历程。此时此刻，学习习近平总书记的贺信，回望出发点和来时路，有太多激动人心的画面、声音和色彩涌到眼前——

1949 年 7 月 6 日傍晚，周恩来同志《在全国文学艺术工作者代表大会上的政治报告》即将结束，毛泽东同志莅临会场探望代表："同志们，今天我来欢迎你们。你们开的这样的大会是很好的大会，是革命需要的大会，是全国人民所希望的大会，因为你们都是人民所需要的人""你们对于革命有好处，对于人民有好处。因为人民需要你们，我们就有理由欢迎你们。再讲一声，我们欢迎你们"。

1949 年 10 月 1 日，毛泽东同志在天安门城楼上，向全中国全世界庄严宣告中华人民共和国成立。24 天后，新中国第一份全国性文学期刊创刊，它的名字是《人民文学》，毛泽东同志为创刊号题词："希望有更多好作品出世"。

文学家艺术家们对旭日东升的新中国文艺满怀憧憬。丁玲说，一个真真为人民服务的作家，应该养成一种真真的，一切为工农兵的，冷静的，客观的忘我的大气概。巴金说，把艺术和生活糅在一块儿，把文字和血汗调和在一块儿创造出来一些美丽、健康而且有力量的作品，新中国的灵魂就从它们中间放射出光芒来。冯至说，这时感到一种深切的责任感：此后写出来的每一个字都要对整个的新社会负责，这时听到一个响亮的呼声，“人民的需要！”如果需要的是水，我们就把自己当作极小的一滴，投入水里；如果需要的是火，就把自己当作一片木屑，投入火里。

——在新中国初创时期的这些永恒时刻，一个词在所有人心中鸣响，这就是“人民”，这是时代的最强音，中华民族历经重重苦难曲折，终于站立起来成立了人民的共和国。新中国的文艺，是社会主义文艺，是为人民服务、以人民为中心的文艺，从 1949 到 2019，这是中国社会主义文艺始终不渝的初心。

扎根人民，永葆文艺生机和活力

回顾新中国文艺的光辉历程，正如习近平总书记在致中国文联、中国作协成立 70 周年的贺信中所说：“广大文艺工作者响应党的号召，积极投身社会主义革命和建设、改革开放伟大实践，创作出一批又一批脍炙人口的优秀文艺作品，塑造了一批又一批经典艺术形象。”70 年来中国文艺的根本成就在于，我们探索、开辟、坚持、发展了一条社会主义文艺发展道路。这条道路，是在中国共产党的领导下，与中国伟大的社会变革和壮阔的时代发展同步伐、共生长的道路，它的根本性质、它的前无古人的革命性和面向未来的创造性在于，它源于人民、为了人民、属于人民，它在人民的生活和实践中获得内容和形式，把满足人民美好生活需要作为自己的目标，它始终是中国人民创造历史的伟大实践的有机组成部分，由此“为实现国家富强、社会进步、人民幸福作出了十分重要的贡献”。

新中国的文艺继承革命文艺的传统，一开始就致力于把人民群众作为表现的主体。作家艺术家们倾力表现人民的奋斗实践、生产生活，工人、农民、战士、知识分子，革命者和普通劳动者，人民的形象昂首走到作家笔下、走向舞台和银幕中央。第一次文代会期间，在名家云集的艺术作品展览上，李可染的《学文化》、齐白石的《老农夫》等“新国画”格外引人注目。这些画作，“将从来是与现实生活游离的国画艺术拉到与现实生活结合的道路上来”。虽然国画艺术如何继承传统、反映时代是一个需要长期探索的问题，但这个例子说明，人民的生活和形象成为表现的主体，为新中国文艺开辟新的广阔天地。这不仅是社会主义文艺的根本信念，也是蕴含着充沛不竭创造活力的审美实践，持久激发着中国作家艺术家的热情和才华。

把根深深地扎在人民中间，与人民同呼吸、共命运，反映人民的心声，与人民一道前进，中国社会主义文艺成为人民生活中具有强大能动性的精神力量。70年来，一代又一代中国人在回顾我们的成长、观照我们的内心时，都会想起生命中那些珍贵的时刻：一本书、一部电影、一首诗、一支歌曲、一部电视剧或者一幅画……总有那样的时刻，我们的心被文学和艺术作品所照亮，仿佛那就是写给唱给演给画给我们的，它们带我们领会生命的意义，领会祖国与理想的崇高，领会历史的人间正道与生活的丰盛多彩，让我们深切体悟美与善，让我们获得逐梦的激情与奋斗的力量。70年来，一代又一代作家艺术家以卓越的创造高举中国精神的火炬，丰富扩展着中国人的精神家园。

人民，既是社会主义文艺的“剧中人”，也是社会主义文艺的“剧作者”。从赵树理、柳青到路遥、贾大山，新中国一代又一代作家艺术家以高度的自觉、以自我革命的勇气和执着在人民中间扎下生命和艺术的根基，从群众中来，到群众中去，70年来不断涌现着当之无愧的人民作家、人民艺术家。人民群众中蕴藏的文艺创造力前所未有地尽情迸发，深刻改变了传统的文艺生产和传播形态。自上世纪50年代起，众多来自各行各业的普通劳动者投身文艺事业，在新中国文艺历史上留下鲜明印迹。今天，随着经济社会发展和媒介技术进步，文艺创作的热情和能力正在广大人群中扩展，网络作家、签约作家、独立制片人、独立演员歌手等新兴文艺群体成为活跃的创造性力量。尊重人民群众的主体地位和首创精神，激发人民的创造热情，这是70年来中国社会主义文艺实践的一条基本经验，只有这样，我们的文艺才能永葆生机和活力。

拥抱希望的田野，抵达艺术的高峰

70 年沧桑巨变，70 年初心不改。回顾 70 年历程，我们对中国社会主义文艺发展道路充满自信和自豪；展望未来，天高地阔的无限前景正在我们面前展开。历史已经被创造，历史正在被创造，新中国文艺史册将会铭记 2014 年 10 月 15 日，就在那一天，习近平总书记主持召开文艺工作座谈会并发表重要讲话，为新时代中国社会主义文艺指明前进方向。站在历史和时代的高度、站在中国和世界发展大势的高度，习近平总书记指出："今天，我们比历史上任何时期都更接近中华民族伟大复兴的目标，比历史上任何时期都更有信心、有能力实现这个目标。""伟大事业需要伟大精神。实现这个伟大事业，文艺的作用不可替代，文艺工作者大有可为。"

重温习近平总书记的讲话，让我们想起毛泽东同志 1949 年的勉励："人民需要你们"；想起邓小平同志 1979 年在第四次文代会上的期待："在这个崇高的事业中，文艺发展的天地十分广阔。""同志们一定会拿出越来越多、越来越好的艺术成果，向祖国和人民汇报。"新中国成立 70 年来，中华民族迎来了从站起来、富起来到强起来的伟大飞跃。在这宏伟的历史进程中，"举精神之旗、立精神支柱、建精神家园，都离不开文艺。""我国作家艺术家应该成为时代风气的先觉者、先行者、先倡者，通过更多有筋骨、有道德、有温度的文艺作品，书写和记录人民的伟大实践、时代的进步要求，彰显信仰之美、崇高之美，弘扬中国精神、凝聚中国力量，鼓舞全国各族人民朝气蓬勃迈向未来。"

"盖文章，经国之大业，不朽之盛事。"中国广大作家艺术家在新时代承担庄严崇高的使命。高举精神之旗，与人民一道前进，首要的是认真学习习近平新时代中国特色社会主义思想。党的十八大以来，以习近平同志为核心的党中央高度重视文艺事业，习近平总书记主持召开文艺工作座谈会，出席中国文联十大、中国作协九大开幕式，给内蒙古乌兰牧骑队员、中央美院老教授回信，给老艺术家牛犇写信，看望参加全国政协会议的文艺界社科界委员，向中国文联、中国作协成立 70 周年致贺信，围绕做好新时代文艺工作作出一系列重要论述，深刻回答了新的历史条件下文艺工作方向性、全局性、战略性的重大问题，丰富和发展了马克思主义文艺理论，是习近平新时代中国特色社会主义思想的重要组成部分，为中国社会主义文艺在新时代的更大繁荣发展指明了道路。这是一条与时代同步伐、以人民为中心、以精品奉献人民、以明德引领风尚的道路，是牢记中国共产党的初心、牢记中国社会主义文艺的初心，为民族复兴和人民幸福而创造、奋斗的道路。学习习近平新时代中国特色社会主义思想，就是要深刻认识中华民族新的历史方位，把个人的艺术生命自觉汇入党和人民的事业，就是要在人民的创造中实现艺术的创造，用文艺凝聚起新时代奋勇前进的磅礴力量，在历史移山倒海的宏伟运动中抵达艺术的高峰。

习近平总书记指出："文艺创作方法有一百条、一千条，但最根本、最关键、最牢靠的办法是扎根人民、扎根生活。"新时代中国文艺的繁荣发展，充分证明了这一论断颠扑不破的真理力量。人民是历史的主体，人民也是一个一个具体的人，在他们身上，有着千姿百态的情感、爱恨、梦想，以及内心的冲突和忧伤。新时代受到人民喜爱的文艺作品，包括最近揭晓的第十届茅盾文学奖获奖作品，都努力准确地把握普遍与具体、共性与个性的辩证关系。从一滴水看出江河的奔涌，从奔涌的江河感受一滴水的心意，在具体生动的形象中反映现实的结构、时代的潮流，这既是世界观，也是方法论；既是艺术的伦理问题，也是美学问题；既关系到作家艺术家的自我建构，关系到"我是谁""我在哪里""为谁创作""为谁立言"，也关系到如何认识历史、如何把握现实，关系到表现什么和如何表现的问题。这一切都没有捷径可走，新时代中国文艺工作者都需要在生活中、在人民中不懈自我锤炼，不断增强"脚力、眼力、脑力、笔力"，在艰苦的艺术创造中竭尽全力给出尽可能完美的解答。

人民的生活如同大地，在新时代，希望的田野正在无限展开。2019 年，我去了内蒙古、去了新疆、去了湖南的十八洞村，呼吸草原，呼吸边疆，呼吸十八洞村的苍翠青山，我的感受是匆忙的，也是深刻难忘的。为了实现伟大梦想、建设美好生活，我们的人民正在意气风发地劳作，正在自信地创造前无古人的伟业。在十八洞村，在农民和干部中间，感受着他们内心的阳光和意志、辛苦和自豪，我强烈意识到，此时我就站在中国道路、中国精神和中国力量的交汇点上。近 14 亿中国人民正在为打赢脱贫攻坚战、全面建成小康社会而奋斗，这是中华民族历史上和人类历史上空前的壮举。这伟大的时代呼唤着杰出的作家艺术家，我们必须站得更高、看得更远、想得更深，与人民一道前进，为时代画像、为时代立传、为时代铸魂，努力创作无愧于时代、无愧于人民、无愧于民族的精品力作，为实现“两个一百年”奋斗目标，实现中华民族伟大复兴中国梦作出新的更大贡献。

（原载《人民日报》2019 年 9 月 17 日第 20 版）

回顾光荣七十年，书写壮丽新时代

钱小芊

在中国文联、中国作协成立70周年的时候，习近平总书记专门发来贺信，深刻论述了文艺事业在党和国家事业全局中的重要地位和重要作用，充分肯定70年来特别是党的十八大以来文艺工作取得的丰硕成果和作出的重要贡献，对新时代中国文联、中国作协工作的职责使命提出了明确要求，使我们深受鼓舞、深受教育、深受激励。我们要认真学习领会，全面贯彻落实。

从1949年到2019年的70年，是人民共和国和新中国文学事业不断成长壮大的70年，是波澜壮阔令人自豪的70年。此时此刻，我们欢聚在人民大会堂，回顾中国作家协会和新中国文学事业70年不平凡的历程，展望中国社会主义文艺事业在新时代繁荣发展的前景，心潮澎湃，倍感振奋。特别是总书记的贺信和黄坤明同志出席会议并将发表重要讲话，使我们深切感受到以习近平同志为核心的党中央对文艺事业和中国文联、中国作协工作的高度重视，对广大作家艺术家的殷切期望。我代表中国作家协会，并以全国广大作家和文学工作者的名义，向习近平总书记和党中央，向中央宣传部、中央组织部等党和国家有关部门，向关心支持文学事业和作协工作的社会各界致以崇高的敬意和衷心的感谢！同时，我代表中国作协党组书记处，向全国广大作家和文学工作者，向中国作协会员和各级作协会员，向长期以来曾在各级作协组织中努力工作辛勤奉献的老领导老作家老同志表示崇高的敬意和衷心的感谢！

中国作家协会的70年，是在党的领导下与新中国共同成长的70年。70年前，中国作家协会传承五四新文学和革命文学的血脉、迎着新中国的曙光而诞生。作为党领导下团结凝聚广大作家和文学工作者、领导文学创作和文学批评的人民团体，中国作家协会为新中国的诞生和人民民主政权的建立作出了重要贡献。新中国的文学是人民的文学，毛泽东同志为1949年10月创刊的《人民文学》杂志题词："希望有更多好作品出世"。这是新中国的召唤，是人民的期待。伴随着在党的领导下中国人民建设新中国、创造新生活的豪迈步伐，广大作家激情澎湃，创作了一大批脍炙人口的经典作品，从《风云初记》《保卫延安》《三里湾》到《红日》《红旗谱》《青春之歌》《山乡巨变》《林海雪原》《创业史》《红岩》，从《谁是最可爱的人》到《雷锋之歌》，伴随着几代人的成长，哺育了几代人的灵魂。党的十一届三中全会开启了改革开放和社会主义现代化建设新时期，邓小平同志代表党中央在第四次文代会上的祝词，明确了新时期社会主义文艺的历史任务和发展方向，极大地团结和鼓舞了广大作家艺术家，文学发思想解放之先声，为改革开放鼓与呼，文学创作和文学事业欣欣向荣、气象万千，一大批优秀的文学作品，为激励人民投身改革开放和现代化建设伟大事业，满足人民群众不断增长的精神文化需要发挥了重要作用，文学的艺术空间在对民族传统的深刻体认和与世界文学的活跃对话中得到不断拓展。获得茅盾文学奖、鲁迅文学奖、全国少数民族文学创作"骏马奖"和全国优秀儿童文学奖的文学作品，忠实记录了人民的创造、时代的进步，代表着中国作家强劲的创造力和中国文学发展的成就。党的十八大以来，中国特色社会主义进入新时代，习近平总书记《在文艺工作座谈会上的讲话》《在中国文联十大、中国作协九大开幕式上的讲话》和今年3月4日在全国政协联组会上的重要讲话，深刻阐明了新时代对文艺工作的新要求和对文艺工作者的新期待，极大地凝聚了共识，鼓舞了士气，振奋了精神。在以习近平同志为核心的党中央的坚强领导下，中国作家协会团结引领广大作家和文学工作者深入学习贯彻习近平新时代中国特色社会主义思想和习近平总书记关于文艺工作的重要论述，坚定文化自信，把握时代脉搏，坚持以人民为中心，积极书写中华民族从站起来、富起来到强起来的伟大飞跃，使文学事业生机盎然、蓬勃发展，呈现出正能量充沛、主旋律高昂、活力奔涌、精品纷呈的崭新局面。

70年来，中国文学无愧于时代，无愧于人民，在社会主义建设和改革开放的伟大历史进程中，奉献了大批思想性艺术性俱佳的精品力作，发扬光大了中国文学的光辉传统，有力证明了社会主义文学的无限生机和广阔天地。

中国作家协会的70年，是在党的领导下与时代同步伐的70年。中国作家协会成立以来，始终团结带领广大作家和文学工作者，坚定地与人民行进在一起，以人民为中心，热情讴歌新中国亿万人民创造美好生活的伟大实践，真实记录伟大祖国的进步与发展。广大作家和文学工作者响应时代和人民的召唤，深入生活，扎根人民，潜心创作，从柳青、赵树理，到路遥、贾大山，新中国一代又一代作家在人民生活的大地上获得无穷的脚力、眼力、脑力和笔力，不断向着文学高峰攀登。特别是党的十八大以来，讲述中国故事、弘扬中国精神，关注现实、抒写时代，歌颂真善美、鞭挞假恶丑，引领社会风尚、鼓舞人民前进，成为越来越多作家的共同追求；小说、诗歌、散文杂文、报告文学与时俱进，更紧密地呼应着人民的心声；网络文学、儿童文学、影视文学、军事文学、科幻文学别开生面，拓展着文学想象和表现的疆域；创作主体、传播载体和作品数量质量都发生了历史性变化；中国作协会员已从新中国成立初期的400名，发展到目前的1.2万多名，省级会员达到8万多名，全国55个少数民族都拥有了自己的书面语作家；新中国成立时仅有《文艺报》《人民文学》等几种文学期刊，现在全国各级各类文学报刊总数已达3000多种；随着互联网等新媒体的迅猛发展，文学的创作、批评和阅读正在更广大的人群中扩展，并由此开辟着文学发展的广阔空间；中华文化在世界的影响力、感召力不断扩大，中国作家相继获得重要的国际文学奖项，中国文学正在成为世界文学越来越重要的创造性力量。

70年的历史有力地证明，中国人民波澜壮阔的创造实践，是文学创作取之不尽用之不竭的源泉。只要广大作家和文学工作者永远与时代同步伐，以人民为中心，就一定能从祖国大地上获得无穷的力量，就一定能创作出无愧于时代、无愧于人民、无愧于民族的优秀作品。

中国作家协会作为党领导的中国各民族作家自愿结合的专业性人民团体，是党和政府联系广大作家、文学工作者的桥梁和纽带，是繁荣文学事业、推进社会主义文化建设的重要社会力量。70年来，一代又一代作协人呕心沥血，不懈努力，谋新篇、开新局，在不同的历史时期都作出了应有贡献。当前，中国特色社会主义进入新时代。我们回顾和总结中国作家协会和新中国文学事业的光荣历程，就是要从历史中汲取力量、获得启示、坚定自信，不忘初心、牢记使命、接续奋斗，创造新时代中国文学的美好明天。

在中国特色社会主义新时代，中国作家协会将高举旗帜，坚持政治引领，团结引导广大作家和文学工作者深入学习贯彻习近平新时代中国特色社会主义思想和习近平总书记关于文艺工作的重要论述，增强“四个意识”、坚定“四个自信”、做到“两个维护”，大力弘扬社会主义核心价值观，自觉承担起举旗帜、聚民心、育新人、兴文化、展形象的使命任务，积极开展增强“四力”教育实践，努力开创文学事业和作协工作新局面，用优秀的文学作品鼓舞全国各族人民朝气蓬勃迈向未来。

在中国特色社会主义新时代，中国作家协会将牢固树立以人民为中心的工作导向，聚力文学精品创作生产，以高质量的文学供给满足人民日益增长的精神文化需要。引导广大作家和文学工作者坚定文化自信，坚持人民立场，追求德艺双馨，在深入生活、扎根人民中进行无愧于伟大时代的文学创造，把提高质量作为文学作品的生命线，坚守艺术理想，提升原创能力，激发创造活力，繁荣文学创作，努力推进文学创作从“高原”迈向“高峰”。

在中国特色社会主义新时代，中国作家协会将继续讲好中国故事、传播好中国声音，不断扩大中国文学的国际影响力，推动搭建中国当代文学“走出去”平台，积极开展中国文学对外交流活动，强化当代优秀文学作品译介工作，用中国故事塑造中国形象、展示中国精神。

在中国特色社会主义新时代，中国作家协会将紧紧围绕团结引导、联络协调、服务管理、自律维权的职能，不断增强政治性、先进性、群众性和作协组织活力，坚持党的领导，加强党的建设，全面贯彻党的文艺方针政策，坚持“二为”方向和“双百”方针，紧紧依靠广大作家和文学工作者，尊重和遵循文学创作规律，改革创新体制机制，建立健全面向作家、面向基层、面向社会的服务体系，完善团结引导新文学群体的工作机制，把作家协会建设成我国广大作家的团结温馨之家。

同志们，朋友们，习近平总书记指出，文化是一个国家、一个民族的灵魂，没有中华文化繁荣兴盛就没有中华民族伟大复兴。在新的时代，我们的作家肩负着义不容辞的重要责任。我们要牢记以习近平同志为核心的党中央的重托，不负人民的期望，为实现中华民族伟大复兴的中国梦，书写更加辉煌、更加壮丽的文学篇章！

（此文系作者在纪念中国文联、中国作协成立 70 周年座谈会上的发言）

（《文艺报》2019 年 7 月 19 日 1 版）

坚持与时代同步，以人民为中心

王　蒙

在中国人民革命中，文学艺术起的是推动作用，这是中国革命的特点之一。俄国十月革命时，甚至一批同情革命的作家也吓跑了。与此情况不同，中国1949年的10月，大量著名作家翻山越岭，漂洋过海，八面来归，聚集北京，掀开了共和国的新篇章。胡乔木同志曾经对我说过，中国革命具有更深厚更成熟的文化准备与文化基础。

1949年7月23日，中国作家协会的前身全国文协成立。郭沫若、茅盾、巴金、老舍、曹禺、田汉、丁玲、艾青、赵树理、冰心、孙犁、叶圣陶、周扬、夏衍、林默涵……辉煌的阵容令我这个文学少年醍醐灌顶，五体投地。中国作协具有崇高的威望与吸引力凝聚力。

1956年年初，是中国作协青年工作委员会萧殷恩师，支持了我潦草的《青春万岁》初稿，对习作的"艺术感觉"给予极大鼓励，指出了结构上的主要缺陷与修改思路，并以中国作协名义向我所在工作单位——共青团北京市委，发出了为我请创作假的公函。团市委领导汪家镠副书记看了作协的函件，感叹道："中国作家协会，了不起！"

1957年年初，在有关拙作《组织部来了个年轻人》的争论中，茅盾主席、中宣部副部长周扬同志、中宣部有关领导林默涵同志、中国作协党组书记邵荃麟同志，以及郭小川、严文井、秦兆阳、韦君宜、黄秋耘同志等，都认真贯彻了毛主席的指示，对我循循善诱，备加爱护，有保护有批评，有鼓励有帮助，使我对党的文艺方针，对作协特别是老一代作家与领导的殷切期望，对自己献身文学事业的选择与应有珍重，都有所领会，有所感悟。

直到上世纪 60 年代，即使出现了复杂情况，我仍然受到周扬、邵荃麟、冯牧、韦君宜等同志的关心与帮助。中国作协始终是我走上文学道路的一个感召、一个依靠、一个指南，是我的精神亲人之家。没有作协，就没有今天的王蒙。

作家的劳动主要是个体的，或谓“宜散不宜聚”。作家比较强调个人风格与个性特色，有时一些同行表现了任性与相轻，社会上也时有对作协的刻薄质疑，这为作协工作带来一定的困难。但同时，正是这些难点，说明了作协的存在与积极运转，有助于创造更加健康与诚挚的文风与世风，作家的艰难与或有的孤独与常有的困惑，正是作协存在的理由。所谓“宜散”的文艺家们，正可以在作协的组织中找到美好与阳光的相聚；伟大的信念、使命与传统，心灵的沟通与智慧的切磋，正可以带来文学上相互提携砥砺的希望。作协对于采风与深入生活的组织推动，对于与社会各方面的生动与密集的信息获得，对于青年作家的培育与引领，对于与世界文学界的交流，对于文学报刊与出版物的编辑与支持，对于优秀作品的讨论、彰显、评奖与推广，对于作家的劳动与生活的关爱照顾，其任务是毫无疑义的。我也有幸频频参与了有关工作、活动，从中开阔了眼界，受到了鼓舞，获得了能量。以文会友，以文助神，以文丰富，提升作家们包括自身的精神生活与精神境界，这是毋庸置疑的天职与光荣。

改革开放以来，解放思想、实事求是、团结起来向前看，作协的声音更加响亮，作协的工作更加细致，当然也接受着各种新的挑战，积累着新的经验。我个人也参加到作协的工作中，得到巴金主席，张光年党组书记，唐达成、马烽、翟泰丰、铁凝、金炳华、李冰、钱小芊等作协领导同志的支持帮助，有所长进，有所作为。而令人感奋的是，中国文联与中国作协的工作，始终得到党中央、得到习近平总书记的亲自关怀与有力领导，得到中宣部的密切指引敦促与各有关方面的大力支持，新人新作不断涌现，文学生活兴旺发达，作协的工作日益深入与广泛。

在此中国文联、中国作协成立 70 周年之际，我要向中国文联、中国作协表达我的感激与敬意，向各位同行表达我的祝福与问安。祝愿在习近平总书记贺信精神的指引下，中国文联和中国作协，中国的文艺工作者，中国的文艺事业，不忘初心，牢记使命，坚持与时代同步，以人民为中心，奉献精品，明德育人，引领风尚，在实现中华民族伟大复兴的中国梦的进程中，为实现世界东方伟大中国的文艺复兴，献出我们的全力。

（《文艺报》2019 年 7 月 17 日 3 版）

重新发现与继续担当

李修文

1997 年 7 月，我大学毕业，分配至吉林省作协主办的《作家》杂志社担任编辑，2018 年 7 月，我当选湖北省作协主席，二十余年来，无论是从事文学编辑，还是从事专业创作，如同 70 年来被关爱、被培养的一代代作家一样，我对中国作协充满了深深的感激。70 年来，在中国作协的带领下，江山代有才人出，文学作品繁花似锦，文学生活越来越具魅力，文学在许多我国的重大历史进程中扮演了先声、先行、先锋的作用，对此，我和众多作家一样，深感骄傲。

在纪念中国作协成立 70 周年之际，作为一个写作者，我感受到，在今天，崭新的文学形象正在朝我们奔跑而来，古老的文脉正在化作崭新的动力在我们眼前生生不息，崭新的文学疆域正在等待我们更加深入地去开掘，去拓展；作为一个文学组织工作者，我也感受到，在中国作协的带领下，与时代建立更加紧密的联系，让文学作品和文学生活与时代俱新，是许多作家共同的呼声；而无论是个人创作，还是文学组织工作，我们都需要去重新发现，继续担当。

“落其实者思其树，饮其流者怀其源”。我们需要重新发现传统的力量，真正的传统里，一定埋藏着真正的创造：不管是古典文学传统，还是新文学传统和新时期现实主义创作传统，它们之所以成为我们的底气和源头，首先就在于它们的创造性，唯有新的形象得以创造，新的美学得以创造，才能使新的时代在创作中真正苏醒，真正确立，焕发出勃勃生机。

而今正是创造之时，尽管我们正在迈步向前，但中国人之所以是中国人的独特性仍然无处不在，许多独属于中国式的情感和伦理正在被新的时代所激活，正在等待着我们用新的创作、新的美学去发现，去证明，就像中国作协的奠基人之一茅盾先生所说：“文学家所欲表现的人生，绝不是一人一家的人生，乃是一社会一民族的人生。”

因此，我们也更需要重新发现自己和时代、和人民的关系，“为时代画像，为时代立传，为时代明德”不仅仅是此刻的使命，更是真正的创作者终其一生都无法回避的重大课题，不如此，我们就无法看见贾宝玉和林黛玉，我们就无法看见闰土和祥林嫂。吾土与吾民，已因时代而新，但是，持续地滴血认亲，持续地辨认出新的困顿和渴望、新的庄严和热情，仍然是记录巨大新变的根本路径，也唯有如此，我们时代的人民，才有可能跟我们的创作发生更加紧密的联系，我们的作品中，才有可能具备更加深沉和雄阔的人格力量。

我尤其喜欢这句话：“要改变我们的语言，必须改变我们的生活。”我以为，在这样一个新的时代，这句话既是一个作家的本分，也是我们必须重新领受的担当。在今天，一个写作者如何去捍卫真正的生活，变得比以往许多时刻都要重要得多：如何主动地突破碎片化处境？如何主动地将自身体验成为一根感知时代变化的神经？如何抵抗习焉不察的惯性，在更加复杂和幽微的此刻展开自己的生活实践和创作实践？这些问题的提出，很有可能帮助我们再一次建立对自身创作和文学生活的重新认识。

我们更应该继续担当起作为时代亲历者、见证者的责任。亲历意味着亲身丈量，亲自擦亮，以此发现新的时代和新的自我；见证意味着暂时地遣散自我，使作品让位于他发现的世界，即回到新文学的初心：到人民中去，发出平民的、大众的、有血气的声音。而这两者都需要坚强的直面——直面传统在今日的被激活；直面时代新人的诞生；直面价值观被文学重新塑造的过程；直面古老文脉如何通过个人实践得以静水深流。也因此，“中国故事”才无穷无尽，讲述“中国故事”的耐心和抱负才无穷无尽，被“中国故事”所安慰过的人心与灵魂才无穷无尽。

（《文艺报》2019 年 7 月 17 日 3 版）

最终决定作品分量的是创作者的态度

——学习习近平总书记关于文艺工作重要论述体会

何向阳

正值中国文联、中国作协成立70周年之际，习近平总书记专此发来贺信，向全国广大文艺工作者致以诚挚问候，总书记高度肯定和评价了新中国成立70年来、特别是党的十八大以来文艺事业的良好发展态势和广大文艺工作者的重要贡献，并在明确中国文联、中国作协肩负重要职责基础上，进一步提出举旗帜、聚民心、育新人、兴文化、展形象的使命任务，号召中国文联、中国作协深入学习，认真履职，团结、带领广大文艺工作者记录新时代、书写新时代、讴歌新时代，努力创作出无愧于时代、无愧于人民、无愧于民族的优秀作品，为繁荣发展社会主义文艺事业、建设社会主义文化强国，为实现“两个一百年”奋斗目标、实现中华民族伟大复兴中国梦作出新的更大的贡献。贺信与十八大以来习近平总书记关于文艺工作的重要论述一脉相承，体现了以习近平同志为核心的党中央对文艺事业、文艺战线的高度重视、高度关注、高度信任和高度期待。

习近平同志在十九大报告中指出，“文化是一个国家、一个民族的灵魂。文化兴国运兴，文化强民族强。没有高度的文化自信，没有文化的繁荣兴盛，就没有中华民族的伟大复兴。”文化的繁荣，是中华民族伟大复兴的重要前提，也是中华民族伟大复兴的鲜明标志。历史无数次证明，一个民族强旺的时期，也正是这一民族的文化繁荣的时期；一个民族的精神的强旺与文化的鼎盛，则又必以经典性文艺作品的大量涌现发出先声。

有分量的经典性作品如何被创造出来而又为读者所广泛接受？决定作品分量的因素有很多，有内部动力，也有外部环境。但归根到底起决定性作用的还是内部因素，文艺作品是经由作家艺术家创造出来的，作家艺术家对创作的投入程度决定着作品的未来面貌。在一个通往“经典”之域的艺术探索的旅途上，作家艺术家手中掌管着一枚打开读者“心门”的“钥匙”，这枚“钥匙”不是别的，正是他（她）作为创作者的态度。作家艺术家的态度之于作品的重要程度，正如习近平同志《在中国文联十大、中国作协九大开幕式上的讲话》中指出的，“最终决定作品分量的是创作者的态度”。

在关切时代宽阔生活中铸就作品的品格

列夫·托尔斯泰曾说：“在任何艺术作品中，作者对于生活所持的态度以及在作品中反映生活态度的种种描写，对于读者来说是至为重要、极有价值、最有说服力的……艺术作品的完整性不在于构思的统一，不在于人物的雕琢，以及其他等等，而在于作者本人的明确和坚定的生活态度，这种态度渗透整个作品。有时，作家甚至基本可以对形式不作加工润色，如果他的生活态度在作品中得到明确、鲜明、一贯的反映，那么作品的目的就达到了。”的确，技术不是根本问题，态度才是根本问题。我们在《战争与和平》等作品中看到的是托尔斯泰鲜明的生活态度，时至今日，形式的“加工润色”已经退到了“后台”，刻在我们记忆中的是那些散发着光彩与真实的对于我们“至为重要、极有价值”、也“最有说服力”的作家对于时代生活的态度。是这种态度构筑了叙事，成就了人物，是这种态度通过历史事件、时代风云与人物命运至今仍打动着我们，而若抽去了作家的态度——他的哲学判断、他对世界的看法、他的价值观，或者一位作家在自己的作品中总是呈现模糊“骑墙”的态度，那么这些历史与命运的书写则会变得像失去语法规则的文字般支离破碎、毫无生机。同样，作品的分量也会变得轻薄和可疑。

有的作家认为：我生活于这样的时代生活之中，我的作品自然会呈现这个时代的生活，而不必去刻意观照时代生活的课题。这样的想法我以为是一种自然主义的而非现实主义的态度。从某种程度上讲，这种态度于作品是有害而非有益的。柳青曾表述过这样一个观点，“任何真正的作家，他的世界观和艺术观都不可能是外在的，好像摆在他书架上的那些哲学书籍、政治书籍和文学书籍一样。如果书架上的世界观和艺术观和作家精神上的世界观和艺术观发生矛盾的话，那么在生活中和创作中实际起作用的还是后者，而绝不会是前者。”一切艺术创作都是人的主观世界和客观世界的互动。作家的世界观与艺术观的形成并在作品中成型，取决于作家对于时代生活介入的宽度与认识的广度。柳青经由创作领悟到的，与托尔斯泰所言有异曲同工之处，他说，“如果小说面对的题材包括社会生活的广阔性和各阶级人物心理特征的丰富性，那么作者就要用艺术描写的密度和强度，来展开作品的巨大幅度，绝不能靠出现的人物多和故事的过程长。作品布局上的缺陷归根到底是表现作者对题材缺乏深刻理解，对主题思想把握不定。这从根本上降低了作品的质量，任何素描能手和修辞专家，都不可能用个别细节描写的雕虫小技，来补救总意图的肤浅。”我们看到有的作家往往在其文字中并不乏才华睿智，其素描与修辞的能力也堪称一流，但其作品整体所提供给我们的东西却是暧昧不明的，我们看不到他的态度，或者说他的态度本身就是漂移的，与其说隐藏于作品中，不如说是“中立”于他的表述，这样的作品所描绘的时代生活不仅局促失真，也缺乏时代慷慨给予他却为他个人漠然拒绝而丢失的真正的力度与筋骨。

“杰出的作家和诗人是一定历史时期先进时代精神的反映者。”如何做好这个时代精神的反映者，如何做到“把人类情感中最崇高和最神圣的东西，即最隐秘的东西从内心深处揭示出来”，所需的仍是创作者对时代生活葆有的态度。热情关切的态度，而不是旁观中立的态度，才可能使作家获得更宽广的视野更博大的胸襟，才能把握时代的整体发展而不只纠缠于一己的“杯水波澜”。对于这一点，柳青的答案是，“谁是杰出的作家和诗人，最终地决定于他对现实生活的态度”。在《美学笔记》中他是这样写的，在创作中他更是这样做的。《创业史》虽只写出了他计划中的三分之一，但第一部的 6 年写作时间和四易其稿的“工作”，以它展现了新中国成立初期中国农村的巨变和中国农民“站起来”历程的史诗性气度，成就了一部经得起时间检验的当代文学的扛鼎之作。

身为作家，柳青从不讳言他对时代进步的关切，岂止不讳言，而且在对待自己所坚持的写作观时他始终旗帜鲜明，在 1978 年一次对业余作者的座谈会讲话中，他谈到对社会主义制度的理解，并号召“我们的文艺工作者要热爱这个制度，要描写要歌颂这个制度下的新生活”，他说，“我写这本书就是写这个制度的新生活，《创业史》就是写这个制度的诞生的”。这种源于制度自信的文化自信，是其作品的“筋骨”。新中国成立 70 周年的今天，中国特色社会主义进入了新时代，社会主义制度在中国大地上的实践已充分证明它越来越明显的优越性，站在“百年未有之大变局”的时间节点，回望历史，感佩时代的忠实记录者柳青的创造和贡献，同时，能否创造出与这个伟大时代相匹配的“有筋骨”的优秀作品，也取决于我们的创作态度。

在对人民群众的挚爱中实现作品的升华

社会主义文艺是人民的文艺。这是由社会主义文艺的性质所决定的。作家是人民的一员，人民是作家创作的逻辑起点和最终归宿。

早在 1942 年，毛泽东《在延安文艺座谈会上的讲话》中就提出文艺为什么人的问题，指出：“为什么人的问题，是一个根本的问题，原则的问题。”并明确文艺是为最广大的人民大众服务的。习近平《在文艺工作座谈会上的讲话》提出坚持以人民为中心的创作导向，指出，“人民既是历史的创造者、也是历史的见证者，既是历史的‘剧中人’、也是历史的‘剧作者’。文艺要反映好人民心声，就要坚持为人民服务、为社会主义服务这个根本方向。这是党对文艺战线提出的一项基本要求，也是决定我国文艺事业前途命运的关键。只有牢固树立马克思主义文艺观，真正做到了以人民为中心，文艺才能发挥最大正能量。”他进一步指出，“以人民为中心，就是要把满足人民精神文化需求作为文艺和文艺工作的出发点和落脚点，把人民作为文艺表现的主体，把人民作为文艺审美的鉴赏家和评判者，把为人民服务作为文艺工作者的天职。”具体对作家艺术家而言，“能不能搞出优秀作品，最根本地决定于是否为人民抒写、为人民抒情、为人民抒怀。一切轰动当时、传之后世的文艺作品，反映的都是时代要求和人民心声。”而作品要做到反映人民的心声，则取决于作家对人民的情感态度，作家对人民的情感是浓烈还是淡薄，是热情还是冷漠，一定会通过作品反映出来。换句话说，一部作品是接了地气，或是打了深井，还是真正与人民心心相印、水乳交融，必会在作品中显露出来。路遥在《柳青的遗产》中讲，“作为一个深刻的思想家和不同凡响的小说艺术家，柳青的主要才华就是能把这样一些生活的细流，千方百计疏引和汇集到他作品整体结构的宽阔的河床上；使这些看起来似乎平常的生活顿时充满了一种巨大而澎湃的思想和历史的容量。毫无疑问，这位作家用他的全部创作活动说明，他并不仅仅满足于对周围生活的稔熟而透彻的了解；他同时还把自己的眼光投向更广阔的世界和整个人类的发展历史中去，以便将自己所获得的那些生活的细碎的切片，投放到一个广阔的社会和深远的历史的大幕上去检验其真正的价值和意义。他决不是一个仅仅迷恋生活小故事的人。”而能够做到于此，则源于柳青对人民的真诚态度。路遥另文《病危中的柳青》中，更让我们看到了一个作家眼中的作家形象。一边是病房里的患者柳青，“各种输氧和输液的皮管子，从这里那里交错着伸到他的鼻孔里或者胳膊上；有些管子一天二十四小时不下身。在这个用皮管子把他和各处众多的器械联结在一起的房间里，他本人就像一部仪器的主体部分”。一边是记录人民创造的“交响乐”的指挥家柳青，“他把蛤蟆滩上所有的这些人都带到这个病房里来了。他强迫这些人物进入他的心灵；而他也要固执地走进这些人的心灵中去。他同时运用戏剧导演家的热情和外科医生式的冷静来对付这群并不太听话的‘熟人’。可以毫不夸张地说，他后半辈子大部分时间都是生活在这一群‘熟人’中间的。他能离开自己生活中的亲戚朋友，但永远也离不开他所创造的这些人物，因为‘所有这些人都是他的孩子，又都是戴着各种面具的他自己’。”一个作家何以与他的人物难分彼此？熟知柳青经历和作品的人，读过他《王家斌》《建议改变陕北的土地经营方针》的人，都会熟知他对人民的深情，那是经由 14 年的共同生活所建立起来的牢不可破的关系，它直接决定了作品的面貌。随着岁月的流逝，写下来的故事终会成为往事，变成历史，但那将自己作为人民的“书记员”的信念与自觉，使我们时隔半个多世纪，仍能触到那文字中跳动的心的灼热。

文艺创作说到底是一种神圣的劳动，它关系人的灵魂的进步和塑造，因此也负有极为重要的使命与职责。马克思说，艺术家“不仅通过思维，而且也用一切感觉在对象世界中肯定自己”。一个作家，看似他在作品中塑造人物，其实，这些作品中的人物也在“塑造”他的“塑造者”——作家自己。人民是作家的导师。一个作家如果在创作中放弃了人民，就是放弃了文学的初心。在创作中，任何闭门造车、作茧自缚的做法，都是轻视、漠视人民的做法，都是创作者与被创作对象间的吸引与认同关系上出了问题。不尊重人民的文字，又何以得到人民的尊重；不热爱人民的作家，又怎会得到人民的热爱。人民，是文学的出发点和目的地。古往今来，一切受到尊崇的伟大作品无不在人物的“浇铸”中完成着这一朴素的思想。鲁迅《祝福》中的祥林嫂，雨果《悲惨世界》中的冉·阿让、《巴黎圣母院》中的艾丝美拉达，托尔斯泰《复活》中的玛丝洛娃等等人物，之所以那么久还能被读者深深记住，其原因也在于此。

在人民的创造中进行艺术的创造。柳青的这个“对象世界”就是人民。他对人民的真挚、彻底而持久的爱，在作品中表现出的是“人民是历史的创造者”的观念，同时也是在对象世界中找到并肯定自己。这种将“我”融入到“我们”的创造，作为一份文学的遗产，深深打动着记述他的后来者。在这一点上路遥可以说是柳青文学遗产的忠实传承者，他说：“作为一个农民的儿子，我对中国农村的状况和农民命运的关注尤为深切。不用说，这是一种带着强烈感情色彩的关注。……生活在大地上这亿万平凡而伟大的人们，创造了我们的历史，在很大的程度上也决定着我们的现实生活和未来走向。”路遥在自己的文字中，多次谈到“普通劳动者”这个词，它出现的频率与他文字中的“农民的儿子”出现的频率几乎一样多，在“为了谁、依靠谁、我是谁”的问题上，路遥从不模棱两可，他一直以身为普通劳动者的一员而自豪，他视写出反映人民生活与创造的文学并在人民中间获得价值认同为作家最大的光荣。于此，他不断提醒自己，“写小说，这也是一种劳动，并不比农民在土地上耕作就高贵多少，它需要的仍然是劳动者的赤诚而质朴的品质和苦熬苦累的精神。和劳动者一并去热烈地拥抱大地和生活，作品和作品中的人物才有可能涌动起生命的血液，否则就可能制造出一些蜡像，尽管很漂亮，也终归是死的。”所以，《平凡的世界》并非横空出世，孙少安、孙少平与梁生宝有着精神的血缘。继“站起来”的农民梁生宝之后，路遥续写了中国伟大变革中“富起来”的农民故事，小说虽只截取 1975 年至 1985 年短短 10 年，但它因对中国城乡间“立体交叉桥上的立体交叉桥”的改革开放中的最广大的人民——农民人格成长的深度书写，而成为人民心中矗立起的一座新时期文学的丰碑。

在对创新创造的孜孜以求中成就作品的质地

任何文学丰碑的矗立都不是一蹴而就的。只要读一读路遥的《早晨从中午开始》便知一二。这部副题为《〈平凡的世界〉创作随笔》的小册子，记述了一部百万字长篇小说写作的繁难。我仍记得1993年——距今已有四分之一世纪了——第一次读它时的感动，在新华书店书柜前，我站着一口气把这部书读完，像是一块木炭被燃烧的感觉。它太灼烫太热烈，令人难以释卷。至今我都认为这部书不仅是解开一位作家创作心理与精神世界的秘匙，而更应是所有有志于创作的青年作家的文学“教科书”。它记述了一位作家在创作前的准备和创作过程中要面对的种种，主题、题材、人物、细节、情感、乐趣、命运以及将它们从无到有、一一实现的劳作的非凡痛苦。当然，它更完整地展现了一位作家对于创作的虔敬而本真的态度。

《平凡的世界》写作过程超过6年，其中的4年都是在准备中度过。《人生》问世之后各方的赞誉并没有使作家飘飘然，相反，他避开城市的喧嚣，而选择了在一个叫作陈家山的煤矿“躲”了起来，他的说法是，“尽管我已间接地占有了许多煤矿的素材，但对这个环境的直接感受远远没有其他生活领域丰富。按全书的构思，一直到第三部才涉及煤矿。也就是说，大约两年之后才写煤矿的生活。但我知道，进入写作后，我再很难中断案头工作去补充煤矿的生活。那么，我首先进入矿区写第一部，置身于第三部的生活场景，随时都可以直接感受到那里的气息，总能得到一些弥补。”这种不走捷径、不搞速成，把全部心思和精力放在创作上的态度，我们今天是更多了还是更少了呢？为了写《平凡的世界》中的10年，路遥不仅集中阅读了近百部长篇小说，要知道那可是细细地研读，而且，为了人物塑造的需要，他还找来政治、哲学、经济、历史、宗教、理论以及农业、商业、工业、科技的书，更有养鱼、养蜂、施肥、税务、财务、气象、历法、造林、土壤改造、风俗、民俗甚至UFO等等小册子，在三遍细读《红楼梦》、七遍研读《创业史》的“临考”式的写作准备中，他找来了1975年到1985年10年间的《人民日报》《光明日报》《陕西日报》和《参考消息》的全部合订本，如此浩大的阅读量所得到的第一结果是——任何时候，他都能够很快查到某月某日世界、中国、一个省、一个地区发生了什么。这是一种什么态度？对待将要写下的100万字的文字，一个作家在写作之前的“吞吐量”则是千百倍于那将要落在纸上的。

实话说，我在读《早晨从中午开始》时，眼前总是出现一个人，他提着装满书籍资料的大箱子奔走在乡村城镇、工矿企业、学校机关，当然还有集贸市场。凡是那要在稿纸上出现的，他都要求自己作为创作者不但在新闻报道中能够做到过目不忘，更要在日常生活中眼见为实。读万卷书，行万里路，在这里早已不是什么比喻修辞，而就是脚踏实地、全神贯注。那时的路遥像一个“孵化器”一样怀着激情和期待不辞劳苦地工作。人物与故事就是在这样的呼唤和磨折中渐次显现的，“他们”的出现对于一直寻找着他们的作家来说不啻是一种难得的回报。感激这回报的最好方式就是以更好的文字回报赐予他的生活。时间对于沉下心来做事的人总是有回报的，当然沉下心的人不是为了回报而进行创作的。真正进入创造的人，往往已入无我之境。那是一种不计一己得失、与天地合一的大境界。他已把个人的艺术追求与国家命运紧紧结合在了一起，对待创作的态度从来隐含着对待读者的态度。在对待读者的态度上从来隐含着对于人民的态度。对此，路遥从不含糊。“如果作品只是顺从了某种艺术风潮而博得少数人的叫好但并不被广大的读者理睬，那才是真正令人痛苦的。大多数作品只有经得住当代人的检验，也才有可能经得住历史的检验。那种藐视当代读者总体智力而宣称作品只等未来才大放光辉的清高，是很难令人信服的。……古今中外，所有作品的败笔最后都是由读者指出来的；接受什么摈弃什么也是由他们抉择的。我承认专门艺术批评的伟大力量，但我更遵从读者的审判。……作品中任何虚假的声音可能瞒过批评家的耳朵，但读者是能听出来的。”正是由于心中装有读者，他在对待创作时才可能是诚实而恳切的态度，才可能在作品中呈现出来一种致敬的品格，才可能在无数胼手胝足创造伟大生活伟大历史的劳动人民身上领悟到人生的和艺术的大境界。明确了目标的跋涉相当艰苦，当然更充满幸福。但如果我们仅是从祛除浮躁、耐得寂寞、静心笃志层面上理解路遥，还未能从精神本质上理解路遥。

志存高远的作家艺术家深知艺术有其自身的规律。路遥对于艺术创造的虔敬与尊重是他那个时代留给我们的一份宝贵的财富。原创与集成在创作中融为一体，选择了现实主义创作方法的他从上世纪 80 年代众多流行的“新的概念化或理论化”中“跳”了出来，穿牛仔裤的“高大全”与披道袍的“高大全”，都没能动摇他的艺术信念。这种内在定力与艺术自信注定了“传世之文”的诞生。卢那察尔斯基曾说，“用自己的作品为已经制定出来的宣传条例作图解的艺术家不是好艺术家。艺术家之所以可贵，恰恰由于他开垦了处女地，依靠全部直觉深入到统计学和逻辑学难以深入的领域。”我想，也就是在这一点上，他在避开急功近利、标新立异的同时也警醒于现实主义的庸俗化，使他真正深入到了“统计学和逻辑学难以深入的领域”，而以精耕细作的扎实劳动使真正的现实主义文学放射出璀璨的光芒。

改革开放 40 年后的今天，若从文学的角度来认识改革开放初期中国城乡的发展，我们无法绕过的一部书就是《平凡的世界》。在众多的文学作品中，这部长篇小说何以做到了统计学与逻辑学都难以做到的。我想最主要的原因还在于它的创作者对艺术的清醒与执着，正是这种对艺术创作的真诚、敬业与专注的态度成就了作品的品位、质量和分量。它如时间中的一块“纯金”。当然，在它来到我们手中之前，已经历过有热烈激情与坚强意志的创作者的淬火和锻造，那里面，凝结着创造者的灵魂。

习近平总书记指出，“虽然创作不能没有艺术素养和技巧，但最终决定作品分量的是创作者的态度。具体来说，就是创作者以什么样的态度去把握创作对象、提炼创作主题，同时又以什么样的态度把作品展现给社会、呈现给人民。”与人民同心，与时代同行。作家艺术家的态度，是创作的“最先一公里”。抚今追昔，70 年的共和国文学正是这样坚实地走过来的。正因为广大文艺工作者以积极的态度投身于社会主义革命和建设、改革开放伟大实践，才可能取得像习近平总书记贺信中高度评价的那样，“创作出一批又一批脍炙人口的优秀文艺作品，塑造了一批又一批经典艺术形象”。

今天，中华民族迎来了从站起来、富起来到强起来的伟大飞跃，中国正经历着一场更加伟大的变革，这场伟大变革，不仅是我国历史上最为广泛而深刻的社会变革，更是人类历史上最为宏大而独特的实践创新，我们比历史上的任何时期都更接近、更有信心和能力实现中华民族伟大复兴的目标，以习近平同志为核心的党中央正带领着中国近14亿人民砥砺奋进，创造着无论是在中华民族历史还是在世界历史上都堪称感天动地的奋斗史诗。一个时代有一个时代的文艺，一个时代有一个时代的精神。中国特色社会主义新时代呼唤着杰出的文学家、艺术家。在这场伟大的变革中，我们应该以什么样的态度面对和记录人民的伟大创造？在这场伟大的实践中，我们将为这个伟大的时代贡献出我们这一代人的怎样的灵魂？那个创作出《平凡的世界》、经过了生活的漫漫长路而走到书桌前、面对稿纸如面对“拳击台”的人，曾说过：“是的，拳击台。对手不是别人，正是自己。”

无比广阔的舞台，无比深厚的文化，无比强大的动力，再加上我们无比自信的精神、无比诚实的态度、无比纯洁的初心。

是的，我们生正逢时。我们正是前来答卷的人。

（《文艺报》2019 年 7 月 24 日 2 版）

坚定文学自信　肩负历史担当

张培忠

在中国文联、中国作协成立70周年之际，习近平总书记专门发来贺信，充分体现了以习近平同志为核心的党中央对社会主义文艺事业的高度重视、对文联和作协组织的亲切关怀和殷切期望。贺信通篇闪耀着马克思主义的真理光辉，是做好文艺工作的宝贵精神财富、强大思想武器和科学行动指南，具有重大现实意义和深远历史意义。刚刚胜利闭幕的广东省作家协会第九次代表大会，把学习贯彻习近平总书记关于文艺工作的重要论述，特别是学习贯彻总书记贺信精神作为广东文学界当前首要的政治任务，要求全省广大作家和文学工作者要深刻领会核心要义，增强“四个意识”、坚定“四个自信”、做到“两个维护”，结合正在进行的“不忘初心、牢记使命”主题教育活动，进一步深化对习近平新时代中国特色社会主义思想和总书记关于文艺工作的重要论述的理解，使党的理论创新的最新成果成为新时代开创广东文学事业和作协工作新局面的根本遵循，推动广东文学事业异军突起、繁荣发展。

一　提高政治站位，坚定奋力新时代的文学自信

习近平总书记在贺信中强调：“希望中国文联、中国作协深入学习贯彻新时代中国特色社会主义思想和党的十九大精神，自觉承担起举旗帜、聚民心、育新人、兴文化、展形象的使命任务，认真履行团结引导、联络协调、服务管理、自律维权的职能，团结带领广大文艺工作者记录新时代、书写新时代、讴歌新时

代，努力创作出无愧于时代、无愧于人民、无愧于民族的优秀作品，为繁荣发展社会主义文艺事业、建设社会主义文化强国，为实现‘两个一百年’奋斗目标、实现中华民族伟大复兴中国梦作出新的更大的贡献。”这对做好新时代文联、作协工作指明了前进方向，提出了明确要求。我们要提高政治站位，增强政治意识，树立历史眼光，强化理论思维，增强大局观念，因势而谋、应势而动、顺势而为，推动作协工作和文学工作更好适应时代、跟上时代，以更高标准更严要求谋划广东文学事业改革发展。

（一）把握机遇，迎接挑战。着力提高抢抓机遇、捕捉先机的能力，善于观大势、把方向、谋大局。党的十八大以来，习近平总书记率先垂范，亲自谋划和推动文艺事业的改革创新和繁荣发展。总书记关于文艺工作的一系列新思想、新观点、新论断、新要求，深刻回答了新的历史条件下文艺工作的方向性、全局性、战略性的重大问题，充分体现了总书记和党中央对文艺工作的高度重视，对新时代中国社会主义文艺的殷切期待，对广大文艺工作者的亲切关怀，对文艺界和作协工作的明确要求，使广大作家和文学工作者深受鼓舞，明确了前进方向。特别是习近平总书记亲自谋划、亲自部署、亲自推动的粤港澳大湾区建设这一重大国家战略，是广东改革开放再出发的“纲”。粤港澳大湾区致力于建设成为充满活力的世界级城市群、具有全球影响力的国际科技创新中心、“一带一路”建设的重要支撑、内地与港澳深度合作的示范区、宜居宜业宜游的优质生活圈，需要广东文学界提供强大的精神动力，需要粤港澳三地文学界提供足够的文学助力。这是千载难逢的大机遇、大事业、大文章，我们要准确把握广东文学全面深化改革的黄金期、推动创新发展的窗口期、培育发展新动能的关键期，从机遇与挑战中找准文学工作的立足点和突破口，以挑战不可能的胆气、锐气和才气，切实担负起推动广东文学事业繁荣发展的光荣使命。

（二）发挥优势，筑就高峰。面对全国文学界千帆竞发、百舸争流的生动局面，要积极践行新发展理念，增强文学自信，立足全省文学工作一盘棋，加强统筹协调和分类指导，因势利导、主动作为。广东具有文源深、文脉广、文气足、文产强的特点，是古代海上丝绸之路的发祥地、中国近现代革命的策源地、改革开放的前沿地，拥有极其宝贵的精神财富和极其丰富的文化遗产，题材资源取之不尽、用之不竭。当前，全省已经建立起省、市、县（区）文学组织机构，形成了庞大的文学创作队伍。其中，省作协会员共有 3749 人，位居全国省（市）级作协会员人数前列；中国作协会员 598 人；地级以上市作协会员 10720 人；省小作协会员 3190 人。新世纪以来，广东文学总体上进入了一个充满活力、生机勃发的时期，广东文学具备了厚积薄发、再次崛起的资源基础和优势条件。我们要推动短板朝着于我有利的方向调整转变，以自觉的担当作为、鲜明的问题导向、积极的改革创新，推动文学门类全面发展，开创既有数量又有质量、既有高原又有高峰的文学繁荣发展新局面。

（三）提升境界，促进团结。立业先立德、为文先为人。无论时代如何变迁、社会怎么发展，都要不忘初心、坚守正道，大力营造文学界团结和谐的良好氛围。一要提升政治境界。要明确新形势下文学工作的地位和作用，明确繁荣发展社会主义文学的方向目标、基本原则、根本任务，更好服务党和国家中心工作，成为党的文艺方针政策的坚定贯彻者、文学事业发展的积极推动者、行业行风建设的有力引领者。二要提升思想境界。要弘扬以爱国主义为核心的民族精神和以改革创新为核心的时代精神，感召和推动全社会树立正确的价值追求，引导人们树立和坚持正确的历史观、民族观、国家观、文化观，不断增强做中国人的骨气和底气，构筑中国精神、中国价值、中国力量。三要提升道德境界。除了要有良好的专业素养外，还应注重人格修为、追求德艺双馨。要带头践行社会主义核心价值观，带头遵守社会公序良俗，彰显正气、坚守正道，言为士则、行为世范。正确认识和处理社会效益和经济效益的关系，严肃认真地考虑作品的社会效果，做到胸中有大义、心里有人民、肩头有责任、笔下有乾坤，讲品位、讲格调、讲操守，树立作家的良好形象。

二　肩负历史担当，推动广东文学事业异军突起

习近平总书记在贺信中重申“文艺事业是党和人民的重要事业，文艺战线是党和人民的重要战线”，振聋发聩地指出“中国特色社会主义新时代呼唤着杰出的文学家、艺术家”。文运同国运相牵，文脉同国脉相连。继往开来，“文学粤

军”要厉兵秣马，再创业，再出发，保持“功成不必在我”的精神境界和“功成必定有我”的历史担当，促进广东文学事业谱写新篇章、新辉煌。大力实施“广东文学异军突起”战略，建设与广东经济地位相称、与文化强省地位相称的文学强省。打造文学创作、文学研究、文学服务三支队伍。擦亮“文学粤军”名号，造就若干具有全国影响力的名家大家，形成德才兼备、门类齐全、结构合理、梯次分明、规模宏大的作家群体。小说、诗歌、散文、儿童文学、报告文学、网络文学、影视文学、文学评论、文学翻译等全面繁荣，推出一批展现岭南文化魅力、反映改革开放成就、描绘广东经济社会波澜壮阔发展历程的精品力作。在繁荣创作、壮大事业、改革体制、优化环境等方面不断取得新业绩，形成较强的文学竞争优势，当好筑就文学高峰的排头兵，实现异军突起，走在全国前列。

（一）切实增强四力，练就过硬本领。不断增强脚力、眼力、脑力、笔力，以提高政治能力为根本，以增强专业本领为关键，以锐意创新创造为紧要，以培养优良作风为基础，推动队伍整体素质实现大提升，努力打造政治过硬、本领过硬、作风过硬的文学队伍。要练好脚力。把深入生活、扎根人民作为最根本、最关键、最牢靠的文学创作通途和方法，以更加自觉的姿态，投身到人民创造历史的伟大实践中，在人民的创造中进行艺术的创造，在历史的进步中造就艺术的进步，更接地气、更有生气，让文学作品多些泥土味、多些百姓情。要练好眼力。不断淬炼观察力、发现力、判断力、辨别力，善于从当代中国的伟大创造中发现创作的主题、捕捉创新的灵感，深刻反映我们这个时代的历史巨变，描绘我们这个时代的精神图谱，为时代画像、为时代立传、为时代明德。要练好脑力。文学事业是培根铸魂的事业。要坚持以习近平新时代中国特色社会主义思想引领文学创作，用符合文艺规律的手段传播习近平新时代中国特色社会主义思想，以文化人、以文育人、以文培元，将“文学梦”融入实现中华民族伟大复兴的中国梦之中。要练好笔力。通过富有艺术创造性的中国故事、湾区故事、广东故事，全方位、大视野、多角度呈现新时代的发展与进步，不断标注广东文学水平的新高度。

（二）探索多措并举，打造精品力作。遵循创作规律，坚持以人民为中心的创作导向，把创作生产更多优秀作品作为中心环节，把提高质量作为文学作品的生命线，形成科学化、规范化、制度化的文学创作管理机制，在选题策划、创作采风、出版传播等方面加大扶持力度。策划建立广东文学重大现实题材库，围绕关注、记录大时代、大题材、大事件，围绕国家和我省重大战略部署、重要时间节点和重大活动开展文学创作，以新中国成立 70 周年、全面建成小康社会、建党 100 周年等重大节点为契机，大力扶持重大现实题材和历史题材文学创作。组织“改革开放再出发”重点作家蹲点深扎创作，计划从 2019 年至 2021 年，连续三年安排 15 至 20 名重点作家到农村、社区、企业等蹲点深扎、体验生活，培养一批新时代“柳青、路遥”式作家，创作一批新时代“扛鼎之作”。分别组织长篇小说创作推进会、长篇报告文学创作推进会、青年作家创作会议，研究和部署全省的重点题材文学创作，形成“策划一批、创作一批、储备一批”的梯次推进格局，着力打造一批脚下有泥、心中有光、笔下有神，焕发出广东人特有精气神的精品力作。

（三）强化平台建设，拓展文学空间。加快广东文学馆建设，努力打造“粤港澳大湾区”和“21 世纪海上丝绸之路”的文学大本营，建设集收藏、展览、研究、教育、阅读、交流、创意于一体的文学殿堂。坚持正确的办报办刊导向，坚决反对历史虚无主义和泛娱乐化、泛物质化倾向，抵制低俗、庸俗、媚俗。坚持改革创新，着力解决制约报刊社网发展的体制机制问题，切实提高办刊质量，努力向国内第一方阵的目标迈进。推动融媒体建设，不断提高报刊社网的自我发展能力。重视岭南文脉传承，坚持国际眼光和本土意识相融、前瞻视野与务实批评结合，树立广东批评立场、批评观念，大力构建视野宏阔、学风严谨、见解睿智、善于从多维多向视角观照文学问题的“粤派批评”话语体系和展示平台。加强对优秀作家作品的研究、宣传、推广，推动广东文学更具有标识度、美誉度、影响力。探索建立网络文学审美标准、网络文学创作职称评审办法。进一步办好新媒体，拓展文学传播渠道，扩大文学传播影响。坚持创造性转化、创新性发展，深化与省内外报业集团、传媒集团、影视机构、重点文学网站等战略合作，运用新载体促进优秀作品多渠道传输、多平台展示、多终端推送，开发文学 IP，打造文学和影视、传媒、网络、电信等互动的平台，推动文学创作与文化产业对接。

（四）立足前沿阵地，推动融合发展。紧紧抓住粤港澳大湾区建设的重大历史机遇，充分认识和利用“一国两制”制度优势、港澳独特优势和广东改革开放先行先试优势，依托粤港澳大湾区文学联盟，推动粤港澳文学界融合发展，实施“粤港澳大湾区文学名家造就工程”“粤港澳大湾区文学精品工程”“粤港澳大湾区文学互动工程”“粤港澳大湾区文学传播工程”。积极配合“一带一路”建设，发挥文学在文化交流、文明互鉴、经济合作中的桥梁纽带作用，拓展“21世纪海上丝绸之路”文学圈。探索建立与东南亚国家（地区）文学机构的常态化交流合作机制，拓展与世界华文作家交流合作，组织开展互访交流，举办作品研讨会、座谈会、笔会、联谊会等活动。加强同高水平的国际汉学家交流合作，使更多优秀广东文学作品进入国际出版市场，逐步实现国际主要语种全覆盖。

（五）着力机关建设，提高服务水平。着眼新时代目标要求，认真贯彻党中央关于深化群团改革的决策部署，全面实施《广东省作协深化改革方案》，增强政治性、先进性、群众性，认真履行团结引导、联络协调、服务管理、自律维权的职能，探索建立完善与社会主义市场经济体制、文学发展规律和人民团体职能相适应的管理体制、运行机制、服务方式，切实转变职能、增强组织活力，确保在重要方面和关键环节取得实质性进展，与时俱进更好发挥新形势下的桥梁纽带作用，真正把作协建设成为温馨和谐的作家之家。扩大联络范围，满腔热忱地与不同层次、不同地域、不同行业、不同民族、不同所有制单位的文学创作者广交朋友、深交朋友，最广泛地团结凝聚广大作家和文学工作者听党话、跟党走。延伸工作手臂，运用“两微一端”等新媒体新手段，积极联络各类文学组织和新文学群体。努力构建参与广泛、内容丰富、形式多样、机制健全的文学志愿服务体系，促进文学成果全民共享。认真组织“红色文学轻骑兵”走基层文学惠民活动、“面向社会、走向大众”系列文学活动，把服务群众同教育引导群众结合起来，在文学公共服务中巩固主流意识形态。

（六）完善体制机制，构建全新格局。对标最高最好最优，从全国大格局、全球大视野中谋划广东文学工作，弘扬敢闯敢试、敢为人先的改革精神，以逢山开路、遇水架桥的勇气，努力破解影响和制约广东文学的体制机制问题。以广东文学院为依托，拓展扩充并创建粤港澳大湾区文学院，立足湾区、面向全国、兼顾海外，识拔、选调、招聘一批优秀的创作、研究人才，经过培养打造，成为“文学粤军”异军突起的主力军。争取加大财政对文学创作的投入力度，为文学事业培精神之根、铸民族之魂提供充足的经费保障。大力推进文学观念、内容形式、风格流派、题材体裁、手段方法的积极创新，推动文学门类全面发展，提升文学创作的民族性、原创性、时代性。强化沟通协调，抓好上联中国作协、下联市县作协、横联有关部门和各行各业的工作网络体系建设，汇聚各类社会主体的资源和力量，不断拓展“大协作”工作格局，形成文学工作合力。研究并利用对我省有益的国外先进文学生产组织形式、管理制度和运作方式，进一步解放和发展文学生产力。

（《文艺报》2019 年 8 月 19 日 2 版）

新时代中国文学的新使命

杜学文

在中国文联、中国作协成立70周年之际，习近平总书记致信祝贺。他充分肯定广大文艺工作者70年来的贡献，殷切希望大家记录新时代、书写新时代、讴歌新时代，努力创作出无愧于时代、无愧于人民、无愧于民族的优秀作品。这是新时代中国文学的新使命。

历史方位

中华民族具有强大的文化创造力。在漫长的历史进程中，每一个时代都会涌现出伟大的作家与伟大的作品。他们既是中华民族追求、奋斗的典型缩影，更是中华文明发展、进步的重要标志，是民族历史真实、深刻的生动写照。新中国成立70年来，中国文学持续表现出旺盛的创造活力。经过几代人的不懈努力，在完成了新文学民族化、大众化的构建之后，形成了属于特定时代的审美范式。改革开放以来，中国文学再一次蜕变升华，在继承传统的基础上接受借鉴人类文明的有益成果，表现出更为丰富、更具活力、更有创新精神的发展态势。今天，我们进入中国特色社会主义新时代，比历史上任何时期都更接近、更有信心与能力实现中华民族的伟大复兴。同时，新时代也对文学提出了新的更高要求。这就是，文学要更加生动深刻地表现新的历史条件下中国人民克服困难，奋发努力，建设新生活的创造精神，要用文学来激励人们更团结、更坚强、更具智慧与伟力，要为这个时代提供精神激励、价值引领与审美启迪，为繁荣发展社会主义文艺、建设社会主义文化强国，实现“两个一百年”奋斗目标、实现中华民族伟大复兴中国梦作出新的更大的贡献。

承担这样的历史使命，首先应该解决的问题就是要对中国崛起复兴的历史方位有深刻的认知。这就是中国特色社会主义进入了新时代。这一时代的到来，是近代以来中国人民不懈奋斗、追求复兴的历史必然，是中国共产党团结带领全国各族人民自力更生、奋发图强，创造新的历史辉煌的必然。中华民族迎来了从站起来、富起来到强起来的伟大飞跃。这已成为历史的事实。尽管我们已经取得了令整个世界震惊的成就，但仍然面临着十分严峻的挑战。这种挑战，有来自我们自身的原因，有国际竞争中的博弈，还有社会发展进步中出现的新问题、新现象，等等。其中的许多方面可能是人类历史进程中从未有过的，表现出空前的复杂性。面对这样的现实，我们必须有穿透历史的洞察力与预示未来的敏锐性，从实现民族复兴的历史需求中确立文学的价值，认真思考事关未来的重大问题。比如，中华文明有没有能够适应时代变革要求的品格，在经受各种考验之后仍然保持旺盛的活力？中国人民有没有战胜一切艰难险阻——自身的与外来的——走向未来的智慧与能力？面对错综复杂的现实与挑战，文学将为人们提供什么样的精神滋养？将如何塑造这一时代中国人的精神世界与情感形态？将通过怎样的努力来激发而不是消泯、张扬而不是窒息、升华而不是污化民族精神与情感的创造力？这样的问题事实上并不仅仅是事关文学的问题，而是这个时代必须面对的问题。但不可否认的是文学首当其冲。因为文学是直接作用于人的精神与情感世界的。由于它自身所具有的生动性、形象性，以及传播与阅读的便捷性，比任何其他手段都更显重要、直接。如果我们对中国所处的历史方位缺乏清醒的认知，就难以抓住中国现实的本质性问题，也难以在作品中真实、深刻地表现好这个时代。

立场与方法

现实生活错综复杂，人们的判断与认知也呈现出复杂性。不同的价值标准、不同的时空条件对同样的问题会做出多样的判断。其中一个极为重要的问题是，文学是不是要回避生活中存在的阴影、丑恶、落后？其批判性是否还存在？事实上，问题不是文学要不要回避，而是如何面对；不是具不具备批判性，而是站在什么样的立场、用什么样的方法、为什么样的目的进行批判。习近平总书记在文艺工作座谈会上的讲话中明确指出，“生活中并非到处是莺歌燕舞、花团锦簇，社会上还有许多不尽人意之处，还存在一些丑恶现象。对这些现象不是不要反映，而是要解决好如何反映的问题”。他进一步强调，“文艺创作如果只是单纯记述现状、原始展示丑恶，而没有对光明的歌颂、对理想的抒发、对道德的引导，就不能鼓舞人民前进”。这一论述涉及这样几个方面。首先是立场问题。是站在人民的立场，通过对假、恶、丑的揭露、批判来维护人民的根本利益，还是相反？是通过我们的揭露与批判使社会生活更完善，使人的精神与情感世界更充沛，还是相反？是通过生动形象的描写来张扬正确的价值观、道德观，还是相反？立场的问题不解决，其他的问题就难以解决好，就可能沉溺在对丑恶、落后的把玩、展示之中，甚至以丑为美，认恶为善。其次是方法论的问题。这就是如何认知判断与表现的问题。一些现象从当下来看，可能会有多种选择。但如果从历史发展的大趋势来看，也许带有必然性。还有一些，从表面来看可能是这样的，但其实质却并不如此。一个数千年来的农耕文明大国，在极短的时间内实现现代化的转型，是人类发展史上前所未有的。其空前的复杂性——社会形态的、治理模式的、人伦结构的、思想意识的等等——本身就对我们形成了挑战。在一些地区仍然处于游牧与农耕状态的情况下，一些地区的现代化程度却显现出非同一般的发展，甚至可以说进入了“后现代”社会，在某些领域具有领先意义，是其他国家包括发达国家还不具备的。这种社会形态的多样性叠加当然会伴随着一系列的矛盾和问题。那些具有穿透社会表面现象捕捉生活本质的作家就会表现出比一般人高超的认知。他们总是能够直击事物的要害，并预示出变化的必然性。在对生活中负面现象的揭露与批判中，能够既直面现实，又表现出社会生活以及人的积极性、能动性，并用生动感人的笔触来揭示出代表未来趋势的力量所拥有的意义与价值，显现出用光明驱散黑暗，用美善战胜丑恶的必然，让人们看到美好，看到希望。

独特的现代性

在现代化程度日见加深的条件下，社会形态以及人的生活方式均发生了重要变化。这种变化既呈现出中国自身的特殊性，也不可回避地呈现出与其他已实现现代化的国家和地区的一致性。人与人之间的联系在日益便捷的情况下日益疏离；个体的能力在对机械与信息的强依赖下逐渐萎缩；社会产品的极大丰富激发了人对物的占有欲望，而人自身的价值出现了错位，对自己赖以生存的自然资源的过度消耗又反过来制约了人的发展，等等。现代派创作思潮的兴起与现代化的加深有着必然的联系。从表现手法来看，是对既有传统文学的拓展、新变，显现出文学自身所具有的创新能力。从价值呈现来看，是对人所创造的“物”由于生产技术的进步而日见强大后对人的“异化”的抵制与批判。这其中既有哲学终极意义上的表达，也有社会现实意义上的反思。其核心的问题就是“人”在强大的“物”面前表现出自主性的丧失。毋庸讳言，目前我们的创作受现代派思潮的影响很大。这既是现实生活的社会基础使然，人，包括作家不可能回避逃离自己生活的现实；也是文学自身发展的必然，文学总要在既有的基础之上探索新路。

但问题是，所谓“现代派”创作思潮并不是一个统一的概念，它实际上又是不同地区不同时期的作家们在自己不同的具体生活中各展其长的探索。他们的创作理念也各有侧重，使“现代派”呈现出不同的风貌，具有事实上的多样性。也就是说，不同地区文化、不同发展状况对作家的创作会发生不同的影响，并制约其形成不同的创作模式。即使是它们都可以称为“现代派”，也各不相同。那么，在现代化程度日渐加深的社会条件下，中国文学也不可回避地要解决自身的“现代性”问题。这种所谓的“现代性”，当然不可能仅仅满足于对别人的模仿，而是有中国历史文化与现实生活为基础的“这一个”新创。可以肯定的是，在表现手法与技巧方面，我们已经学习借鉴了很多。中国文学的表现力得到了极大的拓展丰富，其可能性大大增强。但是，不可忽略的是在表现方法方面，我们仍然有自己的独特性，有自己的优长。中国传统审美对今天创作的影响不可能荡然无存，而是越来越显现出无可回避的魅力。现代派文学即使对传统文学来说具有极为充分的创新意义，但也无可否认存在着巨大的局限性。如注重人的内在世界，包括心理、感觉、无意识等的描写，而忽略甚至放弃了对人存在外在行为的表达，这种现象导致对社会生活及人的命运的表现被限制在“内在”的范围内，放弃了对更为丰富的社会生活表现的可能性；又如注重语言自身的表现力而忽略了人物形象的刻画，以至于作品人物失去了鲜活的性格，甚至具体的身份，成为一种符号、概念，成为不可认知或不需认知的存在；再如注重作者的自足性而忽略读者接受的可能性，由于不考虑读者的审美需求使作品成为丧失读者的存在，等等。总体来看，现代派文学与读者的审美需求形成了巨大的鸿沟。在更多的情况下，是一种拒绝或放弃读者的创作。而与读者的疏离将使作品的审美魅力、社会影响力受到限制。正是充分感受这种创作的局限性，许多以“先锋”“现代”写作产生影响的作家反而重新从传统文化中寻找创作资源。我们需要努力的是，在新的历史条件下，如何学习借鉴现代派创作手法，并使之能够发生新变，突破、改变现代派作品与审美、作者与读者之间的脱节现状，形成一种从传统的基础来看接受了现代性，从现代性的表现来看又继承了传统，二者有机共生、融为一体的新的创作手法。

在内容与价值表达方面，我们尽管不能否认现代性在不同国家地区有其一致性的表现，但也同样不能否认不同地区文化背景中的现代性仍然有自己的独特性——源于漫长历史文化的积淀与现实变革的不同。从现实生活而言，中国广阔的地域、多样的自然地貌生成的生产生活方式，当然是与其他地区有区别的。就中国不同的区域而言，差异性也极大。东南部沿海发达地区与西北部内陆欠发达地区的现代化程度显然是不同的。即使是同一地区，外来移民与原住民的区别也很明显，从事现代科技研究的人群与固守原住民生活状态的人群几乎可以说处于同一时空中的不同世界。这种现实生活的丰富性、差异性是极为典型的。从价值层面而言，中国传统文化中人文色彩极为浓郁，以人为中心的伦理关系、地域关系、文化认同极为重要。这与强调人的个体存在，长期在神的控制下形成的价值体系是不同的。在人与自然、人与人及人与社会的关系，个人价值的确立、对物的态度，以及方法论等方面都存在很大的差异。

除了现实生活的不同之外，人的存在方式也有很大的差异。比如中国人对家庭、家族、家乡、家园的认可、归附十分强烈；社会组织，包括地域、单位、政治、经济等对人的影响也极为突出。一个进入都市并已立住脚的人，在失去其都市的安身之所后，仍然可以在家乡农村找到自己的生存之地，当地政府以及家庭、邻里对其仍然负有许多责任。这就是说，由于社会形态与文化传统的不同，中国人在现代化的滚滚大潮中拥有的自主性、归属感相对而言更为明显。尽管“物”对“人”的挤压、异化同样存在，但人的抗压、抗异能力更为强大。“人”与“物”的关系表现出不同于其他地区的特殊性。即使是表现现代化进程中“人”与“物”之间变异的关系，其区别也是非常明显的。也许，发现并表现出这样的变化与不同，是中国文学价值的一种证明。中国现实生活的独特性、文化传统的相异性、生存方式的巨大差别等决定，中国文学的现代之路具有自己的鲜明特征。这应该是新时代文学表现这一历史现实不可回避的途径。

在现代化的隆隆行进声中，一个新时代悄然来临。我们是这个时代的亲历者、创造者，也是这个时代的记录者、表现者。在不同的历史时期，中华民族做出了不同的贡献。现在，是我们开创新时代新的辉煌的历史时刻，文学将为此而贡献自己不可或缺的力量。

（《文艺报》2019 年 9 月 16 日 3 版）

牢记嘱托勇担使命　推动浙江网络文学走在前列

臧　军

中国文联、中国作协与新中国共庆70华诞，习近平总书记在贺信中指出，“文艺事业是党和人民的重要事业，文艺战线是党和人民的重要战线。”这充分体现了以习近平总书记为核心的党中央对文艺事业、文艺战线的高度重视，令我们倍感亲切、倍感自豪、倍感振奋！

浙江是文化大省、文学大省，也是互联网大省和网络文学大省。2013年习近平总书记“8·19”讲话后，浙江省作协党组意识到，在新的形势面前，作协工作和职能必须有新的拓展：既要继续做好对传统作家、体制内作家的服务，又要延伸工作手臂，做好对网络作家、体制外文学群体的团结、吸纳和引导。迅猛发展的网络文学已涉及国家文化和民族发展的战略安全，为此，浙江作协于当年11月开始实施“网络文学引导工程”，就加强网络作家群体的团结引导迈开了实践的第一步，大胆探索网络文学正确引导、有效服务、科学管理、创新机制的“浙江模式”，为团结、引导网络作家群体做出了有益探索。目前浙江省级网络作协有会员564人，团体会员26家，建有创作基地7个。17个市、县（区）先后成立了网络作家协会，逐步建立资源共享、工作联动机制，目前全省各级网络作协会员已有1500余人。通过中国作协、省作协、市文联及县（区）地方政府的四级合作，搭建了中国作协网络文学研究院、中国网络作家村、中国网络文学周三大“国字号”品牌。近年来，从浙江网络作协中走出了一批领军人物，其中有全国人大代表1人、省政协委员1人、中国作协全委会委员2人、省作协副主席1人。浙江网络文学作品在国际传播、IP转换等方面成绩显著。

新时代，网络文学有了新发展。浙江是“中国革命红船起航地、改革开放先行地、习近平新时代中国特色社会主义思想重要萌发地”。习近平总书记要求浙江“干在实处永无止境，走在前列要谋新篇，勇立潮头方显担当”。浙江的网络文学工作也要自觉承担起举旗帜、聚民心、育新人、兴文化、展形象的使命任务，在贯彻落实习近平新时代中国特色社会主义思想方面走在前列。

政治引领、团结凝聚走在前列。强化政治意识和责任意识，始终把贯彻落实习近平新时代中国特色社会主义思想和党的十九大精神贯穿工作全过程，注重网络文学对青少年的影响力，团结引导网络作家听党话、跟党走，推动网络文学健康发展，最大限度包容团结广大网络作家，引导网络作家践行社会主义核心价值观，切实发挥好协会的桥梁和纽带作用。

组织服务、温馨关怀走在前列。继续将网络文学作为省作协一把手工程，由省作协党组书记亲自抓。发挥浙江网络文学工作的先发效应，进一步深入在“网络文学引导工程”的基础上实施“网络文学领跑计划”。将推进省、市、县三级网络作协联动体系，网络作家职称评审，网络作家自由撰稿人体检，网络作家体验营，网络文学双年奖等首创工作继续深入、深化，加大服务力度、加大服务覆盖面，加强服务有效性。增强网络作家的获得感、幸福感。坚持以会员为本，在工作中去行政化、去机关化，注重柔性化、情感化的服务方式，与网络作家广交朋友、真交朋友、深交朋友。做好网络作家创作扶持、维权、培训、荣誉推荐等暖心工作，协同有关单位、部门，在网络文学人才认定、社会保障等方面实现突破，通过服务传递协会关怀，营造网络作家之家。

转型升级、讴歌时代走在前列。坚持“二为”方向、“双百”方针，综合统筹作协资源，引导网络作家转型升级。发挥中国作协网络文学研究院的权威发布优势和全国顶尖网络文学专家队伍作用，联合文创企业针对网络作家群体的特点，启动“新雨计划”青年网络作家新生代培育行动。以 3 年为一个周期，每年培训两次，每次培训 20—30 名青年网络写手和网络作家，努力培育网络文学“新时代、新生代、新力量”。建立青年网络作家人才库，邀请知名作家、文艺评论家、高校文学教授等组成导师团，以创作“四个讴歌”的红色革命题材、现实题材、优秀历史题材为主，助推青年网络作家重点创作项目。加强主题创作，通过实施《浙江省网络作协优秀作品扶持奖励办法》、“红色芳华——革命历史题材网络文学创作计划”等，围绕新中国成立70周年、建党100周年等重大纪念节点，扶持、打造一批网络文学精品力作。

事业发展、产业推动走在前列。结合浙江省第十四次党代会提出的建设“文化浙江”和“文化产业成为万亿产业”目标，发挥浙江影视产业副中心、网络文学创业创新生态系统完善的优势，综合浙江网络媒体、网络视听、网络出版、网络文化、网络娱乐和电影电视等众多领域，通过中国网络作家村、中国网络文学周等全国性平台，推动网络文学知识产权的全产业运作。

国际传播、文化输出走在前列。在中国作协的指导下，推动中国网络文学周升级，搭建国际网络文学高端平台，推出中国网络文学精品和优秀文化产品，扩大国际文化创作交流，推动国际文化产品版权交易，用网络文学讲述中国故事、传播中国故事。

习近平总书记在贺信中指出：“中国文联、中国作协是党和政府联系文艺界的桥梁和纽带，在团结引领文艺工作者、繁荣发展社会主义文艺事业方面肩负重要职责。”浙江作协和文学工作者将在中国作协的带领下，不忘初心，牢记使命，以实际工作践行总书记嘱托，团结引导网络作家新文学群体记录新时代、书写新时代、讴歌新时代，为实现中华民族伟大复兴中国梦添砖加瓦。

（《文艺报》2019年7月24日5版）

服务于人民　服务于时代

辛　华

习近平总书记给中国文联中国作协成立70周年的贺信，充分体现了党中央对文艺工作的高度重视，对文艺工作者的深切关怀，在文艺界引起强烈反响。认真学习习近平总书记的贺信，我感受深刻，这既是对文艺工作的根本定位，也是对我们党70年文艺工作的深刻总结，特别是对党的十八大以来的文艺工作成就给予了充分肯定，对新时代文学工作，对文学工作者和广大作家提出了殷切希望与要求，是对我们文学界的巨大鼓舞与鞭策，是文学工作坚守的方向和根本遵循。

当前，全党上下正在开展“不忘初心，牢记使命”主题教育，共产党人为人民谋幸福、为民族谋复兴的初心与使命，也正是新文学从产生到发展的初心与使命。做好新时代文学工作，不论是文学工作者还是广大作家，牢记这份初心、承担这一使命，才能真正肩负起新时代文学的责任与担当，也才能把习近平总书记“记录新时代、书写新时代、讴歌新时代，努力创作出无愧于时代、无愧于人民、无愧于民族的优秀作品”的要求落在实处、扎进新时代深厚的土壤中。

近年来特别是党的十八大以来，重庆市作协认真落实习近平总书记关于文艺工作的系列重要论述，推动文学事业发展。网络文学作为文学的重要组成部分，作为重庆文学工作的重要组成部分自然不能例外。我们有注册网络作家数万名，有网络作协会员300多名，网络作家年总收入近1个亿，上缴税收400多万元，仅去年网络作协会员在网络平台上传新作品近200部，出版作品近20部，重庆网络作家如小桥老树作品获年度优秀网络作品排行榜前十，静夜寄思获年度正能量作家称号，韩路荣获全国百名巾帼好网民称号，等等。重庆网络作家在全国网络文学领域具有一定影响，网络文学发展势头活跃。网络文学的发展，同样面临如何认真贯彻落实习近平总书记贺信精神，肩负时代使命与责任问题。网络文学作品面向社会各阶层特别是青年读者，对社会思想形态具有重要影响，如何加强和做好网络文学工作，发挥网络作家弘扬社会主义核心价值观、推进社会主义文学事业繁荣等方面的重要作用，也是我们面临的重大课题。

近几年的网络文学工作实践，让我们深切感受到，要把习近平总书记贺信精神落实到网络文学工作领域，有几个方面工作需要认真做好做实。一是要搭“架子”。我们成立了网络文学创委会，2016 年指导成立重庆市网络作家协会，网络作协组织的建立，使抓好网络文学工作有了抓手。二是要把好“口子”，指导规范管理，加强网络文学方向引领。有了方向的引领，服务于人民、无愧于时代才不会是一句空话。三是要拓“路子”，拓宽与网络平台战略合作路子，拓宽文学产业转化新路子，把网络文学发展的鲜明时代特点真正体现出来。具体来说，就是要做到“四个重视”。一要重视工作机制建设。例如重庆市除了建立网络作协组织，还结合机构改革把联系网络作家与新文学群体、加强网络作家的创作研究与指导，分别纳入重庆市作协创联部、创研部工作职能，在重庆市作协兼职副主席配置中吸纳网络作家，从工作机制上为发挥市作协桥梁纽带作用、加强对网络作家的联系与服务提供了保障。二要高度重视网络文学领域意识形态安全，始终把握网络文学领域意识形态工作领导权。我们指导网络作协开展各类党的文艺方针政策学习教育活动，召开以“弘扬主旋律、网播正能量”为主题的全国网络作家大会等，在把准航向上绝不含糊。三要重视发挥网络作协组织作用。一方面直接联系服务和团结网络作家，另一方面在争取各级对阵地设施建设支持上发挥重要联络作用，目前来看效果明显。四要重视采取实际支持措施，让网络作家感受到党委政府的关心，使他们更紧密地围绕党的文学工作要求，不忘文学初心、牢记文学使命，书写网络文学繁荣发展新篇章。

中国特色社会主义进入新时代，社会主要矛盾发生历史性深刻变化，经济社会全面发展，信息与智能技术不断飞跃，网络文学发展迎来新的机遇与挑战。贯彻落实习近平总书记给中国文联中国作协成立 70 周年的贺信精神，充分认识文艺事业对党和人民事业全局的重要作用，自觉承担起举旗帜、聚民心、育新人、兴文化、展形象的使命任务，认真履行团结引导、联络协调、服务管理、自律维权的职能，做好党和政府联系作家的桥梁纽带，团结引导网络作家担当起历史责任，创作出无愧于时代、无愧于人民、无愧于民族的优秀作品，发挥好培根铸魂作用，按照党和人民要求推进文学繁荣任重道远。做好网络文学工作，确保网络文学这片天空的蔚蓝纯净，为广大网络文学读者提供健康的精神食粮。

（《文艺报》2019 年 7 月 24 日 5 版）

培植经典文学作品生成的人文环境

刘金祥

习近平总书记在致中国文联、中国作协成立70周年的贺信中指出："新中国成立70年来，广大文艺工作者响应党的号召，积极投身社会主义革命和建设、改革开放伟大实践，创作出一批又一批脍炙人口的优秀文艺作品，塑造了一批又一批经典艺术形象。""希望中国文联、中国作协……认真履行团结引导、联络协调、服务管理、自律维权的职能，团结带领广大文艺工作者记录新时代、书写新时代、讴歌新时代，努力创作出无愧于时代、无愧于人民、无愧于民族的优秀作品。"这一重要论断和精辟阐释既是对我国文艺事业发展成就的高度肯定，也是对新时代文艺工作者创作优秀作品的殷切期待。的确，新中国成立以来，特别是改革开放40多年来，广大作家艺术家牢固树立以人民为中心的创作导向，不断增强脚力、眼力、脑力、笔力，推动了包括文学创作在内的整个文艺事业呈现劲健兴盛的发展态势，涌现出一大批有筋骨、有道德、有温度的优秀文艺作品，成为传播当代中国价值观念、体现中华文化精神、反映中国人审美追求的重要载体，不仅为中华民族提供了丰厚滋养，而且为世界文明贡献了华彩篇章。但客观审视我国文学演进历程，审慎打量文学创作实绩，不难发现能够温润心灵、启迪心智且形神兼备、意境深远的经典文学作品还是比较稀缺，难以满足当下人民群众日益增长的精神文化需求。这就要求广大作家感国运之变化、立时代之潮头、发时代之先声，进一步增强"四力"，俯下身去、静下心来，努力创作思想精深、艺术精湛、制作精良的经典文学作品。

文化生产基本原理表明，文学创作有其特殊规律和固有法度，这决定了衡量经典作品的标准很难统一和固化，但至少有一点不容否定：只有经得住时光淘洗和时间检验的优秀作品，才能成为真正的文学经典，正如美国“耶鲁学派”文学理论家哈罗德·布鲁姆所说：“不能让读者重读的文学作品无论如何算不上经典”。中外文学史上每一部经典作品，都是笃定恒心、倾注心血的传世之作、千古名篇，都有着典型的人物形象、缜密的行文结构和不可替代的叙述逻辑以及新异的精神探索，一部呈具生命力的经典文学作品，在于不同时代的论者和读者，仍旧有兴致对其进行深入阐释、依然有兴趣对其进行反复阅读。而从美学角度来裁断和厘定文学经典之所以成为经典，在于经典作品既塑造了形神毕肖的人物，又积淀了丰富深邃的思想，还彰显出独特卓异的美学风格，臻于思想性和艺术性高度契合与有机统一的境界。进入 21 世纪以来，在市场经济大潮的不断侵袭和反复冲击下，很多作家丢失了文学创作的初心和使命，弃绝了对经典创作的敬畏感和担当感，价值迷失和心态浮躁导致文学创作风光不再、前景堪忧。尽管近年来我国文坛涌现出一批包括获得茅盾文学奖在内的《尘埃落定》《长恨歌》《历史的天空》《暗算》《秦腔》《额尔古纳河右岸》《黄雀记》《江南三部曲》《繁花》《你在高原》《推拿》等优秀长篇小说，但令人忧戚沮丧且无法回避的严峻现实是，包括长篇小说在内的叙事文学的兴盛时代似乎正在凄楚地走向衰落，与之相伴，葆有经典属性的文学作品越来越显得凤毛麟角，包括上述获奖作品在内的诸多长篇小说，很多并未进入当下多数国人的阅读视野，难以成为被时下读者接受且流布广泛的传世精品。鉴于文学创作现状堪忧前景黯淡，21 世纪初期从事中国当代文学的研究人员也处于比较难堪和尴尬的境地。仅以占据文学创作结构主体地位的叙事性文学作品为例，由于近年来很多小说创作涉猎题材同质化、跨越时空叠加化、状绘社会心理浅薄化、运用表现手法粗糙化，以至于我国文学理论界无法从审美角度尤其是从叙事学角度对其进行解读和评判，许多文学评论家不得不借用文化、道德、启蒙、批判、民主、科学、权利、反抗等其他人文社会科学领域的一些语汇和范式加以诠释和言说，将文艺理论这个原本规范而严肃的学科身份改造得十分模糊和可疑，也就是说文艺理论界所关注和谈论的道德问题、社会问题、文化问题和价值问题，都无法以具体细微的“文学形式”加以切进和介入，而往往只能僭越体系不顾逻辑地直奔主题，这显然是跨界越位地闯入了文化史范畴和思想史界域。

在加速度与世界文化接轨融合、高频率向国外传播输送中国文化的当下，我们可以坦率地直言：在当代世界文学坐标系里，除了少数中国作家的作品外，21世纪中国文学其经典作品还比较匮乏。尽管文学发展史表明，100年没有经典作品绝非怪事；尽管早在上个世纪30年代鲁迅先生就曾说过："中国从18世纪末的《红楼梦》以后，实在也没有产生什么较伟大的作品"，但这并不意味着对文学饶有兴致的国人只能阅读传统经典作品。今日中国文学界之所以陷入低俗、芜杂和迷乱的局面，与当代作家缺少精品意识乃至经典观念密不可分，而造成缺少小说精品意识乃至经典观念的状况其主要原因有二：一方面是当代中国文学创作自身价值取向出现了问题，另一方面则是市场经济发展中精神危机、价值迷失在当代文学中的表现。经典文学作品是一个民族的精神追求、审美传统和道德理想在一位伟大作家创作实践中的具体体现和集中反映，一位作家之所以伟大，就是因为它在断裂的过去和将来之间，依靠自己的社会判断力、历史洞察力和精神表达力，创作出展示社会风貌、修补文化裂痕、增强读者价值认知的文学作品，无论是曹雪芹的《红楼梦》，还是托尔斯泰的《战争与和平》、巴尔扎克的《人间喜剧》，抑或马尔克斯的《百年孤独》，这些经典作品不仅充分体现了人性的本质诉求，而且表现了人类共同的感情、心理和愿望，从而成为被中外读者争相传阅的旷世经典。

美国作家爱默生说过，"只有传世之作才值得继续流传下去"，而传世之作是创作主体心血与智慧的结晶，从这个意义上讲，经典文学作品是被历史地文化地建构起来的。近年来我国当代作家们推出了《考工记》《重新生活》《天黑得很慢》《云中记》《牵风记》《候鸟的勇敢》《黄冈秘卷》《幸存者》《风声（2018版）》《山本》《主角》《人世间》《修改过程》《穹庐》《北归记》《太阳升起》《刻骨铭心》《天上有太阳》等一批文质俱佳的虚构文学作品，这些作品在变动弗居、缤纷多彩的现实社会生活中，通过题材深度开掘与表现方式综合运用展现出日益丰富的时代样貌，彰显出当代作家认识时代与解读时代的能力有所提升，无论是艺术表现还是内容架构，都呈现了不同的文学特质，尤其是通过对现实生活的立体刻画，状摹出人民与时代的精神风貌，勾勒出在波澜壮阔的时代大潮中人物的命运沉浮，在一定程度上掘发出人类精神世界深处的幽暗与光芒。但从人类精神层面与艺术自觉高度来衡量，这些文学作品距离“代表某一个文学时期最高成就，并且是其他作品竞相仿效的对象、依据和奋斗目标”的经典作品还有距离。但也许正是由于经典作品是一个时代的文学证明和文明符号，是文学创作的引擎与标杆，所以，现实中一些学者和读者对经典作品依然怀揣着莫大期许和种种幻想。事实上，在西方后当代文学主流语境中，所有传统经典都被视作一种话语权力，成为被理论界所解构所颠覆的对象。从表面上看，这颇像20世纪初中国文学界、思想界所发起的新文化运动，对传统文化一概加以否定和摒弃，但本质上二者有着天壤之别。五四新文化运动将中国几千年来所磨砺出来的“经典”，顷刻间瓦解损毁得体无完肤，但五四的先驱们反传统的主要目的，在于反“吃人的历史”“吃人的礼教”，意欲将没有人之地位的“沙聚之邦”变成“人国”（鲁迅语），就在他们高擎并舞动着科学和民主两面大旗时，西方反传统的非理性思潮也风起云涌，呈狂飙突进之势。一个多世纪后的今天，西方人对传统文学经典的破坏更是采取了釜底抽薪的办法：人的主体就是一种假象，创作主体一旦死亡，文学作品即失去确定的意义，读者阅读文学文本无非是创造出无限多的、没有同一客观标准的各种意义来，西方后现代主义的这种解构思潮对我国文学界也产生了较大影响。在这种文化背景下，我们所面对的已经不是有没有经典、要不要经典的问题，而是传统意义上的文学消亡与否的问题。看清当代部分作家人格力量的萎缩和文化信念的流失，也就找到了中国当代文学创作缺少经典作品的内在因由。面对当下涵育经典作品机制缺失这一不利局面，笔者认为，文联、作协等有关方面应自觉承担起举旗帜、聚民心、育新人、兴文化、展形象的使命任务，注重引导当代作家树立正确价值取向，着力维护市场经济中“文学场”的生成功能，对作家进行正向引导与及时推介，努力培植经典文学作品繁育的人文环境和社会土壤。

（《文艺报》2019 年 7 月 26 日 2 版）

构建新时代文学的大厦

李晓东

党的十八大以来，以习近平同志为核心的党中央，团结引领全党全军全国各族人民奋勇前进，中国特色社会主义事业进入了新时代。党的十九大提出新时代中国特色社会主义思想包括八个明确、十四个坚持，涵盖了政治经济文化、内政外交国防、治党治国治军各个方面。新时代是比任何时候都更接近中华民族伟大复兴的时代，是前所未有地靠近世界舞台中央的时代，是全面建成小康社会的时代，也是以文化自信建设社会主义文化强国的时代。新时代和习近平新时代中国特色社会主义思想，为文学的繁荣发展提供了丰富深广的素材、鲜明正确的引导、昂扬向上的精神、全面充分的保障。广大作家没有辜负新时代的呼唤，坚持以人民为中心的工作导向，深入生活、扎根人民，不断增强脚力、眼力、脑力、笔力，精品力作持续涌现，成果丰硕。

习近平总书记在今年 3 月 4 日参加全国政协文艺界、社科界委员联组会时发表重要讲话，希望包括作家在内的文艺工作者坚持与时代同步伐、以人民为中心、以精品奉献人民、用明德引领风尚。在致纪念中国文联、中国作协成立 70 周年大会的贺信中，习近平总书记又一次强调广大文艺工作者要记录新时代、书写新时代、讴歌新时代，努力创作出无愧于时代、无愧于人民、无愧于民族的优秀作品。深入学习习近平总书记关于文艺工作的系列重要论述，构建与中国特色社会主义新时代相适应的文学大厦，已成为广大作家和文学工作者自觉的责任和使命。

中国梦是新时代文学大厦的基础

2012 年 11 月 29 日，习近平总书记参观“复兴之路”展览时深刻指出，实现中华民族伟大复兴，就是中华民族近代以来最伟大的梦想。实现中华民族伟大复兴中国梦战略目标的提出，是进入新时代的号角。我们的各项工作，都必须围绕和服务于这一战略目标，文学自然不能例外。2014 年 10 月 15 日，习近平总书记主持召开文艺工作座谈会并发表重要讲话，讲话全篇五个部分，一万五千余字，核心围绕一个问题，即文艺为什么事业服务。答案是明确的，文艺为实现中国梦服务。习近平总书记强调：“实现中华民族伟大复兴的中国梦是长期而艰巨的伟大事业。实现这个伟大事业，文艺的作用不可替代，文艺工作者大有可为。”这就要求广大作家和文学工作者，必须把自己的创作和工作，自觉融汇到民族复兴的壮阔洪流之中。

中国共产党成立以来，始终不忘初心、牢记使命，为中国人民谋幸福、为中华民族谋复兴，在不同历史时期，党一以贯之坚持的，是以人民为中心的工作导向，而中心任务因时而变。新中国成立以前，以军事斗争和夺取政权为中心；新中国成立后到十一届三中全会前，以保持“球籍”，即政权和国家安全独立，恢复大国地位为中心；十一届三中全会到十八大，以经济建设为中心；十八大以来，在毫不动摇地坚持以经济建设为中心的基础上，强调实现中华民族伟大复兴的历史使命。实现伟大复兴，建设富强民主文明和谐美丽的社会主义现代化强国，是经济、政治、文化、社会、生态全面复兴的盛世中国。文学与时代同步伐，就是要与新时代同步伐，记录新时代、书写新时代、讴歌新时代，就是要记录、书写、讴歌走在复兴之路上的新时代。在这一视野下，确定自己创作的品格，包括如何看待历史、如何考察现实、如何选取题材和素材，确定怎样的风格格调气象。民族复兴大视野烛照下，历史虚无主义、民族虚无主义显出了本来的虚妄和脆弱；“反观自身”，表现个人情绪和小我意识的创作显出了固有的局限，希望破茧而出，飞向更广远的天地；以“揭露”“批判”自许的创作，明白了认识的浅陋和素材选择的不客观；借“审丑”赚眼球、吸流量，企图获取利益的行为，背离了民族复兴中优秀文化繁荣发展的要义，必然被人民唾弃。而饱含民族精神和时代精神，有筋骨、有道德、有温度，书写和记录人民的伟大实践、时代的进步要求，彰显信仰之美、崇高之美，弘扬中国精神、凝聚中国力量，鼓舞全国各族人民朝气蓬勃迈向未来的作品，将越来越受到人民的喜爱和欢迎，构成新时代中国特色社会主义文学的主流。

人民是新时代文学大厦的主体

十八届一中全会后的记者会上，习近平总书记发表重要演讲强调："人民对美好生活的向往，就是我们奋斗的目标"。十九大报告指出："为什么人的问题，是检验一个政党、一个政权性质的试金石。""以人民为中心"，是以习近平同志为核心的党中央一切工作的宗旨，也是新时代一切工作的出发点、落脚点和最鲜明特色。关于文艺工作系列重要论述中，习近平总书记每一次都把"以人民为中心"放到突出位置予以强调。文艺工作座谈会上的讲话第三部分标题即为"坚持以人民为中心的创作导向"，看望全国政协文艺界社科界委员发表的四点意见，位列第二的依然是人民，"要坚持以人民为中心，一切成就都归功于人民，一切荣耀都归属于人民"。相信人民、依靠人民、服务人民，是中国共产党人忠贞不渝的最高信条。

毛泽东同志《在延安文艺座谈会上的讲话》多次强调"为什么人的问题，是一个根本的问题，原则的问题"，《讲话》最重要的贡献，就是确定了文艺的工农兵方向。习近平总书记号召广大文艺工作者用心用情用功抒写人民、描绘人民、歌唱人民。新时代是人民的新时代，新时代文学同样是人民的文学，是人民美好生活的有机组成部分。文学源于生活，人民从来就是生活的主体，革命、建设、改革的所有成就，都是党领导人民不懈奋斗的成果，新时代通过两个阶段的努力，到建党 100 年时实现民族复兴，同样必须紧紧依靠人民。文学要想与新时代同步伐，不断有所发现、有所发明、有所创造、有所前进，持续繁荣发展，从"高原"迈向"高峰"，只有深入生活、扎根人民，向人民学习，向生活取经，萃取民族复兴伟大征程中的典型环境、典型事件、典型形象、典型精神，发掘本质力量、本质属性、本质品格，才能有大成就。新时代是经济社会文化空前发达的时代，新时代人民是具有许多新的特点和性格的人民。现在，人们习惯用出生年代标志人的特性，如“80后”“90后”“00后”等，其实并非自然的公元纪年带来的变化，而是社会发展所产生的代际差异，随着经济社会加速发展，代际差异将越来越明显，如何及时、准确、形象、生动地书写和记录新的人和他们所做的新的事，对作家的挑战不容小视。

文学创作，尤其是承担着意识形态和文化培育责任的严肃文学创作，应当更多地坚持现实主义创作方向和创作风格，把更多能引起广大读者共鸣，使人们获得精神陶冶和思想提升的精品力作呈现出来。总之，人民是新时代文学的内容主体、接受主体、评判主体，优秀的作品必须反映人民为实现中国梦努力奋斗的主体地位和生动实践，为人民所接受、认同、流传。

现实主义是新时代文学大厦的色泽

习近平总书记在中国文联十大、中国作协九大开幕式上的重要讲话中指出，“不论多么宏大的创作，多么高的立意追求，都必须从最真实的生活出发，从平凡中发现伟大，从质朴中发现崇高，从而深刻提炼生活、生动表达生活、全景展现生活”，这为发展繁荣以现实主义为底色的新时代文学提供了根本遵循。

记录、书写、讴歌新时代，是作家义不容辞的责任和使命。记录、书写、讴歌，其字意正与《诗经》之风、雅、颂相对应。记录，其类于风，到今天，作家深入生活还叫“采风”；书写之于文学，是经过艺术提炼和作家再创造的创作活动，包含从生活到艺术，由俗到雅的自觉过程；颂，取其颂扬、歌颂之意，是情感的赞扬和讴歌。记录是基础、书写是手段，讴歌是态度。《诗经》的本质，就是现实主义。习近平总书记强调，中国精神是社会主义文艺的灵魂。新时代文学，就要学习、继承、弘扬《诗经》以来，虽时代流变，一时代有一时代之文学，但始终构成中国文学主流主脉的现实主义文学精神、态度、风格。现实主义，也是中国现代文学和革命文学最鲜明的色泽。五四新文化运动时期成立的“文学研究会”举起“为人生”的宗旨，大革命时期、抗日战争、解放战争时期，以及中国当代文学阶段，现实主义都是中国共产党文艺工作的重要要求。

遵循现实主义创作方向，深入生活，就要真实反映新时代的社会现实。新时代是阔步前行、成就巨大的时代，同时也是经济体制深刻变革、社会结构深刻变动、利益格局深刻调整、思想观念深刻变化，矛盾易发多发的时期，各种风险依然存在，在一定条件下还可能激化。文学承担记录时代的责任，为新时代留下无可替代的文学记忆，就必须遵照习近平总书记在全国宣传思想工作会议上提出的，不断增强脚力、眼力、脑力、笔力。既读万卷书，又行万里路，向柳青等老一辈作家学习，把深入生活、扎根人民作为立身之本、终身事业，而不是走马观花式的“体验生活”；自觉锻炼提高观察生活、把握现实的能力，在纷繁芜杂的万花筒中，既看到色彩，又厘清基调；不浮光掠影地表现生活的表象、避重就轻地表现现实的边缘、浅尝辄止地表现历史的浪花，而是沉潜到新时代生活与现实的最深处，既不回避矛盾风险，又用理性的思考，穿透现象看到本质，深刻把握矛盾和风险是民族复兴伟大征程中必然会经历、也必须会战胜的暂时困难；源于生活、高于生活，用与新时代相适应的笔力，创造更高、更强烈、更有集中性、更典型、更理想，因此就更带普遍性的典型环境下的典型人物；用现实主义精神和浪漫主义情怀观照现实生活，用光明驱散黑暗，用美善战胜丑恶，让人们看到美好、看到希望、看到梦想就在前方。

传播效能是新时代文学大厦的标杆

习近平总书记指出，只要有正能量、有感染力，能够温润心灵、启迪心智，传得开、留得下，为人民群众所喜爱，这就是优秀作品。习近平总书记为优秀作品下的定义中，“传得开、留得下”是关键要素，社会主义核心价值观需要弘扬、真善美需要传播、民族精神时代精神需要彰显、民族复兴的伟大事业需要影响千万人，中国精神中国故事需要让世界倾听，这些使命，都有赖以优秀文化作品为载体传于远方、垂于后世。

5G 时代的到来，是当前一个全世界关注的话题，传播技术的飞速发展和传媒领域的空前变革，不仅影响新闻事业，对文学的影响同样明显、巨大而深远。当前，互联网、自媒体、融媒体无处不在，前所未有地作用着生活工作的每一个角落。今后，传播手段会发展到什么程度难以预料，可以肯定的是，只会越来越快速、便捷，作用也将越来越大。因此，新时代文学传播能力的建设，比任何时候都更为重要而迫切，比任何时候遇到的挑战都要大，提供的机遇都要多。广大作家要自觉从意识、思想、能力、责任上适应新时代传媒形态对文学工作的要求。

习近平总书记寄语广大作家用明德引领风尚。作家作为人类灵魂的工程师，应该自觉修身立德，为社会作出榜样和表率，那些假作家之名，行自私自利之实，借互联网、博客、微博、微信等传播载体，以“搏出位”赚取利益的行为，都背离了作家启迪思想、陶冶情操、温润心灵的崇高责任，也是对传媒内容的伤害。我们常说传媒时代“内容为王”，其实作家本人的人格，才是最为重要的内容。

以互联网为基础的传播手段，比传统媒体更容易快速产生巨大效应，带来前所未见的声名和利益，网络文学等新兴文学形式影响着年轻人的阅读习惯甚至生活习惯，也重构着文学格局。本质上，网络文学传承的是中国自宋代以来就已出现，到明清白话小说达到高峰的通俗文学，以期刊、报纸副刊为园地的传统文学，则是“雅文学”“纯文学”的发展。“二水并流”，要相互学习借鉴，取长补短。传统文学要更多运用网络传媒，实现更大更多更远的传播效能，让融铸新时代精神、展现新时代风貌、彰显新时代气质的精品力作到达号称“互联网原住民”的“90后”“00后”甚至更年轻的一代又一代。网络文学作家要去除单一以经济收益为指针的创作状态，自觉学习习近平新时代中国特色社会主义思想和习近平总书记关于文艺工作的系列重要论述，自觉提升责任感、使命感和创作水准、文化内涵，将“粉丝”巨大的传播优势与优秀作品的内容优势结合起来，实现经济效益社会效益双丰收。

习近平总书记深情寄语，当高楼大厦在我国大地上遍地林立时，中华民族精神的大厦也应该巍然耸立。新时代赋予新使命，新时代提出新要求，举精神之旗、铸时代之魂、怀赤子之心、树凌云之志，构建新时代的文学大厦，恰逢其时、刻不容缓、责任重大、前景光明。

（《文艺报》2019年8月2日2版）

新时代呼唤杰出的文学家艺术家

马建辉

在致中国文联、中国作协成立 70 周年的贺信中，习近平总书记指出，中国特色社会主义新时代呼唤着杰出的文学家、艺术家。新时代是“强起来”的新时代，必然会产生自己的伟大的“书记员”；新时代是“创造性”的新时代，必然会催生自己的“文艺旗手”；新时代是“奋斗者”的新时代，必然会伴生自己的“精神主将”。新时代，文学家、艺术家何为，方能堪当“杰出”与“高峰”，方能不负人民、无愧时代？

弄笔时代大潮

辉煌的大唐气象，往往是跟这些名字联系在一起的：李白、杜甫、白居易、韩愈、柳宗元、吴道子、李龟年、颜真卿……灿烂的文艺复兴，离开这些名字会黯然失色，他们是但丁、薄伽丘、彼特拉克、邓斯泰布尔、达·芬奇、拉斐尔、米开朗基罗、莎士比亚……

习近平总书记多次引用白居易在《与元九书》中论诗的名句：“文章合为时而著，歌诗合为事而作。”他解释说：“所谓‘为时’‘为事’，就是要发时代之先声，在时代发展中有所作为。”恩格斯曾称赞意大利文学家但丁标志了“现代资本主义纪元的开端”，“是新时代的最初一位诗人”。他呼唤有一个新的但丁来“宣告无产阶级新纪元的诞生”。只有紧跟时代，才能像但丁那样感应时代、把握时代、应和时代，感国运之变化、立时代之潮头、发思想之先声。

文学家、艺术家的杰出，在于他们和自己的优秀作品一起，成为时代的声音与灵魂，给伟大时代以精神鼓舞和助力。其影响之大，当后来的读者阅读这些作品，那些峥嵘岁月就在这些文字和线条、音符和颜色之间生动起来，使当下的心灵、思绪、情感、精神具有了厚重而鲜活的历史感。去年在隆重庆祝改革开放40周年时，不少文学家、艺术家作为“改革先锋”被表彰，有讴歌改革开放的歌唱家李谷一，弘扬社会主义核心价值观的优秀表演艺术家李雪健，“改革文学”作家的代表蒋子龙，助推思想解放、拨乱反正的电影艺术家谢晋，鼓舞亿万农村青年投身改革开放的优秀作家路遥……一个时代，因为有其杰出的文学家、艺术家而富有意味，并向未来敞开。

人民的奋斗，是孕育和推动新时代的根本力量。文学艺术不深入人民，不和人民站在一起就不能深刻把握时代，不能深刻把握历史趋势。习近平总书记反复强调，文艺工作者要坚持以人民为中心的创作导向，深入生活、扎根人民。只有扎根人民，才能感受到时代大潮的方向。文学家、艺术家不仅要咏叹潮头激荡飞舞的浪花，更需呈现深隐于潮头之后、浪花之下的汹涌潜流。

任何一个时代，其主体都是人民，正像无论哪一个春天，都无不植根大地一样。文艺表现时代、反映生活离不开人民，离开人民的时代和生活是抽象而空洞的时代和生活，是没有本质、缺乏力量的时代和生活。只有人民能够代表时代，只有他们才是时代的真正本质。文学家、艺术家只有诚心诚意表现人民，以人民为中心，才能紧跟时代潮流，在记录时代中把握时代、在书写时代中引领时代、在讴歌时代中创造时代。也唯此，他们才可能弄笔新时代大潮，成就其优秀与杰出。

塑造经典形象

文学家、艺术家的杰出，不只在于其本身，更在于其作品，在于其作品中呈现的经典艺术形象。可以说，塑造一批属于时代的经典艺术形象，是文学家、艺术家成就“杰出”和“高峰”的根本，正如同福斯塔夫、哈姆雷特、麦克白、夏洛克之于莎士比亚，阿Q、闰土、孔乙己、祥林嫂之于鲁迅。

习近平总书记指出，文艺家要“为时代画像、为时代立传、为时代明德”。这一方面揭示了时代精神图谱的三个层次，另一方面，也为如何塑造经典艺术形象提供了理论上的支撑和引领。“画像”是直观的层次，画像写意传神，从表象的方面、从共时性的层面呈现时代精神图谱；“立传”是纵观的层次，写一个时代的来龙去脉、起伏大势、历史定位，从历时的层面呈现时代精神图谱；“明德”则是深观的层次，写一个时代的价值追求，人文取向，对于国家、民族的意义，甚至对于人类文明进步的贡献。从这样三个层面去表现时代、刻画艺术形象，才会真正展现出时代精神图谱的全部丰富性和进步性，从而也体现出艺术形象的经典性来。

塑造经典艺术形象是有较高难度的，关键要突破两点。一是人与现实生活的媒介化。我们如今看到的人、感受到的生活，很少是原汁原味的人和生活，而是被媒介化了的。媒介物，特别是电子产品，无时无刻不在占据人们的眼睛和耳朵，媒介物的便携化，使其有能力在我们的所有时间和空间铺展开来，无论站着、躺着、坐着、走着，抑或是在家里、在公园、在商店、在格子间，阅读媒介几乎成为我们生活的所有。包括文学家、艺术家在内，大多的人们就这样被媒介化了。如何认识自我、认识他人、认识生活，成为一个困惑，这个困惑也成为我们时代的一个特质。塑造艺术形象，必须突破媒介的障壁，发现真正的人和真正的生活。这样才能为经典的创造奠基。二是创作的套路化。或许文学艺术发展到今天，已经没有什么创作方法是没有被尝试过的，或者是没有先例的。新文艺家玩前人的套路，玩别人的套路；老文艺家玩自己的套路，也玩别人的套路，有时玩别人的套路多了，也就混淆了别人的和自己的界限。告别套路的路径有很多，其中比较重要的有一条，就是“萃取”，即把精华的创作方法综合、整合起来去表现。人和生活的复杂性、多维性，既决定了对其进行理解和把握的思维方式的复杂性、多维性，也决定了呈现形式或表达方式的复杂性、多维性。主调的价值取向、复调的艺术形式或将成为未来一个时期文艺创作的主流。

文学家、艺术家如没有对人与生活的真实把握，没有打破套路、走出舒适区的勇气，以及萃取方法、探索新路的努力，塑造新时代经典艺术形象，就是难以想象的。

坚定文化自信

杰出的文艺作品之所以杰出，主要在于其塑造的艺术形象心灵的充盈和精神的光华。而艺术形象心灵的充盈和精神的光华，来自从文学家、艺术家内心深处升腾出来的文化自信。巴尔扎克曾说："谁又能说，枯萎的心灵和空无一物的骷髅，究竟哪一样看上去更可怕呢？"文艺创作丧失文化自信，将如同枯萎的心灵，不仅毫无生气，而且还将在虚无中走向幻灭。

坚定文化自信，可以为文艺创作增强主体意识。主体意识或主体性可谓艺术形象之根，其基本特征是在一定程度上摆脱同质物的依附。从实质上看，坚定文化自信就是确立文化主体性，即确立民族文化精神、核心价值观对文艺创作所发挥的主导性支撑和引领作用。文化主体性是一种具有精神向心力的内核，一旦确立，就能够避免各种异质精神倾向、价值倾向的逆反。坚定文化自信，确立文化主体性，文学家、艺术家创作出来的艺术形象才能摆脱被动状态，体现出心灵和精神的光彩来。

坚定文化自信，可以为文艺作品增厚内涵意蕴。意蕴深厚是艺术形象之魂。日常生活中极平凡的现象和细节，一旦进入到优秀文艺作品中，即"味之者无极，闻之者动心"，原因就在于文艺创作赋予了其深厚意蕴，使之有了别具一格的形外之意、象外之旨。优秀国画家画梅兰竹菊，虽极常见，亦会使我们长久思悟；优秀文艺家以作品扬善惩恶，亦极常见，仍会使我们心动神会。就在于这些经历长期文化建构的意象和母题已经渗透着文学家、艺术家对于民族文化的深厚情感和强烈自信。文化自信从来不是孤立的，它存在于我们的生活方式、行为方式、思维方式、情感方式和言说方式，能够使我们自觉到日常生活的文化蕴涵，这种自觉体现在文艺表现上，就能够深化日常生活在文艺图景中的意义和特质，从而使作品意蕴深厚。

坚定文化自信，可以为文艺创作增强底气和中气。底气和中气是艺术形象感染力的源泉。在一个较长时期，我国包括文艺在内的一些文化领域历经欧风美雨激荡，一些文化产品、文化形态、文化人格被西方文化所牵引，得了"软骨病"和"失语症"，底气虚、中气弱，无精打采、失魂落魄，成为文化上的寄宿者、精神上的异乡人。徐特立说过，任何人都应该有自尊心、自信心、独立性，不然就是奴才。文艺创作也是如此，失去了自尊、自信和独立性，就会充满奴性，成为被奴役的文艺。没有文化自信、欠缺民族文化主体意识的文艺产品、文艺形态、文艺人格，根本无法承担振奋民族精神的重任，当然也不可能成为流传久远的文艺经典和文艺大家。

担纲共同价值

杰出的文学家、艺术家的杰出作品，几乎都带有某种程度的“未来性”，体现在创作蕴涵和倾向上就是关切人类发展、担纲共同价值。2015 年 9 月，习近平总书记在联合国大会发言中提出，“和平、发展、公平、正义、民主、自由，是全人类的共同价值”。新时代，是新的高峰，我们站在高峰，瞩望未来，理应视野更远，襟怀更宽，担当更重。

以人类的名义、以普遍关怀的名义进行创作，过去，我们或许会觉得西方文学家、艺术家更是担纲者，认为他们更具有人类意识和普遍关怀的价值取向。在新时代，这个担纲者的角色或许应转到中国的文学家、艺术家身上。

当前某些西方国家政客极力推行贸易保护主义，国际关系领域令世人大跌眼镜的自私、失信和霸凌，当然并不一定代表一国文化的总体倾向，但却从现实的层面击碎了一些西方国家普遍关怀的文艺镜像，使西方文艺致力构筑的所谓“普世价值”黯然失色。而新时代的中国，却自觉扛起了构建人类命运共同体的大旗。应该说，我们古有大同社会理想，今有全面建成小康社会实践，推己及人，以文学艺术的方式构建人类命运共同体理念，担纲全人类共同价值，显然是更为顺理成章的，也是更有底气和自信的。

作为共同价值的和平、发展、公平、正义、民主、自由，着眼于全人类的福祉，着眼于人的解放，是人类命运共同体的基本伦理取向。在文艺创作上，这也意味着一种“共同体文艺”或“新世界文艺”的倡导。共同价值最重要的特性就是“共生”，即“和实生物”，共同价值是全人类共同建构的价值，对于所有国家和地区来说，都具有内生性的一面和作为主体参与建构的一面。这是其与“普世价值”最大的区别，“普世价值”是某个霸权确立一个价值及其阐释框架，自命其为“普世”，然后在全世界单向度推广。这实际是一种价值观上的殖民主义，是文化殖民的内核。

早在1827年歌德就提出了“世界文学”的概念，并将其称为“伟大的聚会”。文学家、艺术家担纲共同价值、构建人类命运共同体理念，并非歌德的“世界文学”在将近200年后的重演。歌德的“世界文学”，实际是强调一种文学交流交往的关系。而我们现在倡导的是在价值伦理层面构建的新“世界文艺”，它是一种以“共生”为中心的写作态度、思维方式、价值取向、文本形态，是在21世纪的新时代引领人类探索更好前行之路的“和合文艺”，是“世界文学”的更高阶段，将至少作为一个学派推动中国文学艺术在新时代占据人类道义制高点和美学制高点。而这无疑是造就杰出文学家、艺术家的重要条件和优势。

“星星——/将灼在人的心里。/而歌声呀，/也永远响动……”

（《文艺报》2019年8月7日2版）

坚守和履行网络文学的初心使命

马文运

习近平总书记致中国文联中国作协成立70周年贺信深刻论述了文艺事业在党和国家事业全局中的重要地位和重要作用，充分肯定了70年来特别是党的十八大以来文艺工作取得的丰硕成果和作出的重大贡献，对新时代作协工作的职责使命提出了明确要求，为文学工作特别是网络文学工作指明了方向。我们要认真学习贯彻习近平总书记贺信和关于文艺重要论述精神，进一步明确为人民创作，为时代明德的初心使命，不断开创网络文学工作新境界。

一是要高举旗帜，锤炼队伍。中国特色社会主义新时代呼唤杰出的文学家、艺术家。我们要团结引领广大网络作家和文学工作者深入学习贯彻习近平新时代中国特色社会主义思想和习近平总书记关于文艺工作的重要论述，用理论创新成果武装头脑、指导创作，不断增强政治认同、思想认同、情感认同。我们将继续运用中共一大、二大、四大、左联等红色文化资源，以中国作协网络文学委员会上海研究培训基地为抓手，加强网络作家和网络文学工作者的思想培训和业务培训，健全签约作家制度和网络作家职称评定制度，提高政治站位，增强责任感和使命感，端正创作思想，自觉讲品位、讲格调、讲责任，自觉地承担起举旗帜、聚民心、育新人、兴文化、展形象的使命任务，锻造一支党和人民信得过的富有战斗力的网络作家队伍。

二是要不忘初心，讴歌人民。人民需要文学，文学也需要人民。我们要坚持以人民为中心的创作导向，以开展“深入生活、扎根人民”主题实践活动和增强“四力”教育实践为抓手，举办思南读书会、上海网络文学周、陕西北路网文大讲堂，开展丰富多彩的文学服务人民、服务社会的文学惠民活动，聚焦创作生产优秀作品这个中心任务，持续推进现实题材创作，扶持重点主题创作，支持举办现实题材创作大赛，用心用情用功抒写人民、描绘人民、歌唱人民。引导网络作家善于从当代中国的伟大创造中发现创作的主题、捕捉新的灵感，推出更多具有历史底蕴、充满时代气息的优秀网络文学作品，

三是要牢记使命，凝神聚力。反映时代精神是文艺的神圣使命。网络作家尤其要注重加强道德品质修养，自觉承担起时代赋予的崇高使命，站在时代的高度，聚焦奋进新时代的主题，以反映时代为己任，用文学创造反映历史巨变，以更多精品力作不断满足人民群众日益增长的美好精神生活需要，以佳作滋养人心，真正承担起培根铸魂、以明德引领风尚的使命，为新时代人民的伟大创造提供强大的精神力量和文学支持。

四是要激浊扬清，砥砺前行。文艺批评是文艺创作的一面镜子、一剂良药。我们要加强网络文学理论队伍建设，以建立天马文学奖和优秀会员奖励制度的契机，以研究培训基地为平台，以《网文新观察》电子刊为载体，充分发挥文学评论、评奖的导向作用，大力倡导讲品位、讲格调、讲责任，坚决抵制虚无历史、泛娱乐化、泛物质化的错误思潮，抵制低俗、庸俗、媚俗，引导网络作家守正创新，以更多思想精深、艺术精湛、制作精良的精品力作，努力推动文学创作从“高原”迈向“高峰”。

五是要交流互鉴，扬帆出海。坚持文化自信，发挥中华文化的感召力和吸引力，为世界贡献中国智慧。我们将借助上海写作计划、上海国际文学周、上海国际诗歌节、上海文学影视创投峰会、两岸文学营、国际网文网站对外文学出版交流活动等平台，着力谋划中国网络文学“走出去”新格局，积极开展对外文学交流，打造上海国际文学交流高地，讲好中国故事、传播好中国声音，不断扩大中国文学的国际影响力。

六是要自我革命，苦练内功。作协和网络作协是党和政府联系作家和网络作家的桥梁和纽带，在团结引领文学工作者、繁荣发展文学事业方面肩负重要职责。我们要结合正在开展的“不忘初心，牢记使命”主题教育活动，培养一批“讲政治、懂业务，能干事、愿服务”的网络文学工作队伍，不断深化作协改革，

创新推进文学事业和作协工作的体制机制，建立健全面向作家、面向基层、面向社会的服务体系，完善团结引导新文学群体的工作机制，使作家协会成为广大作家和文学工作者的温馨之家。协调社会各方资源，支持主流文学网站，加强行业管理和行业自律，培育网络文学良好生态，共同推动网络文学从数量主导型发展向质量主导型发展转变，推动网络文学健康发展。

（《文艺报》2019 年 7 月 24 日 5 版）

书写中国新时代　促进网络文学发展

房　伟

近日，习近平总书记致中国文联与中国作协成立 70 周年贺信，在文学界引起热议。总书记对文学事业的支持与关注，大家表示由衷拥护。中国作协成立的 70 年，也是中国文学事业不断发展的 70 年，是中国作家在党的领导下，以高度历史使命感，努力繁荣社会主义文学事业，建设社会主义文化强国，为中华民族伟大复兴的中国梦而奋斗的 70 年。

中国文学事业发展的 70 年中，网络文学无疑是年轻的“文学新兵”，却也是当下备受关注的一支文学队伍。短短 20 多年间，网络文学从海外留学生和文学爱好者抒发个人情感、书写幻想与情绪的“互联网短章故事”，发展成为体量超级庞大、内容无比丰富、类型分类齐全、拥有数以亿计的读者、产生巨大经济效益与社会效益的文学样态。有的学者甚至将中国的网络文学、日本的动漫、韩国的电视剧、美国的好莱坞电影，并称为当下的四大文化产业奇迹。

中国的网络文学不是一个抽象地孤立于中国当代文学之外的文学形态，它是中国文学事业发展的一部分，既受惠于中国文学 70 年发展的整体繁荣态势，受惠于中国社会主义文学体制，更是中国改革开放以来政治经济日新月异、社会稳定的整体环境的文化产物。习近平总书记在贺信中指出，中国的作家应该创造出无愧于时代、无愧于人民、无愧于民族的优秀作品。回顾网络文学的发展历程，特别是考察网络文学从“边缘野生”的状态，走入国家和文学体制重视扶持的状态，进而飞速发展的路径，也正是在“三个无愧于”的指导下，不断提升类型品质，弘扬正能量，净化不良因素的结果。中国的网络文学，也成为中国社会主义文化事业发展非常具有活力的一部分。它所表现出的文学特质，既是科学技术飞速发展的产物，也有着中国当下文化语境的深刻烙印。

具体而言，中国的网络文学表现了中国文学的创新力、想象力与文化的强大活力。某一段时间，有关"文学是否终结""中国文学垃圾论""中国文学衰竭论"等说法甚嚣尘上。然而，对于一个仍然处于发展阶段、人均收入不过中等、面临整体转型的文明古国而言，无论是文学的塑造民族国家叙事的文明功能，还是全民文学阅读提高整体民族素质，抑或读者对于文学的心灵诉求，都有一个巨大的潜在需求，而并非处于"饱和"的态势。究其原因，表面上"文学没人看了"的怪现状，除了文化表意媒介的多样化之外，乃是中国文学发展单一，缺乏文学创新力、活力和想象力的结果。长期以来，中国精英文学与类型文学，处于一种不对称的"畸形"状态。精英文学日益变得题材狭窄，现实应对能力差，创新力与活力不足，特别是文学想象力枯竭，令人担忧。而类型文学领域则被港台的武侠、言情，欧美的犯罪惊悚等文学所占领，缺乏本土的类型文学发育。网络传播媒介恰恰给予了中国的类型文学一个发展机遇。数以百万计的普通人，都可以拿起笔来，表现自己对世界的想象，表达自我对历史、未来的畅想。而数量更多的读者也在网络文学的发展之中，激活了文学的阅读热情。中国网络文学在短短 20 多年，就出现了穿越、玄幻、校园、电竞、武侠、都市、科幻等诸多成熟类型文学精品，而洪荒、废土、奇幻、惊悚、巫医、盗墓等亚类型也极大丰富了中国文学的表现力。传统精英文学几乎仅集中在都市与乡土两个领域，网络文学的类型发展，吸收了国外的多类型文学的表现手法，比如，西方奇幻小说、日本的轻小说和动漫文化等，又对精英文学本身的时空领域拓展、表现主题的丰富，起到了极好的刺激作用。而网络文学向游戏、影视等产业的高转化率，也使得文学的产业化回报提高，反过来使得网络作家能获得可观收入，也促进了文学事业的繁荣。

中国网络文学也是中国文学摆脱西方文学发展逻辑的硬性植入，表现出具有主体性的中国文学主体性与文化自信的表现。经由现代主义发展到后现代主义，是西方文学呈现出来的文化路径。而后现代文化本身，受到消费社会影响的同时，也表现出强烈的虚无主义与文化破坏性。中国网络文学虽然也受到消费文化的影响，但也表现出根植于中国现实、中国文化传统之上的文化主体性想象。网络文学历史文学一脉，既有纯美的、有商业气质的历史文化景观，也有弘扬民族国家叙事、展现中国民族精神的优秀作品，比如酒徒、天使奥斯卡、阿菩、月关、愤怒的香蕉等作家的历史小说。网络文学中的现实主义气质也在不断加强，既有反映当下日常生活、充满烟火气息的接地气的优秀小说，也有反映大时代历史变迁与中国奋斗精神的作品，如阿耐与何常在的小说。其他类型，比如玄幻小说类型的唐家三少与我吃西红柿的作品，言情小说类型的腾萍、天下归元、蒋胜男的作品，国术类小说，如梦入神机的龙蛇系列小说，及带有奇幻想象气质的作品，如九州系列作品，未来世界的科幻文，如烟雨江南的作品等，都极大丰富了中国文学表现领域，展现中国人在现代转型过程之中对世界的热情想象和构建。这里有对人性的美好信任、对爱情和友谊的歌颂，对中国社会现实问题的批判、对中国数十年改革开放历史的总结，也有对民族国家自尊的坚守、对科技发展的反思、对宇宙万物的个人化玄想。这个过程中，中国网络文学不仅充分体现了深厚的文化传统底蕴，又表现出强烈海纳百川式的文化胸怀，古今中外文化因素，都以相互融合的姿态，呈现在中国网络作家的笔下。

习近平总书记在贺信中还指出，优秀的文学作品要能“聚民心、育新人、兴文化、展形象”四个功能，也要有“记录新时代、书写新时代、讴歌新时代”的三个追求。近些年来，在党和政府的引导下，网络文学的发展日益受到关注和支持。在发展会员、建立作家基地、资助扶持、研究项目立项、权威文学奖项吸纳等方面，网络文学都受到了广泛重视。而且，在网络文学的引导上，中国作协与研究专家一起，在网文经典化、网文产业化的持续发展、网文的现实主义类型培育等方面，都做了大量扎实有效的工作。我们相信，在总书记提出的“四个功能”与“三个追求”的指引下，中国的网络文学必定会迎来新的辉煌！

（《文艺报》2019 年 7 月 24 日 5 版）

植根现实土壤，书写无愧于人民的网络文学精品力作

唐欣恬

7月16日上午，纪念中国文联、中国作协成立70周年座谈会在人民大会堂圆满召开，习近平总书记发来贺信，令全国广大文艺工作者备受鼓舞和感动，同时也对文艺队伍提出了更高的要求。我有幸出席座谈会并亲耳聆听贺信，内心久久沉浸在激动与振奋之中。

上个月，第三届中国“网络文学+”大会新闻发布会在京召开，广大网络文学从业者纷纷借此机会祝共和国70岁生日快乐。相较于70年的悠长和深厚，网络文学发展至今仅20余年，而我有幸亲历了它从萌芽到落地生根、枝繁叶茂的一步步迈进，见证了它从一个呱呱坠地的孩童，成长为今天风华正茂的青年。

众所周知，网络文学曾经历“野蛮生长”的阶段。一方面，最初的一批网络作家的创作纯粹源于兴趣，正是这一份纯粹，使得那时的故事和文字对读者的吸引力堪称与生俱来。另一方面，很快市场的介入将网络文学的土壤变成了考验和熔炉，正是残酷的竞争和市场的诱惑，使得网络文学一度缺失了那一份真诚，多了一份混乱、冒进和张牙舞爪，继而令网络作家这一群体经历了猝不及防的质疑、排斥甚至抨击。

从“野蛮生长”逐步走向规范的过程，也就是网络文学进入主流社会、主流文学的过程，除了自身在跌跌撞撞中的成长，以及市场的沉淀之外，更与党和国家对文学艺术的重视和关怀，尤其是对网络文学的帮助和引导密不可分。

党的十八大以来，习近平总书记曾亲自主持召开文艺工作座谈会，也曾在中国文联、中国作协全国代表大会的开幕式上发表讲话，充分反映出党和国家对文

艺队伍的态度。而近几年，无论是青年作家创作会议，还是作协代表大会，网络作家的参会人数都呈稳步上升的趋势，更反映出了在党和国家对网络文学尤其的重视和关怀下，主流文学对网络文学的了解、认可和包容度越来越高，网络文学的影响力也越来越不容小觑。

在贺信中，习近平总书记再一次强调“文艺事业是党和人民的重要事业，文艺战线是党和人民的重要战线”，并要求广大文艺工作者“努力创作出无愧于时代、无愧于人民、无愧于民族的优秀作品”，无疑，这令我们荣誉和使命共负。而就在网络文学如车轮般不断前行的过程中，我们已经深刻领悟，市场是一把公正的尺，因为真正的市场价值，绝不是一时的眼前之利，而是经得起沉淀的长期价值。我们也已经发现，具备持久的生命力的故事，势必是发自真情实感和源于生活的诚挚之作。

从开始创作以来，我始终坚持和坚信的一点便是“现实”二字，而这也是读者和观众为一部作品打上的最恰当的标签。正是因为作品取材现实、关注现实、反映现实，扎进生活，带着现实的体温，进而触发人们的思考，才做到了深入人心。

我们常说，文学艺术源于生活，但事实上，并非每一部源于生活的作品，都可以被称之为现实题材。这种观照和介入，一需要广度，二需要深度。也就是说，文艺作品源于的生活，不能是一个个例，而应该是一个群体的生活。同时，它不能只作为一个表面的讲述者，而应该将人们一些模糊化、碎片化、摸不着头脑的认知和情绪，通过挖掘和提炼，有棱有角地摆到面前，并加以分析和疏导。

据我观察和了解，越来越多的网络作者对现实题材兴趣渐浓。很多瞄准社会热点、文化传承，以及讴歌改革开放伟大成就的作品，都在紧锣密鼓的创作中，值得期待。

在浩瀚的网络文学海洋中，现实题材作品从数量、比重上虽然仍并不占优，但影响力却越来越显著，可以说已经成为一面鲜艳的旗帜。比如我们熟知的《欢乐颂》《大江大河》《为了你我愿意热爱整个世界》等，都是在口碑和市场的双重检验下，通过成功的影视化，既令读者和观众感同身受，受益匪浅，又证明了网络文学并非只是幻想类小说的天下。

尤其是近两年，在各地各单位以及各奖项对现实题材的重视、关怀和扶持下，现实题材的创作又迈上了一个新的台阶，除了创作人数、作品数量的增加，更重要的是创作题材和创作手法日益丰富多彩。

至于网络文学领域存在的一些短板，例如格局小、立意浅，有“高原”缺“高峰”等，并非时间能改善。这道鸿沟，需要广大网络作家以强烈的责任感和进取心来填平，也需要党和国家、社会进一步的关注与支持，需要作者与读者、市场共同成长和不断反思。密切关注现实，勇于触摸社会发展中的痛点，敏锐发觉新一代年轻人在成长过程中的迷惘与困惑，并通过文学作品予以恰当体现、回应，作品自然会受到认可和欢迎。现实题材最大的价值和生命力也在于此。

这时，我又不得不再度提到20余年。在这20余年间，中国网络文学蓬勃发展，或许走过不少弯路，却一刻也不曾停歇，至今它仍像一颗燃烧的火球，在不停地向前、向前。我相信，它独有的魅力会长存。譬如，内容的丰富多彩、作者与读者的即时互动、阅读方式的便捷与自由，等等。

曾经坐在电脑前，热血沸腾地敲击键盘码字的网络作家，如今仍深爱这份职业，却早已经脱离了稚嫩。除了注重刺激、过瘾、浪漫等一些爽点设置，或是抒发一己悲欢，网络文学创作更应该追求品质和内涵，主动深入生活、扎根人民，把握时代脉搏，讲好中国故事，具备更宽的视野、更大的格局。正如习近平总书记在文艺工作座谈会上讲话指出的，“文艺只有植根现实生活、紧跟时代潮流，才能发展繁荣；只有顺应人民意愿、反映人民关切，才能充满活力”，“用现实主义精神和浪漫主义情怀观照现实生活，用光明驱散黑暗，用美善战胜丑恶，让人们看到美好、看到希望、看到梦想就在前方”。

值得一提的是，网络文学领域中的幻想类小说，虽然看似从“时间”和“地点”上与现实无关，但一部精品力作的“人物”的情感、出发点和成长势必符合现实，符合人民内心的渴望、对过去和现在的评判，以及对未来的展望。所以，我们也大可以抛开现实题材和幻想类小说的分界线，坚持和坚信任何优秀的创作都离不开“以人民为中心”的创作导向。

创作没有捷径，因为一个好故事需要我们走过多少路，见过多少人，体会过多少滋味；因为情感没有具象；因为成功无法复制。不忘初心，回归兴趣、热爱和内容的本质，这是每一个创作者必须坚持的根本。把握时代脉搏，从讲好中国故事，到观照每一个反映中国文化的个体，这也是每一个创作者用作品深入浅出、由小见大的必经之路。

网络文学的发展可以归纳为起点高、弯路多、势头猛，但至今，它仍有很长的路要走，有无边无际的荒野等待我们去开拓。幸而，无论是见证了网络文学20年发展的“前辈”，还是不断涌现的“95后”“00后”新人，在今天这个虽然仍在摸索的过程中，但坚定了正确的大方向，而且日益肩负了使命感和责任感，志在把握网络文学体量大、受众广、传播快等独特的优势，创作出更多更好书写人民、无愧于人民的优秀作品，为繁荣社会主义文艺事业，为向更广泛、更年轻、更多样的读者群体传递积极向上的价值观作出自己应有的贡献。

中国文联、中国作协走过的70年令我们钦佩和自豪，习近平总书记的贺信令我们备受鼓舞和感动。身为文艺工作者，我们会全力以赴将文学事业由高原推向高峰。身为网络作家，我们更会将弘扬主旋律、传播正能量视为己任。使命在肩，时不我待，愿我们都能成为网络文学新辉煌的创造者和见证者。

（《文艺报》2019年7月24日6版）

为人民写作　为时代写作

天下尘埃

在中国文联、中国作协成立70周年之际，习近平总书记发来贺信，肯定了老一辈文学艺术家的成就，这些成就的取得，无一不是老一辈文学家们的时代责任使然，同样，作为年轻一代的写作者，我们也要勇于承担属于自身的时代责任。

网络作家从本质上说就是时代的产物，因信息时代伴随着互联网的诞生和兴起，网络作家应运而生。但遗憾的是身为网络作家，我们的作品最为风行的并不是我们生存的现实，还多是玄幻打怪、修仙升级、穿越言情等题材，想象力的多元呈现丰富了文学创作，但同时也麻痹了我们对生活的触觉，削弱了我们对现实的思考，涉及当下生活，尤其是体现时代的作品并不很多，近来因为重大现实题材写作的倡导，网文中涌现了一批有分量的现实题材作品，但离真正的时代精神尚有不小的差距。也许是网络作家多数年轻，生活阅历不够，常年高强度的码字也有些脱离生活，因此即便有些网络作家非常善于网络信息检索、非常努力地进行阅读，但由于深入生活不够，也使得作品浮于表面，缺乏思想深度。

如何才能跳出这样的窠臼，习近平总书记指明了方向，那就是“坚持以人民为中心的工作导向，深入生活、扎根人民，不断增强脚力、眼力、脑力、笔力”。这是走向成功的必由之路。纵观文学史中的前辈们，已经为我们做出了表率。柳青和赵树理等前辈的创作成功取决于深入生活，他们扎根现实土壤，厚植时代精神，通过细微观察和精准提炼，以扎实的创作表现了他们当时的时代，是当时的现实需要。不论是曾经脍炙人口的《小二黑结婚》，还是至今长久不衰的《平凡的世界》，莫不是做到了贴紧时代。作品与现实社会紧密联系，达到了与时代同频共振，才会与全体读者息息相关，引起他们强烈的思想共鸣，才能成为一个时代的集体记忆和直观标签，进而代表着那个时代。一部作品或者一批作品就是一个时代，这既是文学的高度、文化的高度，也是一代人文学创作的高峰。而网络文学现在只有高原，还未见高峰，创造这个时代的文学高峰就是我们的时代责任。

文学前辈们自觉地承担时代责任，成为了他们那个时代文化的引领者、先觉者、先倡者，我们也不能逃避作为这一代网络作家的时代责任。在新时代文化语境下，我们需要警惕，不因能够轻易获得各种信息而导致身体、思想、创作上出现懈怠，而应保持在创作态度上、创作精神上，乃至创作思维和格局上的危机感，力促实现在当代文学创作，乃至在现今文化建设上表现出应有的文化引领。因此，作为网络的一代，我们不应满足于网络，更不应受梏于网络，应当要回到现实生活中，回到当下社会中，回到人民当中，不断增强脚力、眼力、脑力、笔力，不仅要做到读万卷书、行万里路，每一步都有所思有所得，更要做到力排社会浮躁的影响，潜沉于生活，在现实生活中吸取营养提升自己，寻找创作的突破口，去展现时代生活的真实，引领读者去关注思考社会与生活，体现真正的写作能力和创作水平，全身心地致力于为我们生活的时代著书立传。

习近平总书记说，“中国特色社会主义新时代呼唤着杰出的文学家、艺术家”，这也是每一个文学创作者的梦想，任何一个写作者都希望自己写出大作品、成为大作家。只有与时代同步的作品，才有可能成为大作品；只有敢于承担时代责任，才有可能成为大作家。我们应该对此有深刻的认识，积极调整创作思路，把如何弘扬民族精神和时代精神，作为创作网络作品永恒的命题。只有民族的才是世界的，一个家有家风传承，一个氏族有族训传承，一个民族也有自己的文化和精神，只有坚守自己的信念，弘扬自身的文化，才能在世界之林中区别于其他，保持自我的显著特色。在网络写作中，一些网络作家对古典、历史、玄幻、修仙等的想象虽然仍旧是基于民族文化的母体，也有意无意地在作品中对传统文化致敬，甚至达到了更积极的目标。近年通过网络文学国外传播实现了中华民族文化输出的软着陆，为文化“走出去”绘上了浓墨重彩的一笔，但与海量的网络作品体量相比，这种文化输出所占比例并不大，如果想通过网络写作来达到民族文化输出，我们还需要开动年轻的思维，做出更大的努力，以期让更多的人了解中华民族优秀传统文化。这才是自诩为创作先锋的网络作家们最应该承担的时代责任。

一个伟大的时代需要记录者、书写者、讴歌者，也需要无愧于时代、无愧于人民、无愧于民族的优秀作品。常年习惯于在斗室中寄情想象，把创作游离于生活之外或悬浮于生活之上，这种创作的局限无疑也是一种短视的创作行为，闭门造车无法推出精品。生活就是最真实的文学现场，我们缺少的只是一双发现的眼睛，看到现实生活如此之丰饶和美好。当前正在开展“不忘初心，牢记使命”主题教育，我们很有必要回望初心、重拾初心、树立信念。思考自己到底是为什么而写作，不论是出于爱好而写作，还是为了生计而写作，最终都希望得到读者的认可，不应把目光局限于现有的读者粉丝群，而应该把视野放得更高，为了有更多的读者，为了作品有更强的生命力，就必须努力创作出精品，乃至经典。这些现实的物质要求和文学理想并不冲突，反而是高度一致的。因文学而存在，为时代而写作，应该成为我们的创作信念，成为头顶明灯、大海航标，指引我们在写作上自愿、自发、自觉地进行质量的突破和高峰的崛起。

时代在前进，中国在奔跑，只有与时代同频才不会落伍。网络文学虽然时尚，却也有过时之虞。时值举国上下脱贫攻坚的关口，我们的网络创作也亟须进行“扶贫”，而且是“精准扶贫”。在网络文学创作题材头重脚轻的当下，对网络文学创作的脱贫攻坚正当其时，找准“贫困”原因对症下药。在思想上提高认识，捡拾文学初心，在利益和责任面前正确取舍。从观念上进行转变，中国有近 14 亿人口，这样的体量不应被网络作家忽略，为新时代的人民创作喜闻乐见的作品，应是文学创作的题中应有之义。在行动上全面落实，通过学习贯彻新时代中国特色社会主义思想和党的十九大精神，以及习近平总书记文艺工作系列讲话，积极思考如何从现实土壤中激发创作灵感。生活中每一次思想的触动，都可以成为一个写作的灵感，不论是某件大事，还是某位小人物，或者是某个故事、某个片段、某次动容，都值得书写。中国的广袤大地时刻都在发生日新月异的变化，依托这样丰沛的现实基础，网络文学创作也同样大有可为，热爱土地从脚下开始，热爱生活从身边开始，热爱祖国从创作开始。历史由无数的点滴构成，区别于宏大叙事，我们完全可以利用网络即时性的写作优势和短平快等特点，聚焦时下点滴，反映当下生活，折射当代精神，映照中国崛起。960 万平方公里的每一个角落的现实发生都可以成为创作的蓝本，现实生活中有取之不尽的积极向上的题材，等待我们去发现和挖掘。为人民写作、为时代写作，我们责无旁贷，网络作家同人们都要积极行动起来，利用网络的资源和优势，立足当下，书写此刻的中国，勇做文学创作的先锋，在写作之路上重新出发。

（《文艺报》2019 年 7 月 24 日 6 版）

投身伟大实践　不负时代使命

我本疯狂

习近平总书记致中国文联、中国作协成立70周年纪念大会贺信又一次对我们文艺工作者给予了巨大的支持与鼓舞，同时也为我们文艺工作者指明了创作方向，提出了创作要求。

文化是一个国家、一个民族的灵魂。文化兴国运兴，文化强民族强。没有高度的文化自信，没有文化的繁荣兴盛，就没有中华民族伟大复兴。文艺事业是党和人民的重要事业，文艺战线是党和人民的重要战线。文艺事业与党、国家和人民同呼吸、共命运，将在实现中华民族伟大复兴的过程中发挥重要作用。这是我们文艺工作者的荣耀，更是我们文艺工作者的责任。

网络文学是科技与文学结合的产物，也是时代的产物。通过20年的发展，网络文学已经形成了一定的规模和相当成熟的体系、机制，已经成为中国当代文学的重要组成部分，并且成为中国文化海外输出的先锋军之一。截至目前，网络文学在中国拥有4亿读者群体，在海外也拥有大量的读者群体，被翻译成多国语言在全球范围内传播。网络文学作品将影响到青少年一代的成长，也将影响世界人民对中国文化的认知。网络作家身上肩负着党、国家、人民和这个新时代赋予的重任，应该在创作中肩负起责任和使命，用优秀的作品向读者传播正能量，弘扬中华民族的传统美德，需要做好以下三点：

一是要响应党和国家的号召，积极投身改革开放伟大实践，深入生活，扎根人民。艺术可以放飞想象的翅膀，但一定要脚踩坚实的大地。文艺创作方法有一百条、一千条，但最根本、最关键、最牢靠的办法是扎根人民、扎根生活。作家只有坚持以人民为中心的工作导向，不断增强脚力、眼力、脑力、笔力，深入生活、扎根人民，才能描绘好中国故事的斑斓画卷。网络作家有着天马行空的想象力，如果能够在作品中融入更多的生活气息和人民的喜怒哀乐，就能以网络文学特有的方式展现新中国成立 70 周年的巨大变化，更好地弘扬民族精神和时代精神。

二是要响应中国特色社会主义新时代的召唤，力争在伟大的时代创造优秀乃至伟大的作品。在国家相关部门的大力支持和引导下，网络文学在过去 20 年发展中逐渐净化，努力抵制低俗、庸俗作品，逐步从文学低谷来到了文学平原。网络作家如何让自己的作品走向“高原”乃至“高峰”？首先，时刻牢记党、国家、人民和时代赋予的责任，深刻领会文艺事业的重要性。包括这次贺信在内，习近平总书记已经多次讲到这一点，网络作家应该铭记于心。其次，认真学习中国传统文化。“观古今于须臾，抚四海于一瞬”。中国有着悠久的历史，中国文化博大精深。优秀的传统文化是现代文艺工作者的宝库，取之不尽用之不竭，更是网络作家加强思想积累、知识储备和提升学养、涵养、修养的重要渠道。最后，精益求精，力争精品。网络作家每天都要创作、更新，少则几千字，多则上万字，而且在创作中注重娱乐性，势必会影响作品的质量，降低作品的文学艺术性。应该沉下心来，在主题内蕴、人物塑造、情感建构、意境营造、语言修辞上下功夫，让作品更加精彩纷呈、引人入胜。

三是勇于创新，用网络文学的方式抒写新时代。当代中国正经历着我国历史上最为广泛而深刻的社会变革，也正在进行着人类历史上最为宏大而独特的实践创新。这种伟大实践必将给文化创新创造提供强大动力和广阔空间。网络作家在吸收中国传统文化养料，接受传承的同时，也需要与时俱进、推陈出新，发挥网络文学的特色，利用“网文出海”的机遇，向全世界讲好新时代的中国故事，传播好新时代的中国旋律，展示新时代的中国形象，让世界人民知道中国是一个文明古国，同时也是一个正在进行蓬勃发展和伟大复兴的大国。

“江山留胜迹，我辈复登临。”伟大的时代呼唤伟大的文学家、艺术家。网络作家作为新文艺群体之一，我们应该牢记使命、牢记职责，不忘初心、继续前进，用精益求精的态度，记录新时代、书写新时代、讴歌新时代，努力创作出无愧于时代、无愧于人民、无愧于民族的优秀作品，为繁荣发展社会主义文艺事业、建设社会主义文化强国，为实现“两个一百年”奋斗目标、实现中华民族伟大复兴中国梦作出应有的贡献。

（《文艺报》2019 年 7 月 24 日 6 版）

弘扬主旋律　传播正能量

飞　天

习近平总书记的贺信语重心长，对中国每一代作家在为人民写作的过程中付出的辛勤劳动给予了充分肯定和温暖鼓励，为我们这些年轻的网络作家指明了今后的写作方向。

网络文学是中国文学百花园中的普通一枝，与所有的文艺形式一样，扎根于祖国、人民提供的肥沃泥土之中。正是因为我们祖国有五千年的辉煌文明历史、960万平方公里的广袤大地，才孕育出了网络文学这种崭新的写作形式，为人民提供了崭新的阅读体验，给人民的文化生活注入了崭新的灵动色彩。

当下，我们的伟大祖国正在高速发展，社会面貌日新月异，人民生活越来越美好，这些都是我们网络作家最好的写作源泉和描绘素材。

身为一名网络作家，我越来越感受到上级领导对于网络作家的关怀和扶持。文联和作协每年都会多次举办网络作家培训班，邀请文艺界的名家老师给我们授课，从各个层面为我们提供宝贵的学习机会，开拓我们的眼界，扩张我们的胸襟，增加我们的学识，推动我们进步。正是在不断的学习中，我们才一步步深入了解我们祖国的光辉历史，看到了伟大中国的光明未来，塑造了为人民写作的坚强信心，明确了自己肩上担负的巨大责任。

我们清醒地认识到，正是因为中华民族伟大复兴的大时代来临，中国文学才会芝麻开花节节高，不断涌现出一批又一批既意义深远又脍炙人口的作品。就在我们身边，无数新老作家你追我赶、互帮互助，正在为提升中国文学在世界文学领域的影响力而奋斗着。每当看到这一点、想到这一点，我们都会再次感受到自己肩头沉甸甸的责任，不敢有丝毫的懈怠。

在历史上，中国文学曾经跨越朔漠、漂洋渡海，传播到东西南北去，为全世界人民的精神生活提供了宝贵的营养，其影响力至今仍然经久不衰。现在，这副重担已经落在新一代中国作家肩上，这份责任也压在每一个中国作家心上。

我们要写什么样的文字？我们要为后代留下什么样的文学？我们要怎样通过文学向世界展示伟大中国的新风貌？习近平总书记的贺信中已经回答了我们所有的问题，也解释了我们心里所有的困惑，为我们在伟大时代的写作之路插下了鲜明的路标，让每一个作家不再纷扰迷茫。

我们网络作家今后的写作，一定要走出书斋，放眼中华大地，以社会发展为宽阔背景，以广大人民为歌颂对象，以弘扬主旋律、传播正能量为构思主线，以传承经典、创新未来为前进方向，深入关注人民真实生活，着力刻画国家建设中涌现出来的英雄人物，发扬新时代的挑山工精神，踏踏实实地伏下身子，成为写作行业劳动者中的普通一员，用先进事迹不断激励自己，用榜样力量持续鞭策自己，让自己每一天写下的文字都有真正的进步。

民族复兴、祖国发展是每一个中国人的目标，祖国的每一个崭新变化都让我们欣喜自豪。

习近平总书记的贺信是冲锋号，让我们每一个网络作家都振奋精神，再踏征程。

作为网络作家，我们一定要深刻领会习近平总书记对文艺工作的指示精神，坚持以人民为中心的创作导向，深入生活，扎根基层，增强脚力、眼力、脑力、笔力，不断发现国家建设中涌现出来的种种现实主义题材，从歌颂祖国、歌颂人民的角度出发，创作出更多社会效益与经济效益双丰收的网络文学作品。

潮起东方，未来已来，我们广大网络作家一定会勇敢上路，以键盘为笔墨，以网络为纸张，铺陈中国文字，书写山河锦绣，不断激励自己奋力进步，勇敢挑起文学振兴的重担，让网络文学之花在中国沃土上开得越来越繁，越来越美。

（《文艺报》2019 年 7 月 24 日 6 版）

第二辑

团结凝聚广大作家和文学工作者

——全国文协成立筹备回顾

汪　砚

中国作家协会前身为中华全国文学工作者协会，简称全国文协，成立于1949年7月23日，1953年10月改称中国作家协会，今年整整70年了。穿过历史烟尘，回望过往岁月，倍感珍贵与亲切。

1949年1月31日，平津战役胜利结束，北平宣告和平解放。2月3日，是农历正月初六，北风呼啸，天寒地冻。北平城里却是锣鼓喧天，红旗招展。上午10点，中国人民解放军举行盛大的入城仪式。

随着解放军入城的，有华北解放区的文艺工作者，有夹道欢迎的原在北平坚持文艺工作的同志，还有稍后陆续来到北平的曾经长期在国统区艰苦奋斗的文学艺术家，中国新文艺大军在北平胜利会合。

3月22日，华北文化艺术工作委员会和华北文协联合举办了“招待在平文艺界茶会”。会上，郭沫若提议：发起召开全国文学艺术工作者大会以成立新的全国性的文学艺术界的组织。全体与会人员表示赞成，随即成立了中华全国文学艺术工作者大会筹备委员会，负责进行召开全国文代会的准备工作。

3月24日，筹备委员会召开第一次会议，正式宣布成立42人的筹备委员会，常务委员为郭沫若、茅盾、周扬、叶圣陶、沙可夫、艾青、李广田。郭沫若任筹备委员会主任，茅盾、周扬任副主任，沙可夫任秘书长。

筹备委员会决定编辑出版《文艺报》，作为大会筹备期间的会刊。5月4日，《文艺报》第一期出版，在首页上刊登了《发刊词》：“对于将来的新的全国性的文艺作家协会，它的任务、组织、工作方式、会员成分，等等，文艺工作的朋友们一定十分关心，而且有很多意见；我们希望朋友们把意见写出来，交给本刊发表。因为筹委会工作之一是起草章程及其他重要文件，当然这些规章要在大会上讨论而后通过，但筹委会同人极愿于事前多听各方面的意见，在思想上先有一准备。”

《文艺报》第三期又刊登了安蓝的《热诚的希望——供文代会的代表们参考》：“即将成立的‘全国文协’，不管它是文艺工作者的指挥部也好，总工会性质也好（其实群众团体的说法又何异于总工会），我觉得，全国文协必须是一个有权力的集团，全国文协应在思想上艺术上对文艺工作者起领导的作用。”

《文艺报》还特意召开了三次座谈会，讨论关于新文协的若干问题。第一次座谈会的主题是新文协的任务、组织、纲领及其他；第二次座谈会的主题是关于新文协的诸问题；第三次座谈会的主题是关于《文艺报》、民间艺术等。

在大会召开前夕，《文艺报》发表了编辑胡风的《团结起来，更前进！——代祝词》：“经过了近三十年的伟大而艰苦的流血斗争，人民革命终于得了胜利。在这个斗争里面，文艺也是参加在内的。所以，今天我们配得上在辅助战线的名义下而举行一个全国文艺工作者的团结大会。”

在三个多月里，筹备委员会研究确定了大会的方针与任务，拟定了代表产生办法，起草了章程及报告、专题发言等 19 件，准备大会演出节目，等等。6 月 30 日，全国文学艺术工作者大会举行预备式，通过丁玲等 99 人为大会主席团，郭沫若为总主席，茅盾、周扬为副总主席。

7 月 2 日，全国文学艺术工作者大会正式开幕。郭沫若致开幕词，茅盾报告大会筹备经过。朱德代表中国共产党中央委员会，董必武代表华北人民政府和中共中央华北局，陆定一代表中共中央宣传部等先后向大会致贺和讲话。出席代表 753 人，会议期间增加至 824 人。

7 月 6 日下午 2 时，周恩来作《在全国文学艺术工作者代表大会上的政治报告》，庆贺从中国第一次国内革命战争后逐渐被迫分离在两个地区的文艺工作者的大会师。周恩来指出：“不仅我们要成立中华全国文学艺术界的联合会，而且我们要像总工会的样子，下面又有各种产业工会，要分部门成立文学、戏剧、电影、音乐、美术、舞蹈等协会。”“因为我们不可能常开这样的大会。希望在会中或会后，就把各部门的组织成立。”

下午 7 时 20 分，在周恩来将要结束报告时，毛泽东莅临会场。全体代表起立欢迎，高呼“毛主席万岁！”会场安静下来后，毛泽东向大家说：“同志们，今天我来欢迎你们。你们开的这样的大会是很好的大会，是革命需要的大会，是全国人民所希望的大会。因为你们都是人民所需要的人，你们是人民的文学家、人民的艺术家，或者是人民的文学艺术工作的组织者。你们对于革命有好处，对于人民有好处。因为人民需要你们，我们就有理由欢迎你们。再讲一声，我们欢迎你们。”

7 月 8 日，大会主席团召开第二次全体会议，茅盾主持会议。主席团经过讨论后决定：按不同业务分文学、戏剧、美术、电影、音乐、舞蹈、旧剧、曲艺等 8 个小组，推定各组召集人，负责召集会议，商讨组织文艺各部门协会的方案。

7 月 12 日上午，全国文学工作者协会（暂称）筹备委员会在北京饭店召开了第一次会议。初步拟定了会议议程：一是本月 20 日召开第二次全体筹委会；二是本月 22 日后召开全体代表大会，预定两日完成之。

7 月 19 日，全国文学艺术工作者大会举行闭幕式。

7 月 20 日下午，中华全国文学工作者协会筹委会在北京饭店召开第二次会议。茅盾主持会议，丁玲报告筹备情况。

1949 年 7 月 23 日，中华全国文学工作者协会在中法大学大礼堂举行了成立大会，“全国文协”正式成立，这就是中国作家协会的前身。

（《文艺报》2019 年 6 月 14 日 1 版）

“文学工作者进一步联系起来”

——全国文协成立大会回顾

王吉云

1949年7月23日，位于北平东皇城根北街甲20号的中法大学喜气洋洋，在暑期里迎来一群特殊的客人。中法大学成立于1920年，首任校长为蔡元培（1920–1930年），1950年并入后来的北京理工大学。这群特殊的客人络绎不绝地步入中法大学，他们是刚刚参加完全国文学艺术工作者大会的208名文学界代表。

28年前的同一天，即1921年7月23日，中国共产党第一次全国代表大会在上海开幕，中国共产党成立。在中国共产党的领导下，经过28年的奋斗，解放区、国统区、原在北平的文学工作者汇聚在一起。今天，在中法大学大礼堂，他们将见证全国文协的成立。

大会由丁玲主持，首先通过了主席团名单及大会日程。

接着由茅盾致开幕词。茅盾说，这个会的主要任务是要依照全国文联的章程来成立一个全国性的文学工作者协会。文代会确定了今后工作的方针与任务，就是为人民服务，并首先为工农兵服务，把毛主席的文艺方针普及到新解放区与待解放区去。“我们要求产生更多的表现新时代、新人民英雄的作品，也要求加紧文艺组织工作。我们的任务不轻，我们前面也还有不少困难，帝国主义、封建主义、官僚资本主义三位一体的反动文艺还在广大人民中间有影响，摆在我们眼前的迫切工作，不光是肃清那些反动的有毒的东西，而且要有新鲜的富于营养的东西去代替它们。我们是有信心能够完成任务的。今天在座的各位代表是十八般武器件件精通，有老解放区的经过考验而成绩卓著的文艺工作者，也有在国统区奋斗多年的文艺工作者，更有老解放区的埋头苦干、经验丰富的文艺工作的组织者和领导者。而特别重要的一点，就是我们现在一致在毛主席文艺方向之下，一面工作，一面学习，我们要团结得很好，同时也要坦白地互相批评，互相帮助。”最后，茅盾说，文代大会已经胜利闭幕，现在各人将按他的任务组织起来，准备开上前线，然后在全国文联领导之下，配合各兄弟部队，在毛泽东旗帜下，迈步前进。

然后是中共中央委员林伯渠讲话。他号召文学工作者进一步团结起来。他说，文代大会仅仅是团结的开始，必须把大会的团结精神普遍到全国各个地区去，带到文学部门的各个方面去。林伯渠强调，一部分共产党的与老解放区的文学工作者，曾经早些接触过工农兵生活，有些可贵的经验，但不能因此就沾沾自喜、骄傲自满，应十分警惕。林伯渠号召文学工作者进一步联系起来。他强调，文艺为人民服务，首先是为工农兵服务。这就是写工农兵及其干部，并且给他们看和给他们听。既然是为了他们，写作者就不能不熟悉工农兵的生活感情、思想意识。这就发生了联系群众的问题。老解放区一部分文学工作者获得了一些经验，但这经验，还仅仅是联系群众的初步知识。表现与教育群众的作品，则还远远落在革命形势的后面。为此，林伯渠号召文学工作者进一步深入到工厂、农村、部队中去，真正与工农兵打成一片，参加并深刻地体会实际的斗争，把它全面真实地反映出来。“为达成进一步团结与进一步深入群众的目的，还必须加强理论学习与加强文学工作者的组织工作。”

随后，丁玲报告了全国文协的筹备经过。下午，会议讨论通过了全国文学工作者协会章程草案，并进行了选举。

7 月 24 日上午，艾青主持会议，冯至报告了头天的选举结果。这次会议共选出 69 名全国委员会委员：丁玲、茅盾、郭沫若、曹靖华、赵树理、艾青、冯雪峰、郑振铎、巴金、周扬、胡风、柯仲平、夏衍、萧三、何其芳、叶圣陶、冯乃超、曹禺、田间、欧阳山、王统照、沙可夫、冯至、刘白羽、周文、袁水拍、适夷、李广田、戈宝权、立波、草明、陈学昭、黄药眠、周而复、李季、臧克家、钟敬文、俞平伯、田汉、黄源、罗烽、陈白尘、王任叔、曾克、荒煤、孔厥、聂绀弩、王亚平、洪深、阳翰笙、刘芝明、王希坚、许广平、杨晦、马健翎、吴组缃、靳以、张致祥、陈望道、孔罗荪、卞之琳、金人、唐弢、宋之的、严文井、马烽、沈起予、蒋天佐、吴伯箫。

此外，留有待解放区名额6人，还选举出柳青等16人为候补委员。以上91位文学界人士组成了全国委员会。大会选举茅盾为主席，丁玲、柯仲平为副主席。

报告大会选举结果的冯至，在会前写下了《写于文代会开会前》："我个人，一个大会的参加者，这时感到一种深切的责任感：此后写出来的每一个字都要对整个的新社会负责，有如每一块砖瓦都要对整个的建筑负责。这时认明一种严肃性：在广大的人民的面前要洗刷掉一切知识分子狭窄的习性。这时听到一个响亮的呼声，'人民的需要！'如果需要的是水，我们就把自己当作极小的一滴，投入水里；如果需要的是火，就把自己当作一片木屑，投入火里。"

在冯至报告选举结果后，沈起予、俞平伯、陈望道、杨振声、靳以、邵力子、李霁野等作了自由发言。邵力子说，"在过去蒋管区时代，我是十足的失败主义者；到解放区后，已转到十足的乐观主义者了。"

自由发言之后，郑振铎临时动议，全国文协应向毛主席、朱总司令通电致敬。茅盾安排何其芳起草了电文。

最后，郑振铎致《依照毛主席指出的方向，文学工作者将稳步走向胜利》的闭幕词，历时一天半的全国文协成立大会在口号声中胜利闭幕。

（《文艺报》2019年6月19日1版）

从全国文协到中国作协

王秀涛

1949年2月25日，中共中央致电周扬等人，决定全国文协理事会与解放区文协召开联席会议，筹备新的全国文协大会。此后，中共中央与周扬多次沟通筹委会的名单、具体的工作计划以及代表大会的代表产生办法等问题。3月22日，在北平的全国文协总会理监事郭沫若、马叙伦、柳亚子、田汉、茅盾、郑振铎、曹禺、叶圣陶、周建人、洪深、许广平、葛一虹、张西曼、戈宝权等19人开会议决，“原在上海之文协总会，即日起移至北平办公，并会同华北文协筹备全国文学艺术工作者代表大会，以便产生新的全国性的文艺界组织。”（《重建全国文艺组织　将召开全国文艺界代表大会　推选郭沫若等为筹备委员》，《人民日报》1949年3月25日）这也意味着旧文协和即将产生的新文协的交替。

茅盾在《文艺报》的《发刊词》上号召文艺工作者对即将成立的文艺组织展开讨论：“对于将来的新的全国性的文艺作家协会，它的任务、组织、工作方式、会员成分，等等，文艺工作的朋友们一定十分关心，而且有很多意见；我们希望朋友们把意见写出来，交给本刊发表。因为筹委会工作之一是起草章程及其他重要文件，当然这些规章要在大会上讨论而后通过，但筹委会同人极愿于事前多听各方面的意见，在思想上先有一准备。”（《文艺报》1949年第1期）同时，茅盾还发表《一些零碎的感想》一文，对新的文学组织的组织形式和性质问题谈了“个人的感想”：新组织究竟应该是“同业公会呢，还是文艺运动的指挥部”，“大概有不少朋友认为这是不成问题的。最积极的朋友大概要主张新的文协必须是文艺运动的指挥部。这当然有它充分的理由，大家都想得到，这里不必絮说了”；

“但是恐怕也还有不少朋友觉得新的文协还是不应当完全抹煞它的同业公会（或职工会）的性质，或至少它应具有同业公会与文艺运动指挥部两重的性能，这看来好像是折中的主张，两面顾到，颇易为大家所接受。如果这样，我倒以为应该先让我们把这问题仔细研究研究，先作思想上的准备”。

1949 年 7 月 2 日，中华全国文学艺术工作者代表大会（以下简称第一次文代会）召开，此次会议最重要的成果是两个方面：“一个是建立了当代文学所要遵循的‘路线’，规定了‘当代文学’的性质，以及题材、主题，甚至具体的艺术方法。另外一个成果就是成立了‘专管文艺’的全国性机构。”（洪子诚：《问题与方法》，三联书店 2002 年版，第 194 页）这个全国性的机构就是“中华全国文学艺术界联合会”（简称全国文联）。

周恩来在第一次文代会上所作的政治报告里，专门提到了文学组织的问题：“这次文代大会代表大家都感到要成立组织，也的确需要解决这个问题。不仅我们要成立中华全国文学艺术界的联合会，而且我们要像总工会的样子，下面又有各种产业工会，要分部门成立文学、戏剧、电影、音乐、美术、舞蹈等协会。因为只有这样，我们才便于进行工作，便于训练人才，便于推广，便于改造。这一点是大家所赞同的，现在就需要开始，因为我们不可能常开这样的大会。希望在会中或会后，就把各部门的组织成立。”（周恩来：《在中华全国文学艺术工作者代表大会上的政治报告》，《中华全国文学艺术工作者代表大会纪念文集》，新华书店 1950 年版，第 32 页）

在 7 月 14 日的会议上，大会秘书长沙可夫报告了全国文联章程草案草拟经过，会议讨论了中华全国文学艺术界联合会章程（草案）及选举文联全国委员会条例（草案），“经全体代表热烈慎重商讨与修正后，当即表决通过”。（《文代大会第十一日　通过全国文联章程草案》，《人民日报》1949 年 7 月 15 日）7 月 17 日，选举文联全国委员会委员，大会首先通过包括 152 人的候选人名单，由主席团根据签名人数发票，当场收票 531 张。大会选出周文、冯至、陈白尘、钟敬文、王地子等 5 人主持开票事宜。（《文代大会第十三日　选举全国委员会委员　诗歌工作者筹组联谊会》，《人民日报》1949 年 7 月 18 日）7 月 19 日上午第一次文代会闭幕，“同时中华全国文学艺术界联合会正式成立”。闭幕式首先宣布文联全国委员会当选委员名单。郭沫若作结束报告后，由周文宣读全部当选委员票数，郭沫若、丁玲、茅盾、周扬等 87 人当选委员（中华全国文学艺术界联合会第四次扩大常务委员会会议，通过提补老舍、邵荃麟、孙伏园、艾芜、沙汀 5 人为全国委员会委员，另留 3 名待台湾等地解放后再补。《全国文联举行扩大常委会议　通过今年工作任务报告　提补老舍等 5 人为委员》，《人民日报》1950 年 2 月 13 日），彦涵等 26 人当选候补委员。（《文代大会胜利闭幕　全国文联宣告成立　选出郭沫若等 87 人为全国委员　一致决议大力贯彻毛主席文艺方向》，《人民日报》1949 年 7 月 20 日）

7 月 23 日全国文联全国委员会召开第一次会议，出席委员 64 人，会议首先选举郭沫若、茅盾、周扬、丁玲、郑振铎、萧三、沙可夫、夏衍、田汉、柯仲平、赵树理、欧阳予倩、马思聪、张致祥、袁牧之、徐悲鸿、阳翰笙、李伯钊、刘芝明、洪深、曹禺等 21 人为常务委员，并推选出郭沫若任主席，茅盾、周扬任副主席，大会又通过了全国文联各部负责人名单，秘书长：沙可夫、黄药眠、周巍峙，联络部：萧三、冯乃超、叶浅予，编辑部：丁玲、曹禺、何其芳，福利部：郑振铎、阳翰笙、江丰，指导部：柯仲平、阿英、张致祥。大会听取文学、戏剧、电影、音乐、美术、舞蹈、戏曲改革、曲艺改革等八个协会的筹备及成立经过报告后，就各协各组织及相互关系等问题交换了意见，最后通过各协会为全国文联会员。（《文联全国委员会首次会议选出常委　郭沫若茅盾周扬任正副主席　通过八个协会为文联会员》，《人民日报》1949 年 7 月 24 日）

7 月 23 日，中华全国文学工作者协会成立大会在中法大学大礼堂举行，实到代表 208 人，主席丁玲，先通过主席团名单及大会议程。茅盾在致辞中说：这个会的主要目的是要依照全国文联的章程来成立一个全国性的文学工作者协会。文代会确定了今后工作的方针与任务，就是为人民服务，并首先为工农兵服务，把毛主席的文艺方针普及到新解放区与待解放区去。我们要求产生更多的表现新时代、新人民英雄的作品，也要求加紧文艺组织工作。文代大会已经胜利闭幕，现在各人将按他的业务组编起来，准备开上前线。然后在全国文联领导之下，配合各兄弟部队，在毛泽东旗帜下，迈步前进。中共中央委员林伯渠在讲话中号召文学工作者进一步团结起来，他说文代大会仅仅是团结的开始，必须把大会的团结精神普遍到全国各个地区去，带到文学部门的各个方面去。

7月24日成立大会继续举行，首先由冯至报告23日选举结果，选出委员丁玲、曹靖华、冯雪峰、周扬、夏衍、叶圣陶等69人，候补委员骆宾基、闻家驷、黑丁、柳青、何家槐等16人（留有待解放区委员名额6人）。沈起予、俞平伯、陈望道、王统照、吴组缃、杨振声、靳以、李霁野、胡风、邵力子等人讲话，郑振铎致闭幕词，他说：文代大会和文协成立大会的召开，使老解放区和新解放区的文艺工作者聚会一堂，互相交换工作经验，这是很大的收获。中国的文学工作者的倾向大部分是好的，但没有明确的方针和工作，今后我们团结在毛主席的旗帜下，有明确的文艺方针了。会议决定向毛主席、朱总司令致敬电：

毛主席、朱总司令：

在全国文学艺术工作者代表大会胜利闭幕之后，为了把我们的力量组织起来，具体执行文代大会所规定的方针和任务，我们二百多个来自各地的文学工作者，又在人民的京城北平来举行全国文学工作者协会的成立大会。我们文学工作者衷心感谢你们把中国人民引向胜利和解放的伟大领导，感谢你们对于中国人民的文学艺术事业的关心和指示。今后我们要更加团结，更加努力，为建设新民主主义的新中国的人民文学而奋斗！

全国文协由茅盾任主席，丁玲、柯仲平任副主席，分研究、创作、编辑出版、组织四部与一个文学顾问委员会。组织部负责人为冯乃超、周文，创作部负责人为赵树理、田间，研究部负责人为郑振铎、立波，编辑部负责人为艾青、靳以，顾问委员会主任为茅盾、丁玲、柯仲平。

8月19日，华北人民政府致函中华全国文学艺术界联合会和中华全国文学工作者协会“准予备案”：“八月十一日呈及名单均悉，中华全国文学艺术界联合会暨中华全国文学工作者协会业已正式成立，经本府审查合格，准予备案。所请经费补助，希即造一详细预算，说明今后事业费、经常费至开支数目，报本府审核，再行确定。”（《华北政报》1949年第11期）

文联此后经过了几次组织上的改革，如 1950 年成立了中国民间文艺研究会等等。此后文联最大的一次变革是其会员单位全国文协的改制。1952 年 8 月 6 日中华全国文学工作者协会召开了第五次扩大常委会，目的是要“整理组织，改进工作，使文协真正成为名副其实的领导文学运动和创作思想的战斗的组织，发挥它应有的作用”，会议通过了“关于整理组织改进工作的方案”，明确规定了文协必须经常进行下列业务活动：一、组织作家参加实际斗争、进行创作，推动作家拟定创作计划，督促、检查计划的实现；二、研究文学运动和文学创作上所存在的问题，进行文学批评活动；三、组织作家的政治和艺术的学习；四、组织作家参加各种社会活动，加强作家与群众的联系。会议决定在三个月内要全部完成审查会员的工作；建立诗歌小组、小说小组及电影、戏剧文学小组；筹备成立儿童文学委员会；着手组织第二批作家到实际斗争中去等。方案中规定：首先从调查会员情况着手整理文协组织，根据文协章程所规定的会员条件，将全部会员名单加以审查，重新举行登记。整理后的会员名单将在报刊上公布。会员必须遵守文协章程，参加一定的文学活动及承担一定的义务。方案中还具体规定了文协常务委员会的工作：应经常讨论文协的工作方针和计划，及有关文学运动和创作上的思想领导问题；应定期讨论全国文协机关刊物《人民文学》的编辑方针和计划，关心文学作品的出版，及帮助中央文学研究所的工作等。方案中并规定成立“文协机关工作委员会”，执行常务委员会的决议和进行日常工作。（《中华全国文学工作者协会全国委员会常务委员会关于整理组织改进工作的方案》，《文艺报》1952 年第 17 期）

1953 年 3 月 24 日中华全国文学工作者协会全国委员会常务委员会在北京召开第六次扩大会议，通过了“关于改组全国文协和加强领导文学创作的工作方案”，会议决定在全国文协全国委员会常务委员会下设立一个创作委员会，作为具体指导文学创作活动的机构。创作委员会将在北京的作家按志愿编为小说散文、剧本、诗歌、电影文学、儿童文学、通俗文学等创作组，分别帮助作家订立和实现其创作计划，进行关于作品和创作问题的经常讨论，进行马克思列宁主义的政治和艺术的学习。创作组吸收非会员的有写作才能的青年文学工作者参加，对他们进行培养。会议上选出丁玲、老舍、冯雪峰、曹禺、张天翼、邵荃麟、沙汀、陈荒煤、袁水拍、陈白尘、严文井等 11 人为创作委员会委员，邵荃麟为主任，沙汀为副主任。

会议决定在常务委员会下设立一个刊物委员会，负责研究全国文协各机关刊物的方针、计划，并检查其执行情况。全国文协以《人民文学》作为发表创作的刊物。会议决定：商请中华全国文学艺术界联合会将《文艺报》划归全国文协领导，作为文学艺术的理论批评刊物；全国文协接办《新观察》，作为文艺性的政论和小品散文刊物；筹备出版《译文》，作为介绍世界进步文学的刊物；全国文协并应加强对通俗文艺刊物“说说唱唱”的领导。会议上选出了冯雪峰、沙汀、陈企霞、王亚平、陈冰夷、戈扬等 6 人为刊物委员会的委员，冯雪峰为主任。(《全国文协常委会扩大会议通过改组文协和加强领导文学创作的方案》,《文艺报》1953 年第 7 期）在这次会议上，常务委员会决定在最近征求全国委员会各委员的意见，召开全国代表大会，讨论改组全国文协机构。

1953 年 9 月 23 日第二次文代会召开，中华全国文学艺术界联合会更名中国文学艺术界联合会，全国文学工作者协会改组为中国作家协会，独立建制。在这次会议上，周扬在报告中谈到了改组文联的原因，“文联作为各个文学艺术团体，主要是各个专业的协会的联合这样一种组织形式，要来直接地、具体地组织文学艺术各个不同部门的创作和学习，是有困难的。由于文学艺术各部门的特点不同，组织文学艺术创作的任务，宜于由各个协会分别地来进行。现在各个协会的组织和工作正在整顿和加强，今后全国文联将继续作为全国文学艺术团体的联合组织，在加强全国文学艺术界团结和联系，动员文学艺术工作者参加国家建设和保卫世界和平的活动上起到它应有的作用。”（周扬:《为创造更多的优秀的文学艺术作品而努力》,《中国文学艺术工作者第二次代表大会资料》，中国文学艺术界联合会编印，第 37 页）

在第二次文代会上通过的《章程》规定，中国作家协会“是以自己的创作活动和批评活动积极地参加中国人民的革命斗争和建设事业的中国作家和批评家的自愿组织”，最高权力机关为全国作家代表大会。在全国作家代表大会闭会时期，以代表大会选出的理事会为最高领导机关。理事会闭会期间，由理事会选出之主席团负责处理日常工作。这一届作协主席为茅盾，周扬、丁玲、巴金、柯仲平、老舍、冯雪峰、邵荃麟为副主席。（张僖：《只言片语》，北京十月文艺出版社2002年，第35页）此后中国作协继续完善其内部组织，除了第二次文代会之前就已经成立的创作委员会和刊物委员会外，作协还陆续成立了外国文学委员会、普及工作部、古典文学部、文学基金委员会，其负责人分别为萧三、老舍、郑振铎等人。1955年10月27日，中国作家协会主席团第十四次会议将中国作家协会普及部改为青年作家工作委员会。

为了加强中国作家协会的领导，1956年中国作家协会第二次理事会（扩大）根据理事会主席团的提议，决定在中国作家协会主席团下设立书记处。书记处是一个集体的工作机构，它的任务是负责处理作家协会的日常工作，书记处由书记9至11人组成，书记由作家协会主席团从理事中遴选。（《关于成立书记处的决议》，《中国作家协会第二次理事会议（扩大）报告、发言集》，人民文学出版社1956年，第427页）书记处的成立，使中国作协有了一个处理日常事务的常设机构。

与此同时中国作家协会的分会也迅速发展，1950年的分会数量是6个，1957年达到10个，1959年增加到23个，（《小统计》，《文艺报》1957年第7期；邵荃麟：《文学十年历程》，《文艺报》1959年第18期）现在的会员单位已经达到45个，成为“中国共产党领导的、中国各民族作家自愿结合的专业性人民团体，是党和政府联系广大作家、文学工作者的桥梁和纽带，是繁荣文学事业、加强社会主义精神文明建设的重要社会力量”。

（《文艺报》2019年6月28日2版）

1953年中国文坛一大盛事

——亲历全国文协改组为中国作协

束沛德

中国作家协会前身——中华全国文学工作者协会（简称全国文协）成立于1949年7月23日。那时我还是一个青年学子，作为一个文学爱好者、初学写作者，十分关注第一次文代大会的召开。至今还清晰地记得毛主席莅临会场，满怀深情地对全体代表讲："你们对于革命有好处，对于人民有好处。因为人民需要你们，我们就有理由欢迎你们。"尤其让我留下深刻印象的是，毛主席在谈到人民的文学家、人民的艺术家都是人民所需要的人时，还特别谈到人民的文学艺术工作的组织者也是人民需要的。毛主席这一席话，对长期从事文学组织工作的我，始终是极大的激励和鞭策。

全国文协改组为中国作协，那是1953年10月的事。我是1952年初冬时节跨进全国文协门槛的。至今记忆犹新，当年从位于西单舍饭寺的中宣部干训班，乘坐一辆三轮车，随身带一个行李卷和一只从中学时代就伴随我的帆布箱，途经天安门、东西长安街，来到东总布胡同22号。22号是一座坐北朝南、方方正正、颇具中西合璧气派和色彩的三进宅院。就是在这里，我在严文井、沙汀、邵荃麟、冯雪峰麾下，参与了改组全国文协的筹备工作，亲历并见证了文协改组为中国作家协会这一大盛事的全过程。

改组全国文协的前前后后，认真、细致地做了许多思想、理论上的准备和具体的组织工作。1953年3月24日，全国文协常委会扩大会议通过了《关于改组全国文协和加强领导文学创作的工作方案》。会议认为：我们的国家进入大规模经济建设的新的历史阶段，这就要求作家以社会主义现实主义的创作方法创造出具有高度的思想内容和艺术技巧的作品，以社会主义精神教育、鼓舞广大人民。因此，文协必须根据文艺整风的精神加以改组，认真地担负起领导作家的创作、批评、学习和指导普及工作的任务。会议决定在全国文协常委会下设立创作委员会，具体指导文学创作活动。会上选出丁玲、老舍、冯雪峰、曹禺、张天翼、邵荃麟、沙汀、陈荒煤、袁水拍、陈白尘、严文井等为创作委员会委员，并推定邵荃麟、沙汀为正副主任。这次会上还通过了以茅盾为主任委员、丁玲为副主任委员，周扬、柯仲平、老舍、巴金等 21 人为委员的全国文协代表大会筹备委员会。5 月下旬，筹委会举行第一次会议，通过了关于召开全国文协第二次代表大会的计划。从此紧锣密鼓而又有条不紊地展开代表大会的各项筹备工作。创委会副主任沙汀兼任筹委会秘书长，创委会更多承担了具体的组织工作。我作为创委会秘书，也全身心地投入这一工作。

组织社会主义现实主义学习

这里，首先要谈到的是组织社会主义现实主义理论的学习，这是为召开全国文协二次代表大会做好思想准备而进行的一项重要活动。从 1953 年 4 月至 6 月，组织了在京的部分作家、批评家和文学界领导干部共 40 多人参加了为期两个月的学习。邵荃麟因病未能参加，委托冯雪峰代为主持。这次学习着重讨论了四个方面的问题：一是对社会主义现实主义的理解及其和过去的现实主义的关系与区别；二是关于典型和创造人物及讽刺问题；三是关于文学的党性、人民性问题；四是关于目前文学创作上的问题。在个人阅读文件的基础上，从 5 月初开始每星期三、六下午以三个半小时的时间进行讨论，先后召开了 14 次讨论会。讨论是有充分准备的，每个专题都有中心发言人。前三个专题分别由陈涌、林默涵、陈企霞、王朝闻、严文井、钟惦棐首先发言。第四个专题则先由马烽、袁水拍、陈荒煤、光未然等分别汇报了近年来小说、诗歌、电影剧本、剧本的创作情况及存在的问题。讨论比较充分、深入，也有不同意见的争论、交锋。每个专题讨论告一段落后，都由主持人冯雪峰作小结。后来，冯雪峰根据自己在学习讨论会上的发言，整理成《英雄和群众及其他》一文发表在《文艺报》1953 年第 24 期上。

我作为工作人员也根据讨论会记录写出《全国文协学习社会主义现实主义的情况报道》，分两期刊登在《作家通讯》上。上述冯雪峰那篇文章论述的英雄和群众、典型化并非“理想化”、否定人物的艺术形象、关于党性、关于讽刺等，都是学习会上集中讨论、存有争议或认识还不够深透的问题。雪峰从理论的高度加以概括，作了针对性很强、富有真知灼见的回答。这篇条分缕析、说理透彻的文章，比起我写的那篇学习情况报道来，在理论的系统化、深刻性、说服力上，真可说是有天壤之别。我由衷地佩服作为文艺理论家的冯雪峰的睿智和才情，同时也激起我在思想、理论、业务上进一步学习提高的热情。

总的说来，这次学习的重要收获，一是明确了社会主义现实主义是文学创作、批评的最高准则；二是明确了要把创造正面的、新人物的艺术形象，当作文学创作重要的、迫切的任务，从而达到了为开好全国文协第二次代表大会做好思想准备的预期目的。

积极开展创作组活动

为了把文学创作工作更好地组织起来，在思想上、创作上、学习上经常给予作家切实有益的指导，开展创作组活动，成了改进和加强文协工作重要的、不可或缺的一部分。创委会成立后根据需要设立了小说散文组、诗歌组、儿童文学组、剧本组、电影文学组、通俗文学组以及一年之后成立的文学批评组。创委会根据在京会员从事的主要文学样式及其志愿，把他们分别编入各创作组。在全国文协二次代表大会召开之前，1953年8月、9月，小说散文组、诗歌组分别召开了三次讨论会，讨论杨朔的小说《三千里江山》和李季的长诗《菊花石》。讨论都相当认真、深入，发扬实事求是的批评精神，从作品的实际出发，具体、中肯地分析它的成败得失。自由讨论，各抒已见，不同意见都坦率地摆在桌面上。比如对《三千里江山》，陈涌认为它是“当今文学创作的新收获”，“创作方法上大体上是现实主义的”，“是应该基本上加以肯定的作品”。而吴组缃更多地谈到人物描写存在“说教、概念化”，“人物的性格没有发展”，“结构散漫”。敏泽也着重指出“这部作品结构松散、缺乏中心、缺乏主线”。见仁见智，针锋相对又与人为善，那种热烈、活跃的自由讨论的风气，至今回忆起来依然感到颇为难得。

创作组是作家们加强联系和相互帮助的灵活、有益的方式。在关于作品和创作问题的讨论中，把理论学习与创作实践结合起来，促进了作家们在思想上、理论上、艺术上的提高和成长，也把他们吸引到关注社会活动和文学全局的气氛中来。夏秋之交，创委会下的创作组积极开展各种活动，改变了许久以来文学界沉闷、停滞的空气、局面，成了 1953 年文坛一道亮丽的风景。这也为开好文协二次代表大会营造了生动活泼、和谐融洽的氛围。

起草文件　选举代表

起草文件，选举代表，是召开文协二次代表大会的两项重要准备工作。

大会筹委会第二次会议上决定设文件起草小组，由沙汀、冯雪峰、邵荃麟、严文井、林默涵、黄药眠、曹禺、张天翼等 9 人组成起草小组，负责草拟大会的各项报告。开头请冯雪峰起草大会主题报告，雪峰起草出题为《关于创作和批评》的报告。他在报告中尽管也肯定了 1949 年全国文协成立以来文学创作和各项文学工作的成绩，但较为尖锐地批评了当时创作中存在的配合政治任务的公式化、概念化倾向，结果招来了“实际上是批评党的领导”“影响党与非党作家的团结”的批评和指责。雪峰的报告被否定了，未被采用，改由茅盾在文协二次代表大会上作题为《新的现实和新的任务》的报告。他在报告中对作家在创作实践中学习、掌握社会主义现实主义的方法，创造人物性格、表现生活中的矛盾和冲突、认识生活、提高艺术技巧等问题，都做了具体、透彻的分析。茅盾在一篇忆念邵荃麟的文章中曾谈到，这一报告“我起草后，经过荃麟同志的详细修改，这才定稿的”。

关于大会代表的产生，除文协全国委员会委员及候补委员为当然代表外，以大行政区为单位分别召开该区的全国文协会员大会，由会员中每 5 人选派代表一人。此外，聘请全国有成就的非会员的作家和青年作家及从事文学组织工作者 30 至 40 人为列席代表。大会代表和列席代表总共为 279 人。前些日子我看了一下代表名单，据我所知，如今健在的只有贺敬之、胡可、黎辛、徐光耀、韶华等不足 10 人了。他们都已九十四五岁高龄，有的已近百岁。真是时光如梭，岁月不饶人啊！

讨论历史估价和创造人物形象

经过历时半年的筹备，金秋时节，迎来生气勃勃、团结奋进的全国文协第二次代表大会。它是与二次文代大会（即中国文学艺术工作者第二次代表大会）同时召开的。大会实到代表，包括列席代表共 256 人。代表们参加了二次文代大会的开幕式，聆听了周恩来总理关于我国过渡时期经济建设总路线的报告，也听了周扬题为《为创造更多的优秀的文学艺术作品而奋斗》的报告。二次文代大会的第二天，全国文协二次代表大会（即中国文学工作者第二次代表大会）就在怀仁堂开幕了。丁玲致开幕词，茅盾作了题为《新的现实和新的任务》的报告。周总理和周扬都在报告中按照中央的指示，着重指出：社会主义现实主义的方向，是五四以来中国新文学运动的基本方向。周总理、茅盾、周扬还在报告中要求作家把创造典型人物，特别是正面的英雄人物形象，提到我们创作的首要地位上来。周总理说：作为人类灵魂的工程师，就是要创造典型人物、理想人物，来鼓舞人和教育人。

我和时任文协创委会秘书室主任的陈淼担任二次文代大会主席团秘书，有幸到各小组了解讨论情况。会后我综合整理出一篇《历史估价问题和创造人物形象问题的讨论》，登在《作家通讯》上，为研究、谱写中国作协史乃至当代文学史留下了一份资料。关于五四以来中国文学的历史估价问题，是各小组讨论的主要问题之一。经过讨论，代表们都比较明确地认识到："从五四以来，我国新文艺运动的基本倾向和主流就是社会主义现实主义的"。提出历史估价问题，它的"基本精神，是要我们从历史发展的观点上去看问题，不要忽视历史的传统。""应对 30 年来的新文学运动的成绩与缺点做出一个切合实际的估价，既不要妄自菲薄，也不要骄傲自大，既不要失去信心，同时又要努力逐步提高。"各小组还满怀兴趣地着重讨论了创造正面人物、英雄人物形象的意义。大家认识到：在伟大的新的历史时期，要通过鲜明生动的艺术形象，用社会主义的思想、理想、感情和道德来教育、鼓舞人民群众。“作品所创造的英雄人物，是代表社会的前进的力量，能够作为人民学习和仿效的榜样，英雄就具有特殊的意义。”关于“能否写英雄人物的缺点”“能否写反面人物”“如何表现生活中的矛盾和冲突”等问题，大家也认识到，重要的是从现实生活出发，从了解、熟悉具体的人物出发，而不能从概念出发。“表现生活中的矛盾和冲突与创造正面人物、英雄人物并不是相互排斥的”，“以为表现新事物、新英雄就不能正确表现冲突，这种看法是错误的，因为英雄人物、正面人物正是在现实斗争中锻炼出来的”。

在全国文协第二次代表大会的闭幕会上，邵荃麟作了总结发言，讲了“文学工作者如何为贯彻过渡时期的总路线而努力”“关于社会主义现实主义在中国文学上的发展问题”“发展社会主义现实主义文学的几个实践问题”“改进文学工作领导问题”等四个问题。他明确指出：把社会主义现实主义作为一切进步作家的创作和批评的最高准则，“绝不意味着要排斥一切还不是社会主义现实主义的文学”；把创造正面的英雄人物作为我们目前创作上首要的任务，“对于反面人物落后人物的描写，也是必要的，同样是有目的的”。目的都是为了去教育人民。他还谈到，文协改组为作协后，“文学工作领导上一个中心环节，就是如何帮助作家去积极发展创作，一切工作应该环绕着这个中心而进行”。

新机构　新态势

全国文协二次代表大会通过的《中国作家协会章程》中写明：“中国作家协会是以自己的创作活动和批评活动积极地参加中国人民的革命斗争和建设事业的中国作家和批评家的自愿组织。”并写明：“采取社会主义现实主义的创作方法和批评方法，努力发展为人民所需要的文学艺术工作。”周扬在报告中还作了这样的说明：“各个协会应当成为专业的作家、艺术家的自愿组织，这就是说，他们不是普通的文学爱好者的团体。”

文协二次代表大会选举出 88 人组成的理事会。理事会选举茅盾为主席，周扬、丁玲、巴金、柯仲平、老舍、冯雪峰、邵荃麟为副主席。从 1953 年至今，时隔一个多甲子，正副主席都先后谢世了。88 位理事中，如今健在的也仅有贺敬之、胡可两位了。新陈代谢，一茬又一茬新的、富有成就和经验的作家、批评家、文学组织工作者先后走上中国作家协会的领导岗位。

文协二次代表大会闭幕、宣布全国文协改组为中国作协的当天下午，即 10 月 4 日下午，代表们都到怀仁堂去听取中共中央农村工作部副部长廖鲁言关于农村工作的报告。在报告进行中，文代大会副秘书长赵沨宣布暂时休会，全体代表鱼贯而进怀仁堂后院草坪，各就各位，站好队后，毛主席偕同刘少奇、朱德、周恩来、陈云等党和国家领导人缓步进入院内。院子里立即响起了暴风雨般、经久不息的掌声和热烈的欢呼声。毛主席满面笑容，一再向代表们招手致意。与全体代表合影后，又是一片热烈的掌声。我是大会主席团秘书，尾随郭沫若、茅盾、周扬等大会主席团成员，送毛主席等到怀仁堂后门入口处。当毛主席走上台阶，回过头来，再次挥手向代表们告别时，我就站在台阶下面，距离毛主席真是近在咫尺。那喜悦、激动的心情至今难以忘怀。

全国文协改组为中国作协后不久，东总布胡同 22 号大门口就摘下“中华全国文学工作者协会”的牌子，挂上了鲜明的、白底红字的“中国作家协会”的牌子。为了加强对文学创作的领导，作协的领导班子也相应作了调整。

作协党组由周扬任书记，邵荃麟任副书记。创作委员会也由周扬任主任，邵荃麟、沙汀任副主任。普及工作部、古典文学部、国际联络部（后改为外国文学委员会）、文学讲习所等，也都确定了负责人。大会后，《文艺报》出版了“中国文学艺术工作者第二次代表大会特辑”，发表了丁玲的《到群众中去落户》等文章。《人民文学》则刊登了邵荃麟在大会上的总结发言。作家们创作热情高涨，纷纷制定“1954 年创作生活计划”，有的当即到农村、厂矿蹲点或参加工作。创委会下各个创作组的活动也更加活跃了。诗歌组讨论诗的形式问题，小说散文组讨论安东诺夫和波列伏依的短篇小说，还讨论了周立波的长篇小说《铁水奔流》原稿、艾芜的中篇小说《百炼成钢》原稿。电影文学组讨论了《翠岗红旗》，剧本组讨论了《四十年的愿望》。22 号院第三进那幢带飞檐的二层楼，楼下那有讲究地板和活动拉门的会议室，经常是高朋满座，洋溢着浓郁的学术讨论、艺术讨论的气氛，成为当年文坛一道亮丽的风景线。

1949 年 9 月，应《人民文学》主编茅盾之请，毛主席为该刊创刊题写了：

“希望有更多好作品出世”。时隔4年，到了1953年9月，二次文代大会的主题依然是：为创造更多的优秀的文学艺术作品而奋斗。今天，站在新时代的制高点上，回望中华人民共和国成立70年，也是中国作协成立70年来走过的路，可以肯定无疑地说：努力发展文学创作，不断提高作品的文学品质和艺术魅力，永远是所有作家、批评家和文学工作者的不懈追求和义不容辞的使命担当。让我们从新的起点重新出发，团结奋进，书写新时代，讴歌新时代，抒写中国故事，弘扬中国精神，从高地、高原向高峰登攀，创造出无愧于我们这个伟大民族、伟大时代的优秀作品。

（《文艺报》2019年7月10日3版）

使其成为实际的领导文学创作和文学批评的团体

——中国作协诞生记

王　军

1949年7月29日上午，新成立的全国文协在东总布胡同22号机关召开第一次常务会议。茅盾主持会议。会议推选周文、冯乃超负责组织部；赵树理、田间负责创作部，宗旨是在创作方面能帮助著作者的创作；冯雪峰负责研究部（后为郑振铎、周立波），研究中外文学及各种文章；艾青、钟敬文、何其芳负责编辑部（后为艾青、靳以）；吴伯箫负责秘书处。设立顾问委员会，主任为茅盾、丁玲、柯仲平。

1950年7月，为加强对文学工作的领导，中央宣传部决定：在全国文协成立党组，由丁玲、冯雪峰、何其芳、刘白羽、周立波、严文井、陈企霞等同志组成，丁玲为组长，冯雪峰为副组长。1952年10月，丁玲因脊椎骨质增生严重，到大连休养。1953年1月，文化部召开创作会议，周扬、林默涵、邵荃麟到会，酝酿把全国文学工作者协会改为中国作家协会。

1953年3月7日，全国文协党组向中宣部报告，文协党组根据中宣部指示的原则进行了改组。随后，中宣部批复全国文协党组由邵荃麟、冯雪峰、丁玲、沙汀、张天翼、田间、戈扬、袁水拍、陈企霞、陈白尘组成，由邵荃麟担任书记。机关工作委员会由邵荃麟代替丁玲的工作。

1953年3月24日，全国文协第六次常委会通过《关于改组全国文协和加强领导文学创作的工作方案》，主要内容是召开全国代表大会，讨论改组全国文协机构，使其成为实际的领导文学创作活动和文学批评的机构。

召开这次大会的背景是：在新的历史时期，人民群众更热烈地要求作家创造更多优秀的文学作品，以爱国主义和社会主义的崇高思想教育他们、鼓舞他们向社会主义前进，必须动员作家为这一庄严的任务而斗争。代表大会的主要任务：一是改组全国文协机构，使其成为实际的领导文学创作和文学批评的团体；二是根据改组全国文协新的精神，修改会章；三是做关于文学创作思想问题的报告，认真地进行一次关于社会主义现实主义创作方法的学习。

5月28日晚8时，全国文协会员代表大会筹备委员会召开第一次会议。筹备委员会主任委员茅盾、副主任委员丁玲等出席。会议通过了全国文协召开全国文学工作者协会代表大会的计划，预定7月10日召开，会期以不超过10天为原则。

6月29日，全国文协决定会员代表大会延期至8月召开。7月20日上午，全国文协会员代表大会筹备委员会召开第二次会议，拟暂定于8月下旬或9月初召开代表大会，确切日期待全国文联代表大会日期确定后才能确定。

9月23日至10月6日，中国文学艺术工作者第二次代表大会在北京召开，将中华全国文学艺术界联合会更名为中国文学艺术界联合会。

全国文学工作者协会第二次代表大会同期召开。会议期间，根据文代会大会主席团的建议，全国文协改组为中国作家协会。10月4日，全国文学工作者协会第二次代表大会通过了中国作家协会的章程，并选出了领导机构中国作家协会理事会和主席团，胜利闭幕。

根据中国作家协会章程的规定，中国作家协会是以自己的创作活动和批评活动积极地参加中国人民的革命斗争和建设事业的中国作家和批评家的自愿组织。社会主义现实主义是整个文学创作和批评的最高准则，也是指导和鼓舞作家、批评家前进的力量。

中国作家协会最高机构是全国作家代表大会，日常工作由理事会和主席团负责。中国作家协会理事会由88人组成。理事会主席茅盾，副主席周扬、丁玲、巴金、柯仲平、老舍、冯雪峰、邵荃麟7人，并组成主席团。下设秘书长、副秘书长各一人：秘书长为陈白尘，副秘书长为张僖。

中国作家协会主席团根据工作的需要，在1954年前设立有下列各种机构：创作委员会，主任周扬，副主任邵荃麟、沙汀，下设小说散文组、电影组、戏剧组、诗歌组、儿童文学组、通俗文学组；普及工作部，部长老舍，副部长韦君宜，创办了《文艺学习》期刊；古典文学部（古典文学研究委员会），部长郑振铎，副部长何其芳、聂绀弩、陈翔鹤；外国文学委员会（国际联络部），主任萧三，副主任戈宝权；文学基金管理委员会，主任茅盾，委员郑振铎、许广平、陈白尘等；文学讲习所（前身为1950年12月27日成立的中央文学研究所），主任田间（后为吴伯箫），聘请丁玲、张天翼、田间、赵树理、刘白羽分担学员创作的辅导工作。

中国作家协会编辑出版下列各种刊物：《文艺报》，主编冯雪峰，发刊于1949年5月4日，9月25日正式创刊，作为全国文协主办的机关报；《人民文学》，主编邵荃麟，副主编严文井，创刊于1949年10月25日；《译文》，主编茅盾，创刊于1953年7月；《新观察》，主编戈扬，创刊于1950年7月；《中国文学》（英文版），主编茅盾，副主编沙汀、袁水拍、叶君健，创刊于1951年，1954年改为季刊。

1953年10月27日，中国作家协会党组召开会议，宣布周扬为党组书记、邵荃麟为副书记。

中国作家协会在上海、武汉、沈阳、重庆、西安、广州设立有中国作家协会分会。

中国作家协会为正部级单位，成立时共有会员400余人，核定编制245名。

（《文艺报》2019年6月21日1版）

中国作家协会的七十年

汪　砚

中国作家协会前身为中华全国文学工作者协会（简称全国文协），成立于1949年7月23日，1953年10月改称中国作家协会，今年整整70年了。穿过历史烟尘，回望过往岁月，倍感珍贵与亲切。

一

1949年1月31日，平津战役胜利结束，北平宣告和平解放。2月3日，中国人民解放军举行盛大的入城仪式。随着解放军入城的，有华北解放区的文艺工作者，有夹道欢迎的原在北平坚持文艺工作的同志，还有稍后陆续来到北平的曾经长期在国统区艰苦奋斗的文学艺术家，中国新文艺大军在北平胜利会合。

3月22日，中华全国文学艺术工作者大会筹备委员会在北平成立，负责进行召开全国文代会的准备工作。经过三个多月的筹备，6月30日，全国文代会举行预备会，通过丁玲等99人为大会主席团，郭沫若为总主席，茅盾、周扬为副总主席。

7月2日，全国文学艺术工作者大会正式开幕。郭沫若致开幕词，茅盾报告大会筹备经过。朱德代表中国共产党中央委员会，董必武代表华北人民政府和中共中央华北局，陆定一代表中共中央宣传部等先后向大会致贺和讲话。大会出席代表753人，会议期间增加至824人。

7月6日下午，周恩来作《在全国文学艺术工作者代表大会上的政治报告》，庆贺从中国第一次国内革命战争后逐渐被迫分离在两个地区的文艺工作者的大会师。毛泽东莅临会场并讲话："你们开的这样的大会是很好的大会，是革命需要的大会，是全国人民所希望的大会。因为你们都是人民所需要的人，你们是人民的文学家、人民的艺术家，或者是人民的文学艺术工作的组织者。你们对于革命有好处，对于人民有好处。因为人民需要你们，我们就有理由欢迎你们。"

7 月 19 日，全国文代会举行闭幕式。7 月 23 日，刚刚参加完全国文代会的 208 名文学界代表，汇聚在中法大学大礼堂参加全国文协成立大会。大会由丁玲主持，首先通过了主席团名单及大会日程。接着由茅盾致开幕词，他说，这个会的主要任务是要依照全国文联的章程来成立一个全国性的文学工作者协会。然后是中共中央委员林伯渠讲话，他号召文学工作者进一步团结起来，进一步联系起来，进一步深入到工厂、农村、部队中去，真正与工农兵打成一片，参加并深刻地体会实际的斗争，把它全面真实地反映出来。随后，丁玲报告了全国文协的筹备经过。下午，会议讨论通过了全国文学工作者协会章程草案，并进行了选举。

7 月 24 日上午，艾青主持会议，冯至报告了头天的选举结果。这次会议共选出丁玲等 69 名全国委员会委员。此外，留有待解放区名额 6 人，还选举出柳青等 16 人为候补委员，共 91 位文学界人士组成了全国委员会。大会选举常务委员 21 人，茅盾为主席，丁玲、柯仲平为副主席。最后，郑振铎致《依照毛主席指出的方向，文学工作者将稳步走向胜利》的闭幕词。

7 月 29 日上午，新成立的全国文协在东总布胡同 22 号机关召开第一次常务会议。茅盾主持会议。会议推选周文、冯乃超负责组织部；赵树理、田间负责创作部，宗旨是在创作方面能帮助著作者的创作；冯雪峰负责研究部（后为郑振铎、周立波），研究中外文学及各种文章；艾青、钟敬文、何其芳负责编辑部（后为艾青、靳以）；吴伯箫负责秘书处。设立顾问委员会，主任为茅盾、丁玲、柯仲平。

二

1950 年 7 月，为加强对文学工作的领导，中宣部决定在全国文协成立党组，组长丁玲，副组长冯雪峰，组员何其芳、刘白羽、周立波、严文井、陈企霞。1952 年 10 月，丁玲到大连休养，冯雪峰主持文协党组工作。1953 年 1 月，文化部召开创作会议，周扬、林默涵、邵荃麟到会，酝酿把全国文学工作者协会改为中国作家协会。

1953 年 3 月，全国文协召开常委会，全国文协党组向中宣部报告，准备召开全国代表大会，讨论改组全国文协机构，使其成为实际的领导文学创作活动和文学批评的机构。随后，中宣部批复全国文协党组由邵荃麟、冯雪峰、丁玲、沙汀、张天翼、田间、戈扬、袁水拍、陈企霞、陈白尘组成，邵荃麟担任书记。

9 月 23 日至 10 月 6 日，中国文学艺术工作者第二次代表大会在北京召开。全国文学工作者协会第二次代表大会同期召开。会议期间，全国文协改组为中国作家协会。10 月 4 日，大会通过了中国作家协会的章程，并选出了领导机构中国作家协会理事会和主席团，随后召开了第一次理事会。

根据中国作家协会章程的规定，中国作家协会是以自己的创作活动和批评活动积极地参加中国人民的革命斗争和建设事业的中国作家和批评家的自愿组织。中国作家协会最高机构是全国作家代表大会，日常工作由理事会和主席团负责。中国作家协会理事会由 88 人组成。理事会主席茅盾，副主席周扬、丁玲、巴金、柯仲平、冯雪峰、老舍、邵荃麟，并组成主席团。下设秘书长、副秘书长各一人：秘书长陈白尘，副秘书长张僖。

中国作家协会主席团根据工作的需要，设立下列机构：创作委员会，下设小说散文组、电影组、戏剧组、诗歌组、儿童文学组、通俗文学组；普及工作部，创办了《文艺学习》期刊；古典文学部（古典文学研究委员会）；外国文学委员会（国际联络部）；文学基金管理委员会；文学讲习所（前身为 1950 年 12 月 27 日成立的中央文学研究所）。

中国作家协会编辑出版下列各种刊物：《文艺报》，主编冯雪峰，发刊于 1949 年 5 月 4 日，9 月 25 日正式创刊，作为全国文协主办的机关报；《人民文学》，主编邵荃麟，副主编严文井，创刊于 1949 年 10 月 25 日；《译文》，主编茅盾，创刊于 1953 年 7 月；《新观察》，主编戈扬，创刊于 1950 年 7 月；《中国文学》（英文版），主编茅盾，副主编沙汀、袁水拍、叶君健，创刊于 1951 年，1954 年改为季刊。

10月27日，中国作家协会党组成立，党组书记周扬，副书记邵荃麟，党组成员丁玲、冯雪峰、萧三、韦君宜、沙汀、陈白尘、严文井、陈企霞、戈扬、田间、张天翼、张僖、刘白羽、周立波、赵树理、何其芳、陈荒煤。

中国作家协会成立时共有会员400余人，核定编制245名。中国作家协会在上海、武汉、沈阳、重庆、西安、广州设立有中国作家协会分会。

三

1954年7月，中国作协党组调整，党组书记周扬，副书记邵荃麟，党组成员丁玲、冯雪峰、沙汀、萧三、陈白尘。1955年10月，中国作协成立临时工作委员会，为理事会闭幕期间的执行机构，委员刘白羽、曹禺、林默涵、严文井、陈白尘、郭小川、康濯、阮章竞、张光年。1955年12月，中国作协党组调整，党组书记周扬，副书记刘白羽，成员郭小川、严文井、冯雪峰、萧三、康濯、阮章竞、张光年。

1956年2月27日至3月6日，中国作协召开第二次理事会，会议的主要任务是讨论如何适应我国社会主义革命的新形势和新任务，发展和繁荣创作的问题。茅盾致开幕词，周扬作题为《建设社会主义文学的伟大任务》的工作报告。3月3日，受周恩来委托，陈毅作政治报告。3月6日，周扬传达刘少奇关于发展创作问题的指示。会议补选张光年、郭小川等5人为理事。在这次会议上，撤销了中国作协临时工作委员会，正式成立中国作协书记处。6月6日，中宣部通知，经中央批准，中国作协书记处书记为11人：刘白羽、严文井、康濯、张光年、林默涵、郭小川、曹禺、陈白尘、吴组缃、臧克家、杨雨民，刘白羽任第一书记。

1956年12月，中宣部通知，中央批准中国作协书记处改组名单：茅盾、老舍、邵荃麟、刘白羽、曹禺、臧克家、吴组缃、章靳以、张光年、严文井、陈白尘，茅盾任第一书记。中国作协党组调整，党组书记邵荃麟，副书记刘白羽、郭小川，成员冯雪峰、萧三、严文井、康濯、张光年、黎辛、秦兆阳、韦君宜。

1957 年 1 月,《诗刊》创刊，臧克家任主编。中国作协所属单位达到 19 个，编制 482 名。

1958 年 4 月，中国作协党组调整，党组书记邵荃麟，副书记严文井、郭小川，党组成员刘白羽、萧三、张光年、张天翼、王亚凡。8 月 1 日，作家出版社（成立于 1953 年）与人民文学出版社分开，成立单独机构，划归中国作家协会领导。1960 年 7 月 23 日至 8 月 13 日，全国文学艺术工作者第三次代表大会在北京举行。会议期间，中国作协于 7 月 30 日至 8 月 9 日召开了第三次理事（扩大）会议，会议的主要任务是总结 10 年来的文学经验，推动文学创作和理论工作。茅盾致开幕词，邵荃麟作工作报告，周扬讲话。会议号召全体会员和文学工作者积极进行创作劳动、理论批评活动及其他各项工作，为发展和繁荣伟大的社会主义文学而奋斗。会议修改了章程，增选、补选理事，改选主席团、书记处，选举茅盾为主席，周扬、巴金、柯仲平、老舍、邵荃麟、刘白羽为副主席。书记处由茅盾、老舍、刘白羽、严文井、何其芳、陈白尘、邵荃麟、张天翼、张光年、郭小川、曹禺、曹靖华、萧三、臧克家组成，茅盾任第一书记。

四

1960 年，中国作协按照国家要求精简机构，一些报刊、出版社相继停办，所属单位减为 14 个，编制 400 余名。1960 年 11 月，中国作协党组调整，党组书记邵荃麟，副书记刘白羽，成员王亚凡、阮章竞、严文井、张天翼、张光年、郭小川、萧三、杨朔。1963 年 8 月，补选冰心为书记处书记。1965 年 8 月，中国作协党组调整，党组书记刘白羽，副书记严文井、张光年，成员张天翼、李季、侯金镜、冯牧。1966 年年初，中国作协仅剩《文艺报》《人民文学》两个报刊和 5 个部室，编制 152 名。

1966 年 6 月 15 日，中宣部派工作组进驻中国作协。6 月 30 日，中国作协成立革命委员会筹备领导小组，许翰如任组长。7 月 14 日，中宣部工作组撤回，文化部工作组进驻，中国作协划归文化部领导。8 月 12 日，经群众选举成立作协革委会，同时经文化部党组批准成立新的革委会，许翰如任革委会主任。

1969年1月8日，工人宣传队、解放军宣传队进驻中国作协。4月11日，中国作协29人随同文化部先遣队赴湖北咸宁文化部“五七”干校安营扎寨。9月21日至月底，中国作协大部队随同文化部4000多人到达湖北咸宁。年底，中国作协老弱病残干部及家属随同文化部机关等干部家属，也到达湖北咸宁，干校达到了6000多人。

干校按照军事化管理的原则，把各单位依次编为连队，共分5个大队26个连队。其中，中国作协、中国文联及人民文学出版社、商务印书馆、中华书局组成第四大队。中国作协为第五连，共有干部118名，连同家属约150人。此时中国作协在北京只剩下中央专案组和几个留守人员。

几年来，干校围湖造田1800亩，其中，旱地200亩，水田1600亩。旱地主要种植经济作物、油料作物。水田种水稻，包括早稻和晚稻。干校的另一个任务是开展清查“五一六”分子，其中以中国作协所在的五连为最，全连揪出20多个“五一六”分子。1970年年底，全国开展整党，中国作协恢复党的组织生活。

1970年春至1972年夏，根据毛泽东号召的领导干部要读《红楼梦》和周恩来关于故宫要尽快向外宾开放、重新修订《鲁迅全集》《红楼梦》《清史稿》和“二十四史”等指示精神，干校首批二三十人于1970年6月返京，1971年春至1972年又有数百人返京。1973年年初，根据周恩来指示，成立了文化部、文联、作协干部安置办公室，随后干校大部分人返京。郭小川等人转往文化部天津静海团泊洼干校。1974年12月18日，湖北咸宁干校最后一批人返京。

五

1978年1月10日，恢复文联、作协筹备领导小组成立。张光年任组长，李季、冯牧任副组长。同年5月，中国作协正式恢复工作。7月，成立中国作协临时党组，书记张光年，副书记李季、冯牧。《文艺报》《人民文学》《诗刊》相继复刊。1979年3月，陈荒煤代理作协临时党组书记，李季、冯牧、张僖为副书记。

1979年10月30日至11月16日，中国文学艺术工作者第四次代表大会在北京举行，3000多名代表参加。会议期间，中国作协召开第三次会员代表大会，选举出中国作协新的领导机构第三届理事会 142 人。主席茅盾，第一副主席巴金，副主席丁玲、冯至、冯牧、艾青、刘白羽、沙汀、李季、张光年、陈荒煤、欧阳山、贺敬之、铁依甫江。推举 10 人组成书记处，冯牧、李季为常务书记，张僖为秘书长。1981 年 10 月，第三届理事会主席团推举出 14 人组成书记处，朱子奇、孔罗荪、延泽民、葛洛为常务书记。同年 6 月，增选冯牧为书记处常务书记。

1982 年 5 月 26 日，中央书记处批准，恢复中国作协原体制，确定中国作协是一个全国性的专业团体，同中华全国总工会、共青团中央、全国妇联、全国文联是同级单位。11 月 16 日，张光年任中国作协党组书记，冯牧为第一副书记，朱子奇、唐达成为副书记。

到 1984 年，原中国作协下设单位相继恢复工作，作协创作研究室、中国现代文学馆、《小说选刊》、《民族文学》、《中国作家》、中外文化出版公司等相继创建和创刊。1984 年 9 月，中央直属机关编制委员会同意中国作协定编 475 名（其中行政编制 116 名，事业编制 279 名，企业编制 80 名）。

1984 年 12 月 29 日至 1985 年 1 月 5 日，中国作协召开第四次会员代表大会，出席大会代表 815 人，另有不出席大会的名誉代表 55 人。张光年作了题为《新时期社会主义文学在阔步前进》的报告。大会审议通过了《中国作家协会章程》，强调中国作家协会是中国各民族作家自愿结合的群众性的专业团体，本会最高权力机构为会员代表大会，代表由各地会员分别选举产生。大会选举产生第四届理事会共 236 名，推举文学界 29 位德高望重的老同志为中国作家协会顾问。选举巴金为中国作协主席，丁玲、冯至、冯牧、艾青、沙汀、陆文夫、张光年、陈荒煤、铁依甫江等为中国作协副主席，20 人为主席团委员。1 月 7 日，中国作协第四届主席团举行第一次会议，推举王蒙为中国作协常务副主席，推举唐达成、鲍昌、葛洛、束沛德、杨子敏、邓友梅、韶华、张锲、乌热尔图等 9 人组成书记处。唐达成、鲍昌任常务书记，杨子敏任秘书长。至此，中国作协拥有会员 2525 名，30 个分会，会员一万多名。

1985 年 3 月，中国作协党组调整，书记唐达成，副书记王蒙、冯牧。同年 9 月，创办中国作协服务中心。1986 年 6 月，成立中华文学基金会。到 1986 年年底，经中央直属机关编制委员会和中宣部批准，中国作协局级机构 19 个，定编 588 名（其中行政编制 116 名、事业编制 294 名、企业编制 178 名）。

1989 年 12 月，中国作协党组调整，书记马烽，副书记玛拉沁夫。1990 年 1 月，增补马烽为副主席，增补玛拉沁夫为书记处常务书记。中国作协局级机构 16 个，定编 716 名（其中行政编制 116 名，事业编制 374 名，企业编制 226 名），机关内设职能部门 5 个，下设事业单位 9 个，企业单位 2 个。

1994 年 9 月，中宣部副部长翟泰丰兼中国作协党组书记。1995 年 3 月，增补张锲为中国作协书记处常务书记，并增补 4 位书记处书记。1995 年 7 月，陈昌本、王巨才任中国作协党组副书记。

六

1996 年 12 月 16 日至 12 月 20 日，中国作家协会第五次全国代表大会在北京举行，800 多名代表出席。这次大会第一次以中国作家协会全国代表大会的名称举行。江泽民出席会议并发表重要讲话，李鹏、乔石、李瑞环、朱镕基、刘华清、胡锦涛等出席开幕式。高占祥宣布大会开幕，尹瘦石宣读了巴金的贺词，翟泰丰作了题为《站在时代前列，迎接文学繁荣的新世纪》的工作报告。大会原则通过了修订后的《中国作家协会章程》，指出中国作家协会是中国共产党领导的、中国各民族作家自愿结合的专业性人民团体，是党和政府联系广大作家、文学工作者的桥梁和纽带，是繁荣文学事业、加强社会主义精神文明建设的重要社会力量。大会选举产生了由 180 人组成的中国作协第五届全国委员会，选举巴金为主席，马烽、王蒙、韦其麟、邓友梅、叶辛、刘绍棠、李准、张炯、张锲、陆文夫、铁凝、徐怀中、蒋子龙、翟泰丰为副主席，22 人为主席团委员。12 月 20 日凌晨，五届全委会主席团举行第一次会议，推举翟泰丰、陈昌本、王巨才、张锲、施勇祥、陈建功、高洪波、金坚范、吉狄马加为中国作协第五届书记处书记，由翟泰丰主持主席团和书记处日常工作。上午 9 时举行闭幕式，王蒙、陈昌本、铁凝主持，蒋子龙致闭幕词。至此，中国作协会员 5200 人，加上地方作协会员 28769 人，全国作协系统共有会员 33969 人。2000 年 9 月，金炳华任中国作协党组书记。2001 年 1 月，增补金炳华为副主席。2001 年 9 月，丹增任中国作协党组副书记。

2001 年 12 月 18 日至 12 月 22 日，中国作家协会第六次全国代表大会在北京举行，876 名代表出席。江泽民出席大会并作重要讲话，李鹏、朱镕基、李瑞环、胡锦涛、李岚清等出席了会议。周巍峙宣布大会开幕，金炳华代巴金宣读了大会开幕词。金炳华作了题为《坚持先进文化前进方向，开创社会主义文学事业新局面》的工作报告。会议期间，朱镕基、钱其琛等作形势报告。大会选举产生 187 名委员组成中国作协第六届全委会。选举巴金为主席，王蒙、韦其麟、丹增、叶辛、李存葆、张平、张炯、陈忠实、陈建功、金炳华、铁凝、黄亚洲、蒋子龙、谭谈为副主席，22 人为主席团委员。推举金炳华（主持日常工作）、丹增、王巨才、高洪波、金坚范、吉狄马加、张胜友为中国作协第七届书记处书记。选举 13 人为名誉副主席，115 人为名誉委员。王蒙致闭幕词。2003 年 8 月，陈建功、田滋茂为书记处书记。2004 年 5 月，张健任中国作协党组副书记。

2006 年 11 月 10 日至 14 日，中国作家协会第七次全国代表大会在北京举行，891 名代表出席。胡锦涛出席大会并发表重要讲话，吴邦国、温家宝、贾庆林、曾庆红、吴官正、李长春、罗干等出席开幕式。金炳华主持开幕式，周巍峙致开幕词。金炳华作了题为《团结、和谐、开拓、创新，迎接社会主义文学事业的新辉煌》的工作报告。会议期间，温家宝、唐家璇作专题报告。大会选举产生了由 199 人组成的中国作协第七届全国委员会。选举铁凝为主席，王安忆、丹增、叶辛、刘恒、李存葆、张平、张抗抗、陈忠实、陈建功、金炳华、高洪波、蒋子龙、谭谈为副主席，29 人为主席团委员。会议还推举名誉副主席 9 人、名誉委员 117 人。会议推举金炳华（主持日常工作）、张健、陈建功、高洪波、张胜友、陈崎嵘 6 人为中国作协第七届书记处书记。铁凝致闭幕词。2008 年 12 月，李冰任中国作协党组书记。

2011 年 11 月 22 日至 25 日，中国作家协会第八次全国代表大会在北京举行，3300 名代表出席。胡锦涛出席大会并发表重要讲话，吴邦国、温家宝、贾庆林、李长春、习近平、李克强、贺国强等出席开幕式。李冰主持开幕式，孙家正致开幕词。李冰作题为《高举伟大旗帜，走中国特色社会主义文学发展道路》的工作报告。大会选举产生了由 210 人组成的中国作协第八届全国委员会。选举铁凝为主席，王安忆、 叶辛、白庚胜、吉狄马加、刘恒、李冰、李存葆、李敬泽、何建明、张平、张健、张抗抗、陈忠实、陈建功、陈崎嵘、莫言、高洪波、钱小芊、廖奔、谭谈为副主席，27 人为主席团委员。推举李冰（主持日常工作）、张健、廖奔、何建明、陈崎嵘、白庚胜、李敬泽 7 人为中国作协第八届书记处书记。推举 130 位老作家和老文学工作者为名誉副主席和名誉委员。铁凝致闭幕词。2013 年 4 月，钱小芊任中国作协党组副书记。

七

2014 年 10 月 15 日，中共中央总书记、国家主席、中央军委主席习近平在京主持召开文艺工作座谈会并发表重要讲话。2014 年 12 月，钱小芊任中国作协党组书记。2016 年 11 月 30 日至 12 月 3 日，中国作家协会第九次全国代表大会在北京举行，出席会议代表 917 名。习近平总书记出席大会并发表重要讲话，李克强、张德江、俞正声、刘云山、王岐山、张高丽等出席开幕式。钱小芊作了题为《高举旗帜，改革创新，书写中华民族伟大复兴中国梦的文学篇章》的工作报告。大会选举产生了由 210 人组成的中国作家协会第九届全国委员会。在随后召开的中国作协第九届全国委员会第一次全体会议上，选举铁凝为中国作协主席，王安忆、叶辛、白庚胜、吉狄马加、刘恒、李敬泽、何建明、张炜、张抗抗、陈建功、莫言、贾平凹、钱小芊、徐贵祥、高洪波为副主席，26 人为主席团委员，推举了 15 位名誉副主席和 124 位名誉委员。在中国作协第九届主席团第一次会议上，推举钱小芊、吉狄马加、何建明、李敬泽、白庚胜、阎晶明、吴义勤等 7 人担任中国作协第九届书记处书记。铁凝致闭幕词。

2017 年 6 月 14 日，中国作协九届二次全委会增选阎晶明为中国作家协会副主席。2018 年 5 月 8 日，中国作协第九届主席团第四次会议通过鲁敏为中国作家协会书记处书记（挂职）。2019 年 2 月 21 日，中国作协第九届主席团第五次会议推举邱华栋为中国作家协会书记处书记。

目前，中国作家协会拥有 46 个团体会员单位，11708 名个人会员。拥有办公厅、创作联络部、社会联络部（权益保护办公室）、对外联络部（港澳台办公室）、机关党委（人事部）及创作研究部、网络文学中心、机关服务中心等部门机构和鲁迅文学院、中国现代文学馆、中国作家出版集团、文艺报社、人民文学杂志社、诗刊社、民族文学杂志社、中国作家杂志社、小说选刊杂志社、作家出版社有限公司、中华文学基金会等所属单位。中国作协主管全国性文学社团有中国小说学会等17个。中国作协设有鲁迅文学奖、茅盾文学奖、全国少数民族文学创作“骏马奖”、全国优秀儿童文学奖等4项我国具有最高荣誉的文学大奖，用以鼓励优秀文学创作，推动社会主义文学事业的繁荣与发展。

回首走过的70年，中国作协始终团结引领广大作家和文学工作者响应党的号召，心系国家前途命运，高擎民族精神火炬，积极投身社会主义伟大事业，为我们党团结带领人民实现国家富强、社会进步、人民幸福作出了十分重要的贡献。

（《文艺报》2019年7月15日2版）

一次空前规模的少数民族作家的盛会

——第一次全国少数民族文学创作会议召开始末

王　军

1980 年 7 月 2 日至 10 日，由中国作家协会和国家民委联合召开的全国少数民族文学创作会议在北京举行。这是一次空前规模的少数民族作家的盛会。来自祖国各地的 48 个少数民族的作家、诗人、评论家和翻译家 102 人参加了会议。长期生活和创作在少数民族地区并取得显著成绩的部分汉族作家、有关单位的负责同志以及首都新闻出版单位的记者、编辑也参加了会议，共计 128 人。

这样大规模的会议是前所未有的。1955 年，中国作协曾经召开过一次少数民族文学座谈会，那是我国少数民族作家的第一次聚会。从那以后，在 1956 年中国作协第二次理事（扩大）会议和 1960 年全国第三次文代会上，都有中国作协负责同志作过有关少数民族文学工作的专题报告。但是像 1980 年全国少数民族文学创作会议这样大规模的会议还是第一次。时隔 25 年，参加过 1955 年少数民族文学座谈会的彝族作家李乔、维吾尔族作家铁依甫江、蒙古族作家玛拉沁夫等再次相聚在全国少数民族文学创作会议上。

会议期间，中共中央政治局委员、全国人大常委会副委员长、全国政协副主席乌兰夫接见了出席会议的全体同志，并作了重要讲话。中共中央宣传部副部长周扬、国家民委副主任江平作了报告。中国作协副主席陈荒煤、冯牧、铁依甫江等主持会议。铁依甫江致开幕词，冯牧向大会作了题为《大力发展和繁荣我国少数民族的社会主义文学》的报告，陈荒煤作了会议总结。国家民委副主任胡嘉宾致闭幕词。

这次会议围绕进一步落实党的民族政策；坚持为人民服务、为社会主义服务的方向，贯彻百花齐放、百家争鸣的方针；加强和改善党对少数民族文学事业的领导；积极培养、壮大少数民族作家队伍和发展、繁荣少数民族文学创作等问题展开了热烈的讨论。许多代表提出，发展少数民族文学创作，首先要落实党的民族政策。这次开会，要切实解决一两个具体问题。藏族女作家益希卓玛提出倡议，中国作家协会和国家民委要在中央民族学院开办民族文学部。

汉族作家彭荆风作了题为《心在边疆》的发言。他说，我国是一个多民族的国家，祖国的统一，民族的团结，对于生活在边疆少数民族地区的作家，应当是当前最严肃的主题。我们应该歌颂边疆的新人新事，为建设一个团结、富裕、文明的新边疆而奋斗。

参加这次会议的代表一致认为，我国少数民族文学事业，尽管走过艰苦曲折的历程，但成绩是巨大的，是各个民族历史上所未有的，它以强烈的时代精神和鲜明的民族特色，丰富了我国社会主义文学。我国 50 多个少数民族大都有了本民族的作家和作者，在中国作协会员 1548 人中，少数民族会员有 128 人，约占百分之八。30 年来，我国少数民族文学创作出现了大量好的和比较好的作品，我国出版了数以千计的用少数民族文字或汉文创作的少数民族作家的作品。

通过讨论，代表们认为，发展和繁荣我国少数民族文学有几条基本经验，值得在今后的工作中充分地重视。这就是：必须正确地、全面地、坚定地贯彻落实党的民族政策；必须坚持党的文艺方向，执行党的文艺方针；必须保持和发扬民族特色；必须大力培养和扩大少数民族作家队伍。

代表们同时认为，我国少数民族文学创作还存在不少问题，需要尽快加以解决。这些问题主要是：各民族文学发展还很不平衡；整体创作水平有待提高；少数民族文学作品发表、出版困难很多；翻译工作跟不上创作的发展；对少数民族作家、作品的评论和研究还很薄弱；少数民族的女作家太少，等等。

会议认为，我国的民族问题就是边防问题、安定团结的问题、祖国统一的问题、四化建设的问题，是带有全局性的重大问题。“民族问题的实质是阶级问题”，这是一个错误的理论。社会主义时期各民族之间的关系基本上是劳动人民之间的关系，实行民族区域自治；逐渐消除各民族间政治、经济、文化事实上的不平等；承认民族差别，照顾民族特点。各族劳动人民之间的利益是一致的，形成了团结、平等、互助、友爱的新型关系。

会议认为，少数民族文学是中华民族文学的重要组成部分，发展少数民族文学事业，不能只是单纯地从民族文学方面着眼，要着眼于发展我国的政治、经济、文化，搞好民族团结、巩固边疆，建立统一、强大的多民族的社会主义祖国。要承认少数民族在整个文学发展史上是有贡献的，要恢复我国各少数民族在我国文学史上应有的地位。

民族文化应该是社会主义内容和民族形式的有机结合，文学要积极反映少数民族生活的全部内容，各民族怎样同心同德，团结起来，为实现祖国的现代化而斗争的内容。而采取的形式可能有自己独特的各民族喜闻乐见的、富有民族风格特色的形式。要求文学作品具有民族性和民族特点，在塑造典型形象和表现民族性格时，就不可能不反映民族感情。在我们这样多民族的社会主义国家，我们还有比民族感情更高、更重要的东西，这就是建设现代化的社会主义祖国，和实现共产主义的美好理想。我们提出了为人民服务、为社会主义服务。民族生活的内容，创造民族的典型性格，用民族的语言、民族的形式去表现这样的作品，就是民族的内容和民族的形式的有机结合，这就是我们社会主义新文艺应发展的方向。

会议强调，当前最迫切的任务，就是要更好地繁荣创作，更多地发现和培养少数民族文学新人，发展和壮大少数民族作家队伍，进一步提高少数民族文学创作的思想和艺术水平，使全国少数民族文学尽快出现一个全面发展、繁荣发展的局面。大会要求，必须进一步落实党的民族政策；中国作协和各地分会以及有关文学期刊要把发现和培养少数民族作家作为自己的职责；中国作协创办一个全国性的文学刊物——《民族文学》；在 1981 年举办少数民族文学作品评选（以后应逐渐形成制度）；争取尽快成立少数民族文学的出版机构；组织少数民族作家参观访问；重视少数民族文学的翻译和研究、评论工作；组织力量开展对少数民族民间文学遗产的搜集、整理和抢救工作；加强和改善党对少数民族文学工作的领导，在中国作协书记处和各有关分会的领导机构中，应配备一定数量的少数民族干部。

7 月 9 日下午，中国作协和国家民委为庆贺全国少数民族文学创作会议的胜利召开，在民族文化宫举行联欢茶会。乌兰夫同志和全国政协副主席刘澜涛，中央宣传部副部长朱穆之、贺敬之，中央统战部副部长李贵，中国人民解放军总政治部副主任傅钟等出席。在京部分知名作家陈荒煤、曹禺、冯至、臧克家、张僖、华君武、孔罗荪、邹荻帆、叶君健、李瑛、陈企霞、王愿坚等400多人参加。7月10日下午，在西苑饭店礼堂，全国少数民族文学创作会议胜利闭幕。

（《文艺报》2019年7月3日1版）

茅盾先生与中国作家协会

杨　扬

中国作家协会的前身是中华全国文学工作者协会，成立于1949年7月24日，茅盾为主席。从那一刻起，至1981年3月27日逝世，茅盾的后半生是与中国作协风雨同舟、休戚与共的。如果说，中国作家协会在漫长的风雨岁月中真有什么文学之魂的话，茅盾就是当之无愧的灵魂人物。

一

胡耀邦在茅盾追悼会上的悼词中，对1949年后茅盾的文学贡献有两段评价："新中国成立后，他长期从事文化事业和文学艺术的组织领导工作，写了大量的文学评论，特别是一贯以极大的精力帮助青年文学工作者的成长，为社会主义文化事业作出了重大的贡献。""全国解放前夕，他不顾艰险，间道来到北平，积极参加中国人民政治协商会议和筹备第一次全国文代大会。他当选为中国文学艺术界联合会副主席、中华全国文学工作者协会（作家协会的前身）主席。新中国成立后，他担任了第一任文化部长，并当选为历届全国人民代表大会代表，历届政协全国委员会常务委员和政协第四届、第五届全国委员会副主席。几十年来，他勤勤恳恳，殚思竭虑，为建设社会主义文化、促进中外文化交流、支援各国人民的进步文化事业和保卫世界和平的斗争，献出了全部心血。晚年，他经受了"十年浩劫"的严重考验，始终与党和人民站在一起。粉碎'四人帮'后，对党的三中全会制定的路线、方针、政策，他表示衷心的拥护。他在最后几年里不顾衰病，努力写作回忆录，虽然没有全部完成，仍然为我国现代文学史和政治社会文化史留下了十分宝贵的史料。可以说，直到生命的最后时刻，他始终没有放下自己手中的笔为人民服务。”这些评价涉及茅盾先生与中国作协工作相关的，至少有四方面内容：一是文学组织、领导工作，二是文学评论，三是扶持青年作家，四是文学回忆录。1949 年新中国成立时，茅盾 54 岁。他担任中华全国文学工作者协会主席，同时还担任中央人民政府文化部长（至 1965 年年底）。尽管毛泽东、周恩来曾跟他谈话，说只是挂挂名，在这两个部门会给他配备得力的助手，可以让他免于事务性工作之劳，但事实上很多重要的外事活动和国务活动，还得由茅盾亲自出场。所以，公务接待和会议占据了茅盾的大量时间，加上体弱多病，让他多次萌生要辞去文化部长等职务的念头。

茅盾家人在纪念茅盾的文章中说，新中国成立后，茅盾希望能在杭州西湖边清静处购买住宅，以便安心写作，这是他当时的想法。动荡生活了半辈子，社会安定了，希望能够做自己想做的事情。只是这一想法未免有点理想化了。像茅盾这样享有巨大社会声誉的知名人士，并且跟中共有长期渊源关系的文坛领袖，中央政府怎么会随随便便放置在一边呢？像第一次文代会筹备之初，《文艺报》的试刊工作是茅盾亲自负责进行的。当事人的回忆文章，都有明确的记录。后来《文艺报》成为中国作协的机关报，从上世纪 50 年代《文艺报》发表的文章和座谈会纪要情况看，茅盾始终是重要作者和重大活动的参与者。丁玲作为茅盾的学生，始终对茅盾怀有深厚的师生感情。在回忆文章中丁玲写道：“我有幸曾是茅盾同志的学生，1922 年在上海平民女校，1923 年在上海大学，都是听他讲授文学课的。后来我从事文学事业，虽不是他的影响，但他却在谆谆课读之中培养了我对文学的兴趣。1932 年至 1933 年，我们在‘左联’同事，我做过一个时期‘左联’书记和‘左联’党团书记。1949 年至 1953 年，我们又在新中国的作家协会共事，他是主席，我是副主席。但我一直把他当作老师，他的态度也始终是我的老师，我们相处非常融洽。”粉碎“四人帮”后，丁玲去看望茅盾，师生感情还是那么深厚，比较一下丁玲在书信和文章中对周扬的态度，我们可以从一个侧面看出中国作协的很多茅盾的同事、朋友，对他的拥戴和理解。

作为新中国以来长期担任文艺界领导的茅盾先生，承载着共和国文学的荣光，为繁荣文学倾尽心力。像《人民文学》创刊，他亲自去找毛泽东主席，希望能够题词，毛泽东题词“希望有更多好作品出世”。并回函茅盾“写了一句话，作为题词，未知可用否？封面宜由兄写，或请沫若兄写，不宜要我写”。毛泽东推荐郭沫若，认为郭沫若更为合适。

作为《人民文学》的第一任主编，茅盾积极团结老作家，使得刊物在短时间内成为国内文坛瞩目的对象。刊物影响力上来了，但门槛并不人为地抬高，而是面向广大的文学写作者，尤其是对于基层的文学爱好者，茅盾积极扶植、认真培养。《人民文学》来稿中，有一些基层文学爱好者的作品，非常稚嫩，但茅盾并不是拒之门外。只要作品有生活积累，有可取之处，茅盾就予以推荐发表。后来茅盾不担任主编了，但一些重要的稿件，编辑部还是会找茅盾审稿，或征求他的意见。从《郭小川日记》《张天翼日记》中，我们可以看到茅盾多次参与稿件的讨论，发表自己的意见。茅盾的意见具有说服力和权威性。比较有代表性的事件，就是对杨沫《青春之歌》的评价。这部小说刚一出版，就招致读者来信的严厉批评，《中国青年》《文艺报》等开辟专栏予以争鸣，中国作协领导，包括何其芳等文艺界人士非常同情杨沫，不同意那些政治上上纲上线的批评，最后请出茅盾来评价杨沫的《青春之歌》。茅盾的肯定意见具有说服力，平息了这一风波。

二

1949 年后，茅盾不再创作小说，主要兴趣转向文学批评。曾有研究者统计，1949 年到“文革”之前，茅盾撰写的评论和理论文章总数超过 100 万字。他生前出版有《夜读偶记》《鼓吹集》《鼓吹续集》《关于历史和历史剧》《读书杂记》《茅盾评论文集》《茅盾近作》。这庞大的批评文字，相当一部分是研读作家作品的心得。这些评论文字，体现了茅盾对于青年作家作品的关注和关心。像他的《怎样评价〈青春之歌〉》，不仅维护了一个作家作品的文学生命，而且也给人们确立起一种文学批评的风范。他的《谈最近的短篇小说》《1960 年短篇小说漫评》，依稀可以见出茅盾早年那种文学批评的敏锐痕迹。

主要表现为，对最新小说创作态势的准确把握。茅盾早年对《小说月报》发表的小说创作经验的概括和总结，曾在文学史上产生过积极影响，这种评论习惯在他晚年的评论中依然存在，譬如《谈最近的短篇小说》是对《人民文学》1958年6月号上的短篇小说的一个评论，通过对这些作家作品的评论，茅盾探讨了当时小说中普遍存在的一些问题。茅盾自己的审美趣味偏向写实性强的作品，这也是当时创作理论鼓励的一种写作方式。但在这一创作风气之下，真正有文学意味的作品并不是特别多。所以，清理脉络也就是确立一种文学审美标准。在对具体作品的评价中，茅盾善于发现一些文学新人，譬如对茹志鹃、陆文夫作品的评论，就是发现新作家的典型案例。他高度评价茹志鹃的《百合花》，认为“这是我最近读过的几十个短篇中间最使我满意，也最使我感动的一篇。它是结构严谨、没有闲笔的短篇小说，但同时它又富于抒情诗的风味”。茹志鹃后来在悼念茅盾的文章中说，“我从先生二千余字的评论上站立起来，勇气百倍。站起来的还不仅是我一个人，还有我身边的儿女。”对于陆文夫的小说，茅盾有过批评，但非常看重这位作家的才能。茅盾在上世纪60年代的日记中，记有“下午读陆文夫小说至此共阅陆作品（小说）二十篇（最近发表于《雨花》之《棋高一着》，刊去年四月号），作札记数万字，凡此皆为应《文艺报》之请，写一篇论文也。”茅盾对于这两位青年作家的评论，至今依然还被很多研究者所引用，显示出评论的权威性和影响力。

上世纪60年代中国作协的诸多活动中，大连“农村题材短篇小说创作座谈会”是非常重要的一次会议，这是中国作协领导对一个时期文学创作情况的意见交流和理论总结会议。茅盾在1979年8月30日给邵荃麟评论文集作序时，曾有一段文字涉及这次会议情况：“大连会议是邵荃麟同志知道我打算到大连度暑期，因而就我的方便，把会议地址决定在大连。我白天到会，听大家发言，晚上我就没事了，但是荃麟同志及其他同志晚上还有分组会，还要做总结，所以是日夜操劳。”“要不要描写中间人物？我与荃麟同志的意见是一样。但我不知道他因此惹下了‘杀身大祸’。我不知道他曾因此与张春桥、姚文元发生争论。怪不得‘文化大革命’时一些红卫兵几次向我探询：中间人物论是谁提出来的？我答以‘记不起来了’。他们还要问我有没有记录（指开会时我自己作的记录），意欲查看。我答以‘没有’。这也是实情，我向来不会当场自作记录，因为手慢，记了这句，就掉了那句，还不如不记。”茅盾自己没有记录（茅盾日记中，对 1962 年 7–8 月间的大连会议情况，还是有记录），但中国作协还是有记录，后来收入《邵荃麟评论选集》中的《在大连“农村题材短篇小说创作座谈会”上的讲话》，后面就注明是根据大会记录整理的。大连会议应该是一次气氛非常轻松和谐的会议，茅盾、周扬、邵荃麟、侯金镜、周立波、赵树理、康濯、马加等十多位与会者发表自己对当前创作问题的看法，发言之间，茅盾、周扬等都有插话。

三

1976 年 10 月，粉碎“四人帮”后，中国文联和各个协会的恢复工作慢慢提到议事日程上来，林默涵是负责人。茅盾作为中国作协主席在这一过程中发挥了积极作用。尤其是 1979 年召开的第四次文代会，具有拨乱反正的标志性意义，茅盾为这次会议做了很多有益的工作。曾在《文艺报》工作过的刘锡诚先生，在《在文坛边缘上》（修订本）中，有一段记录茅盾与第四次文代会的材料。他指出，在筹备大会期间，鉴于一些文学界的知名人物还没有彻底平反、代表资格受限的情况，茅盾致信负责文联恢复筹备工作的林默涵，反映情况。茅盾在信中说：

默涵同志：

您好！近来我常想到：第四次文代会今春就要召开了，这次相隔廿年的会议，将是文艺界空前盛大的一次会议。这次会议应是一次大团结的会议，一次心情舒畅的会议，一次非常生动活泼的会议，一次真正百花齐放、百家争鸣的会议，一次文艺界向二十一世纪跃进的会议！

我认为代表的产生，可以采取选举的办法，但也应辅之以特邀，使所有的老作家、老艺术家、老艺人不漏掉一个，都能参加。这些同志中间，由于错案、冤案、假案的桎梏，有的已经沉默了二十多年了！

由此我想到，应尽快为这些同志落实政策，使他们能以舒畅的心情来参加会议。但事实并非完全如此，有的省市为文艺工作者落实政策上，动作缓慢。就以我的家乡浙江而言，像黄源、陈学昭这样的同志，五七年的错案至今尚未平反。因此，我建议是否可以向中组部反映，请他们催促各省市抓紧此事，能在文代会前解决；还可以文联、作协的名义向各省市发出呼吁，请他们重视此事，早为这些老人落实政策！

请考虑是否有此必要？匆此即致

敬礼！

沈雁冰

一九七九年二月十六日

胡耀邦十分重视茅盾的建议，批示中组部和文化部把各省市自治区分管这方面工作的同志找来开会，解决问题。正是因为有茅盾这样的积极推动，才保证第四次文代会真正开成一个心情舒畅、继往开来的团结的大会，成为新时代文学的标志性会议。茅盾自己不顾年老体弱，亲临大会，致开幕词，为广大文学工作者鼓劲打气，体现了一代文豪的文学情怀和理想抱负。

四

作为作家，茅盾晚年文学写作的重要工作是文学回忆录的撰写。据韦韬、陈小曼所著《父亲茅盾的晚年》一书所记，茅盾回忆录的准备工作，从 1976 年 3 月 24 日开始，采取口述录音，再由家属整理的办法。但茅盾看完这些整理后不满意。后来这项工作断断续续在进行。1978 年春节前夕，茅盾在医院正巧遇到胡乔木，胡乔木提到中央建议老同志撰写革命回忆录，在讨论时，陈云特别提议请茅盾先生写回忆录。茅盾是参与上海共产主义小组活动的早期共产党员。1921 年中共成立时，茅盾和他弟弟沈泽民是成员之一。茅盾 60 年的文学生涯也具有很高的史料价值。所以，胡乔木提议之后，林默涵也致函茅盾，催促他撰写回忆录。人民文学出版社社长韦君宜干脆带着出版社编辑来茅盾家拜访，希望茅盾给予即将创刊的《新文学史料》以支持。茅盾答应予以支持。茅盾的儿子、媳妇给他做助手，查询资料，茅盾自己撰写回忆录，这样慢慢写出了 40 多万字的回忆录。但因为身体原因，整个回忆录只写到 1934 年，没有写完茅盾就病逝了。一部分口述内容，后来出版回忆录时，韦韬、陈小曼将口述材料整理后，补充了进去。茅盾的文学回忆录内容丰富，文笔精彩，是值得阅读的历史材料。尤其是关于早期在上海的文学活动和政治活动，为我们生动揭示了现代政治与现代文学相互驱动的密切关系。

茅盾是与鲁迅、郭沫若齐名的现代文坛领袖，20 世纪中国文学的坎坷经历，遗留在他们身上，形成了独特的性格特征和精神追求。茅盾在他生命的最后，还怀有浓厚的政治情结和文学情怀。在自知病将不起的情况下，1981 年 3 月 14 日，他请儿子韦韬笔录，口述了致党中央的信件：

耀邦同志暨中共中央：

亲爱的同志们，我自知病将不起，在这最后的时刻，我的心向着你们。为了共产主义的理想我追求和奋斗了一生，我请求中央在我死后，以党员的标准严格审查我一生的所作所为，功过是非。如蒙追认为光荣的中国共产党员，这将是我一生的最大荣耀。

他口述的第二封信，是给他自己创建的中国作协的同事们：

中国作家协会书记处：

亲爱的同志们，为了繁荣长篇小说的创作，我将我的稿费二十五万元捐献给作协，作为设立一个长篇小说文艺奖金的基金，以奖励每年最优秀的长篇小说。我自知病将不起，我衷心地祝愿我国社会主义文学事业繁荣昌盛。

致

最崇高的敬礼！

茅盾先生的最后嘱托，一是政治生命；二是文学事业。他留给中国作协的最重要遗产，是茅盾文学奖。从 1982 年第一届茅盾文学奖评奖，到 2019 年即将开始的第十届评奖，茅盾文学奖已经成为中国当代文学最瞩目的国家奖项，也是中国作协最重要的工作。可以想见，茅盾的名字将与中国作协的工作融汇在一起，每四年一次的茅盾文学奖的评选，随着时间的积累，影响会越来越大，也会让一代又一代文学家们缅怀茅盾的功德，追随他的事业。

（《文艺报》2019 年 7 月 12 日 3 版）

周扬与早期中国作协

吴　敏

“早期中国作协”中的“早期”，大体指的是1949年到1966年。1949年成立的中华全国文学工作者协会（全国文协）作为全国文联所属的8个团体会员之一，其诸多活动与文联的整体规划基本同步。担任文联副主席的周扬主要以文学理论、文学评论、文学翻译、文学编辑而见长，从工作关系和情感关系而言，对全国文协尤为关注。1953年第二次文代会上，全国文协改名为中国作家协会，周扬担任作协副主席。其间，他还担任了3年多的作协党组书记，直接管理作协的诸多事务。因而，这一时期作协的很多事情，都与周扬密切关联。

1949年至1953年期间，全国文协的主事者是茅盾、丁玲、冯雪峰等。茅盾为文协主席，丁玲、柯仲平为副主席，丁玲为文协党组组长，冯雪峰为副组长。周扬为全国文协21人常务委员之一，他在第一次文代会上关于解放区文艺运动的主题报告《新的人民的文艺》发表于文协机关刊物《人民文学》创刊号。周扬积极参加、支持文协的活动，譬如积极支持丁玲开设培养青年作家的中央文学研究所等。

1953年，正在参加土改的周扬被召回，参与第二次文代会的筹备工作。在第二次文代会上，全国文协正式更名为“中国作家协会”。周扬恢复成为中国作协副主席，还被任命为作协党组书记，从而成为作协党政机构中的核心人物之一。

中国作协正式挂名以后，从1953年到1954年年底，陆续成立了一系列机构：创作委员会、普及工作部、古典文学部（古典文学研究委员会）、外国文学委员会（国际联络部）、文学基金管理委员会、文学讲习所等。同时，编辑出版《文艺报》《人民文学》《新观察》《文艺学习》《文学遗产》《译文》和《中国文学》（英文版）等刊物。周扬担任创作委员会主任，积极组织驻会作家深入生活，与一线作家联系，帮助解决作家们的困难，组织作家讨论作品和文学理论问题，出版内部刊物《作家通讯》。周扬积极参加文艺创作如何表现国家工业建设和文艺工作者到工厂体验生活的座谈会、纪念契诃夫逝世50周年大会、全国文学翻译工作会议等重要会议。

1956年，“双百”方针提出。1956年2月27日至3月6日，中国作协第二次理事会扩大会议召开。周扬在长篇报告《建设社会主义文学的任务》中说，“我们的作品应当最广泛地为工人、农民、知识分子和一切劳动人民服务。”“在文艺理论批评工作中，我们还必须反对对马克思主义的简单化、庸俗化的倾向。有些批评者总是凭几个简单的‘公式’‘教条’来分析复杂的文学艺术现象。”3月6日的理事会通过了《中国作家协会一九五六——九五七年工作纲要》，周扬特别强调要出版作家作品选集。作协理事会所规划的“工作纲要”中，很多内容后来得到了实施，譬如中国作家协会编选、出版了二次文代会以来的优秀作品选集《诗选》《短篇小说选》《独幕剧选》《散文特写选》等，后来还编选了1956年、1957年和1958年的优秀短篇作品选集，促进了作家创作的积极性。1956年3月15日至30日，中国作协和团中央联合召开全国青年文学创作者会议，王蒙、邓友梅、刘绍棠、从维熙、邵燕祥、陆文夫等一大批青年作家参会。

1961年6月，根据中共八届九中全会提出的“调整、巩固、充实、提高”方针，周扬同袁水拍、张光年等人商讨拟定《关于当前文学艺术工作的意见》（草案）。周扬认为，文艺最重要的问题是“双百”方针在不少的地方、部门没有很好地贯彻。1962年8月，在大连召开的农村题材短篇小说创作座谈会上，周扬说：“作家还是要写他所看见的、所感受到的、所相信的。”

1949年至1966年的创作环境起起伏伏，周扬以及其他中国作协领导成员一起，紧跟时代的节奏，同时也做着多种文艺探索。

（《文艺报》2019年7月10日1版）

作为中国作协主席的巴金

周立民

1949年7月，中华全国文学工作者协会第一届全国委员会组成时，巴金是常务委员。四年后，1953年10月，中国作家协会第二届理事会上，茅盾当选主席，周扬、丁玲、巴金、老舍等七人为副主席。1960年8月，在中国作协第三次理事会扩大会议上，茅盾当选主席，周扬、巴金等六人当选副主席。1979年11月，巴金又当选中国作协第三届理事会第一副主席。1981年3月27日，茅盾逝世，在4月20日召开的中国作协主席团扩大会议上，巴金被选为主席团代理主席。当年12月，在中国作协第三届理事会第二次会议上，巴金被选为主席。自此，至2005年10月17日逝世，巴金一直担任这个职务。从中国作协的历史而言，他是继茅盾之后第二任中国作协主席。

巴金担任中国作协主席的24年中，是中国当代文学经历巨大变化的20多年。担任这一职务，对于已进入暮年的巴金而言，身体、精力都是巨大的挑战。其时，十年"文革"刚刚结束，巴金的案头有着诸多创作计划等待完成，然而，衰老和疾病已经缠上老人，帕金森症的折磨使他提笔都难。他早就宣布不出席公开活动，闭门谢客，专事写作。对于担任中国作协主席，和他担任《收获》主编等"职务"一样，他认为是挂名的，而那段时间，他的主要工作是写作《随想录》。所以，1981年12月22日在中国作协第三届理事会第二次会议闭幕时，他说："感谢大家对我的信任。说实话，作家协会主席这个职务对我很不合适。我只希望自己能做一个普通的会员，一个普通的作家，紧紧捏着自己的笔，度过我最后的三五年，"同时，他表示，"我同意担任这个职务，不过是表示我对作家协会工作的支持。今天仍然是这样：我支持做协党组的工作，支持主席团的工作，支持书记处的工作。”“除写作外，我尽力想做好一件事，就是促成现代文学馆的早日建成……”（《巴金全集》第19卷，人民文学出版社1993年版，第348页）担任中国作协主席的巴金，除了自身的创作、推动文学馆的建设之外，巴金还以他不凡的创作成就、高尚的道德风范以及巨大的社会影响力，成为中国文学的一面旗帜。他影响着文坛的风气、方向，也为中国当代文学的发展开拓了空间。

从文学史的角度，来梳理巴金与中国作协的关系，特别是作为中国作协主席的巴金，我认为至少有如下几点值得关注：

一　巴金主张像爱护眼睛一样为作家营造良好的创作环境

创作环境对作家创作影响巨大。巴金这一代作家对此深有体会，也像爱护自己的眼睛一样珍惜良好的、自由的创作环境。1981年10月13日，胡耀邦接见他的时候，巴金提出：“文艺家受了多年的磨难，应该多鼓励，少批评。”这一主张是他多年来一直坚定不移的看法。他呼吁：“希望我们各级文艺主管部门的领导爱惜人才，尊重作家和作家的劳动。在我们这个有十亿人口的大国，我们的作家不是太多，而是太少、太少了！”（《中国作家协会第三次会员代表大会闭幕词》，《巴金全集》第19卷，第322页）与此同时，他又在为作家争取创作的生活和工作条件。他在全国人大会上说：“一般从事文艺工作的人，生活和工作的条件都很差，有的人甚至连一张写字桌也没有。我知道一位搞翻译的，自己有房子，在‘文化大革命’中给没收了。现在要一个房间摊开书来从事翻译都不可能。既然认为文艺有那样大的作用，却对文艺工作者这么不重视，实在不可理解。现在大家都在谈为四化服务，搞四化就要靠知识和知识分子，他们应该起重要的作用，但知识分子的政策至今没有完全落实，知识分子并未得到信任。现在需要知识分子，要靠他们发挥积极性，不给他们一点工作条件怎么行！”（《多鼓励，少干涉》，《巴金全集》第19卷，第333–334页）在具体的生活条件之外，巴金更看重的是宽松、自由、融洽的创作环境，让作家能够充分地展示自己的创作才华，而不是抓辫子、打棍子乃至动辄得咎。对于这些，巴金在晚年的重要著作《随想录》中一再申明。作为中国作协主席，关键时刻，他经常挺身而出，所做的就是为作家遮风挡雨，也为他们的创作呼风唤雨。

二　巴金始终对青年作家的创作和探索寄予希望和热情

巴金以自己的阅历和经验提醒青年作家：作家的名字应当写在自己的作品上；作家要有勇气和担当，无勇即无文；正直的作家，不能是一个鼠目寸光、胆小怕事的人；创作自由，不是天赐的，而是自己争取来的……这些话至今仍然是振聋发聩、值得深思的良言。

巴金的老友、作家黄裳在怀念巴金的文章中曾写下这样一段话："他享年一百零一岁，但依然站在时代前面。记得过去谈天时，我曾对新出现的作者文字不讲究，不够洗练、不够纯熟而不满，他立即反驳，为新生力量辩护，像老母鸡保护鸡雏似的。他是新生者的保护者，是前进道路上的领路人。"（《伤逝——怀念巴金》,《文汇读书周报》2005 年 10 月 28 日）"保护者""领路人"，这是对于作为中国作协主席和资深作家巴金的准确定位，"像老母鸡保护鸡雏似的"，是对巴金其时的心情和行为的形象描绘。对于中国新文学发展而言，巴金是一位不朽的园丁。曹禺、陈荒煤、刘白羽、黄裳、汪曾祺、郑敏、陈敬容、穆旦、邹荻帆等人，在最初的文学道路上都有巴金的巨大助力。而新时期的一代作家也有幸得到他的照拂。冯骥才曾回忆，他最初的创作得到巴金肯定、发表在《收获》上的事情，张抗抗、贾平凹、张辛欣等作家受到社会压力时，巴金的及时肯定给他们有效减压。从维熙更是深情地回忆：

> 记得，1979 年夏天我应上影之邀，在上海改编《大墙下的红玉兰》电影剧本的时候，《收获》的一位编辑，去上影招待所与我说起《收获》发表《大墙下的红玉兰》的情况时，就提到巴老对此"大墙文学"开山之作的态度：当时，党的十一届三中全会刚刚召开，"两个凡是"正在与"实事求是"殊死一搏的日子，面对我寄来的这部描写监狱生活的小说，如果没有巴老坚决的支持，在那个特定的政治环境下，怕是难以

问世的——正是巴老义无反顾，编辑部才把它以最快的速度和头题的位置发表出来。当时，我就曾设想，如果我的这部中篇小说，不是投胎于巴老主持的《收获》，而是寄给了别家刊物，这篇大墙文学的命运，能不能问世、我能不能复出于新时期的中国文坛，真是一个数学中的未知数！小说发表后，麻烦曾接踵而来，有的匿名信指责《收获》为“解冻文学”开路，有的则以赤裸裸的“两个凡是”，质疑编辑部的政治走向——就连我为囚时驻足过的劳改农场，也写来批判信函，说小说攻击了“无产阶级专政”云云。一时之间，风声鹤唳，大有覆舟之势！在那段难忘的日子里，巴老不仅与《收获》编辑部同人一起经受了黎明的五更之寒，巴老还要求刊物“百无禁忌更进一步”，因而使当年的《收获》，成了历史新时期解放思想的一面文学旗帜。

从维熙还回忆另外一部作品《远去的白帆》，也是巴金拍板发表的：“那天，我将这部中篇小说的遭遇，讲给巴老和小林听了，并将其文稿交给了巴老和小林。据小林事后告诉我，巴老不顾长途飞行的疲劳，连夜审读了我的小说，并对小林说下如是的话：‘小说展示了历史的严酷，在严酷的主题中，展示了生活最底层的人性之美，不管别的刊物什么态度，我们需要这样的作品，回去我们发表它。’因而，这部遭到封杀的中篇小说，不久就在《收获》上发表了——事实证明了巴老预言的准确，在 1984 年全国第二届小说评奖中，一度成为死胎的《远去的白帆》，以接近全票的票数，获得了该届优秀中篇小说文学奖。”（《“巴金星”的光辉》，《深圳商报》2005 年 10 月 21 日）

巴金阅读了多篇青年作家创作的作品，时常在自己的文章中给予鼓励，还在生活上关心他们。他赞赏谌容的《人到中年》并鼓励作者：“因为《人到中年》讲了我心里的话，给我打开了一个美好的精神世界，我还有那么大的勇气，那么多的力量！……我读到小说的最后另一个女医生姜亚芬在机场写的那封信，心里翻腾得很厉害，我真愿意献出自己的一切，多么美好的心灵，多么高尚的感情！这就是文学的作用，我自己也需要这样的养料。我去日本的前一天听说《人到中年》的作者在家中晕倒，我女儿是杂志的编辑，她要去探望谌容同志，我要她带去我的问候，请她保重身体，并且希望她奋笔多写。”（《关于〈还魂草〉》，《巴金全集》第20卷，第660–661页）巴金不是普通的作家，而是中国文坛领袖式的人物，他的一言一行都在海内外有着广泛影响，他对青年作家的关心和鼓励，会产生春风化雨般的效果，润泽中国文坛。

三　巴金是中国文坛团结的黏合剂

文坛团结也是营造良好创作环境的重要因素，但是，由于各种原因，中国文学界在某一段时间积怨很深，以致成为繁荣创作、净化文坛环境的一种阻力。这令心系文学发展的人士忧心忡忡，这一点，在时任中国作协党组书记张光年的日记中有过多次记录，如1983年5月4日日记：“下午冯牧来谈，就作协整改与《文艺报》等问题，交换了意见。他对当前相当严重的内部矛盾及文艺上的消极现象，充满了忧虑，我听了也深感不快。”（《文坛回春纪事》，海天出版社1998年9月版，第427页）当年5月17日日记，“归途接吴强来锦江恳谈。……他谈了造成目前不团结的历史原因及复杂背景。看来双方积怨很深，我就不多谈了……”（同前，第452页）这个问题也是巴金特别关心的，他在1983年5月16日与张光年就重大的文艺问题交换意见时，表示“十分关心文艺界团结问题”，张光年当日日记是这么记的：“上午偕泰昌访问巴金同志，应邀在二楼书房谈二小时。他十分关心文艺界团结，希望在‘批判’‘讨论’时多考虑一下。”（同前，第452页）在这样的背景下，深孚众望的巴金出任中国作协主席，以他的作品、人望充当着中国文坛黏合剂的作用。事实上，他也获得了各方面作家的认可。在后来换届选举的票选中，巴金以得票第一而当选主席，证明他是众望所归的人选。

在特殊时刻，巴金也发挥了特殊的黏合剂作用。1994年，中国作协连续多年未曾召开主席团会，年逾九十的巴金出席在上海召开的中国作协第四届主席团第九次会议，有记者这样报道：“3月3日，当坐着轮椅的巴金老人进入中国作协第四届主席团第九次会议现场时，所有的人不约而同纷纷起立，向这位德高望重的文坛泰斗、中国作协主席致礼，热烈的掌声经久不息……巴金如同一面高高飘扬在文坛的精神旗帜，他的到来在每个人的心里注入暖暖春意。”“这是多年来巴老第一次公开露面。为了能到达会议现场，已卧病在床数月的老人向医生请了两个小时的假。”（徐春萍：《巴金，文坛的旗帜》，《文学报》1995 年 3 月 30 日）看到这样的场景，在场的领导和作家也表达了自己的心情：中宣部副部长、中国作协党组书记翟泰丰握住巴老的手，动情地连声表示：“谢谢巴老，谢谢！”中国作协顾问黄源说：“见到巴金，我忍不住想落泪。”中国作协副主席张光年说：“巴金，有巨大的吸引力。”

巴金在会上的讲话中说：

> 我赞成“团结、鼓劲、活跃、繁荣”作为会议主题的提法。一般老百姓希望有个安定团结的局面。现在的稳定局面来得不容易，我们要珍惜。我们大家的目标是一致的，我希望作家们团结，团结才能稳定。有一个和谐、宽松的气氛，我们的文学事业才能发展，文学创作才会繁荣。
>
> 作家协会是作家自愿结合的群众团体。要严格地按照会章办事。作协要多做服务工作，多做实事、好事。要尽量为作家们创造一个良好的写作环境，提供更多的有利条件。只有把服务工作做好，作家协会才有生命力，才有凝聚力。

这段话强调团结，也强调了作家协会的职能。对此，早在 1979 年在中国作协第三次会员代表大会上致闭幕词时，他就明确说过：“作家协会并不是管作家的衙门，它是作家自己的组织，而且将成为名副其实的作家的组织。”（《巴金全集》第 19 卷，第 320 页）这是作为中国作协主席的巴金的殷殷期望。

四　巴金倡议创办中国现代文学馆，主张文学的发展承先启后

创办中国现代文学馆是巴金多年来一直的呼吁与主张，为什么要设立这样一个文学馆，乃是巴金认识到，中国文学的发展不能离开强大的传统，特别是新文

学的传统，有了这样的传统，才有强大的未来，这是他作为中国作协主席亲自要抓的一件事情。关于巴金为建设文学馆出力出钱的事情，已经有很多人谈过，不必赘述。我在此引用以前未曾发表的1990年他致中国现代文学馆馆长的一封信，作为文章的结尾：

杨犁同志：

上月廿八日来信早已收到，只是因为最近手又不听指挥，写字仿佛参加一场战斗，感到十分吃力，拖了好几天才回信，而且只能写短短的一页。关于文学馆，您讲得对，但我只是一个赞助人，我愿意在旁边呐喊助威，我不是领导，也不是工作人员，但只要对文学馆的存在和发展有用，我愿奉献我最后的力量，不论它由作协领导，或档案馆领导，只要它能存在、能发展，我都同意，你们考虑问题，不要管我。我没有意见，我不是资本家，也不是侨商，我捐赠的三十几万人民币都是个人稿费收入，我关心我国文学事业的前途，我爱这个事业，我相信您也爱这个事业。别的不用多讲了。我再讲一次，今后我仍愿意为文学馆出力，也绝不干扰文学馆的事情。

祝好！

巴金

十二月七日

为文学“呐喊助威”，奉献自己的力量，不计报酬和名利。对文学馆是这样，对于中国作协主席这个职务和工作，巴金也是这样的。

（《文艺报》2019年7月15日3版）

丁玲与中国作协

何吉贤

丁玲参与中国共产党领导下的文学组织活动较早，上世纪30年代，丁玲即参与左翼文学活动的组织和出版工作，主编“左联”机关刊物《北斗》（1931年9月至1932年7月），出任“左联”的党团书记（1932年年底至1933年5月）。延安时期的主要工作也围绕根据地的文学组织和文学出版，先后出任中国文艺协会主任（1936年），组建西北战地服务团（1937年），担任边区文协副主任（1939年），主编《文艺月报》（1940年）和《解放日报》文艺副刊（1941年）等。

1949年7月2日中华全国文学艺术工作者代表大会开幕时，丁玲提前一个月才从苏联经东北到北京。全国文协（1953年第二次文代会时改名为中国作家协会）成立后，丁玲担任副主席，承担主要工作，并主编其机关刊物《文艺报》。1950年12月，创办了中央文学研究所，以国家的力量，培养文学创作和批评的新生力量。由于1955年和1957年相继被打成丁陈“反党小集团”和“右派”，1958年6月，下放至北大荒，历时近12年，1979年年初回到北京，在1979年11月召开的中国作协第三次会员代表大会上，再一次当选为中国作协理事，并在中国作协第三届理事会上，再次当选为中国作协副主席。1985年1月创办中国作协领导下的大型文学刊物《中国》，直至1986年3月去世。

1949年后，丁玲后半生的命运，都与中国作协相伴而生。从丁玲的角度考察，无论是50年代初期创办中央文学讲习所，培养文学的新生力量，还是鼓励和具体指导作家“深入生活”，抑或主编和创办中国作协主管的《文艺报》和《中国》文学期刊，力图在文学创作和批评中别开生面，贯穿其中的一条主线，就是如何在中国作协的领导下，做一位合格和优秀的专业作家。令人瞩目的是，在参与文学组织和刊物出版的同时，丁玲总是伴随着程度不同的创作高峰的出现，无论是“左联”时期围绕着《水》等作品的创作，还是延安时期的《在医院中》《“三八节”有感》等，还是在1949年之后，围绕《太阳照在桑干河上》续集《在严寒的日子里》及一系列理论文章和散文的创作，似乎都与某种程度的创作力的爆发、创作方向的调整紧密相关。

第一次文代会召开前，丁玲还在犹豫是回到东北进行专业创作，还是完全投入新中国文学和文化的组织工作。最后听从周扬等的劝告，服从组织安排，留在北京参加全国文协的组织工作，担任新成立的全国文协副主席。在上世纪50年代初文协/作协的早期工作中，创办和主持中央文学研究所/讲习所是丁玲投入时间和精力最多的一项工作。中央文学研究所于1949年开始筹备，1950年12月在北京正式成立。这是新中国成立后第一所以培养作家为任务的专业学府，是根据中央人民政府文化部的工作计划，全国文联四届扩大常委会的决议创办的，经政务院第61次政务会通过后，丁玲被任命为中央文学研究所主任，张天翼为副主任，当时主要由丁玲直接领导的文协创作组成员，如田间、康濯、马烽等，都参与了文研所的筹备，并先后担任了行政职务。文研所的创建受苏联高尔基文学院的影响，其主要目的是“培养共产党自己的作家”，尤其是工农出身的作家。这也与新中国成立初期作家队伍的构成状况有关。第一届文代会代表主要是来自国统区和解放区的两类作家。来自国统区的作家又分成左翼作家和自由派作家两类，来自解放区的作家也分成两类，一类是到解放区前就已成名的作家，一类是在解放区或革命队伍中成长起来的作家。无论是来自国统区，还是来自解放区，作家们都存在政治学习、思想改造和加强文化学习的问题，只不过不同类型的作家学习和改造的重点各有侧重。中央文学研究所的创办，主要是针对解放区成长起来的新作家，因为这些新成长起来的作家，虽然革命斗争经验和生活经验比较丰富，但文化素养和文学上的训练比较缺乏，“他们需要加强修养，需要进行政治上的、文艺上的比较有系统的学习。同时领导上可以有计划地、有组织地领导集体写作各种斗争、奋斗史。”

文研所从1950年12月创办，到1957年11月停办，共招了四期学员。有的来自各地方、部队宣传部门或文联的推荐，有的由知名作家推荐，有的是自己慕名寻来。他们之中，有革命经历和创作经验、来自革命队伍内部的占大多数，其中有些是文化水平较低的工人、农民，文研所为这些经历丰富、有创作前途的创作者提供了学习和培训的机会。文研所也招了一些大学毕业生，以培养文学编辑、教学和理论研究者，而且，随着文研所的工作走上正轨，招生、教学和其他各项工作都趋向正规。在丁玲的设想中，文研所不仅是一个文学教学和培训的学校，而且还是一个文学创作和批评、研究的基地。从文研所第一、二期的课程设置和辅导内容看，文研所几乎动员了当时能动用的知名作家和文学研究者，内容涉及文学史、文学理论、现代文学等，每四五个学员还配备了一位创作辅导老师，由知名作家担任。

在参加文研所 / 文讲所四期培训的近 300 名学员中，有三分之一毕业生参加了中国作协、文联和各地方作协、文联的领导工作，还有约三分之一毕业生担任了各级刊物、出版机构的编辑出版工作，剩下的部分毕业生成为专业创作人员、文学教师和研究人员，或者仍然参加具体的实际工作，如记者、工人等，为共和国的文学和文化事业，作出了贡献。

在中国作协，丁玲虽然担任主要的领导职务，但她考虑工作和问题的立足点和出发点仍然是一位专业作家的。在 1949 年 7 月召开的第一次文代会上，丁玲作了题为《从群众中来，到群众中去》的专题发言，1953 年 9 月召开的第二次文代会上，又发表了题为《到群众中去落户》的专题发言，在这前后，还发表了《知识分子下乡中的问题》（1950 年）、《跨到新的时代来——谈知识分子的旧兴趣与工农兵文艺》（1950 年）、《创作与生活》（1950 年）、《要为人民服务得更好——纪念毛泽东〈在延安文艺座谈会上的讲话〉发表十周年》（1952 年）、《作家需要培养对群众的感情》（1953 年）、《生活、思想与人物》（1955 年）等文章和讲话。这些文章和讲话都是从作家主体创作论的角度出发的，其中贯穿一条红线，就是怎样"深入生活"的问题。丁玲是亲历了毛泽东《在延安文艺座谈会上的讲话》的作家，她本身的生活、思想和创作都经过了"讲话"的重新塑造。可以说，如何"深入生活"的问题，是她之后思考和探索最多、最深入的问题，这也是一笔有待深入整理的当代文学的宝贵遗产。

丁玲的“深入生活”是以作家为主体，从作家的创作论角度出发的。在第一次文代会的专题发言中她说：“我们下去，是为了写作，但必须先有把工作做好的精神，不是单纯为写作；要以工作为重，结果也是为了写作。”如果单纯是为了写作，就会临时搜集到一些有趣的故事，见到一些人物的表面活动，这有可能写出较好的报道和一般性的文学作品，但不易“掌握政策，理解人物”，只有在斗争中去了解的人物才会更有血肉、有感情。在这种情况下，创作主体的生活习惯，喜恶爱憎，“自己的生活作风、思想作风”自然也就起了变化，也就“不会写出与群众的需要相反的作品”。丁玲号召要“深入生活，较长期的生活，集中在一点”。她认为作家不只要熟悉群众的生活，而且还要熟悉他们的灵魂，“要带着充分的爱爱他们，关心他们，脑子中经常是他们在那里活动，有不可分的关系”，这样作家在创作中对群众生活才能运用自如。

在第二次文代会的专题发言中，丁玲进一步论述了如何通过“深入生活”进行提高的问题。丁玲从创作主体的立场出发，强调“生活”高于观念，这个经过主体体验过程的“生活”，其前提是创作主体“忘我”的投入。她说：“什么是体验呢？我的理解是：一个人生活过来了，他参加了群众的生活，忘我地和他们一块前进，和他们一块与旧势力、和阻拦着新势力发展的一切旧制度、旧思想、旧人作了斗争。”在这个过程中，创作主体和群众经由感情的互相激发和融合，处于一种水乳交融、不分彼此的共同体状态。在丁玲这里，人对感情的需求，人与人之间的情感关系是“生活”的本质，也是创作的依托，也是革命政治的内在性要素。以丁玲的观点，无论是长期“深入生活”，还是参加具体实际工作，都是创作者的手段，而并非目的。“深入生活”的目的是打破自我的封闭，通过与群众的密切互动而创造一种新的生活感觉和生活欲望，把创作主体从一种固定的“生活”状态中解放出来。只有这样，“工作”和“生活”才能互相重新界定，写作也才能从观念的束缚中摆脱出来，才能回到真正意义上的写作。

丁玲自己是从这条“深入生活”的道路上走过来的，她关于“深入生活”的理念也影响了一批作家，赵树理回到山西晋城老家，写作《三里湾》等一批作品，周立波回湖南益阳老家，写出了以《山乡巨变》为代表的一批作品，柳青蹲点陕西皇甫村 14 年，写出了代表作《创业史》，这些作家们都抱有相似的理念，并在写作中成功实践了这一原则。尤其是文研所中丁玲极为看重的一些青年作家，如徐光耀、陈登科等，都遵循了丁玲关于“深入生活”的原则，分别回到了河北雄县和安徽老家，扎入基层，进行长期的“深入生活”。但正如近期有研究者指出的，丁玲重构的“深入生活”原则固然在创作上是有力的，但它却与“文艺服从于政治”所衍生出来的“及时反映现实”的要求之间构成冲突。因为根据“深入生活”原则的要求，这是一个长期、缓慢的过程，而革命工作、革命运动的变化都需要及时的反映和宣传。因此，对于“深入生活”后会遭遇的工作危机，丁玲只能用一种理想主义、浪漫化的道理加以弥合，并不能有实际针对性地解决下乡工作者的问题。（详见程凯《“深入生活”的苦恼——以〈徐光耀日记〉为中心的考察》）但不管怎样，丁玲关于“深入生活”的思考从作家的创作主体出发，思考深入系统，贴近创作主体，是当代中国文学留下的宝贵遗产，在当代生活日益科层化、“领域化”的今天，重新思考这一遗产对于创作和文学研究都是有益的。

丁玲在革命文学中的位置，既是一位创作者和组织者、领导者，同时也是一位活跃的文学编辑。从“左联”时期的《北斗》，到延安时期的《解放日报》文艺栏，到新中国成立初期的《文艺报》，到 80 年代初期的《中国》文学期刊，编辑生涯贯穿了她的一生，也构成了她参与革命文学组织活动的重要内容。在中国文协 / 作协的组织架构下，她最早担任了 1949 年 9 月创刊的《文艺报》主编，一直到 1952 年 1 月，才由冯雪峰接任。在丁玲主编《文艺报》期间，《文艺报》发表了大量重要的理论文章，为新中国成立初期的文学建设廓清了道路，进行了宝贵探索。在新中国成立初期复杂的政治环境和频仍的政治运动中，丁玲主编的《文艺报》主持了对萧也牧《我们夫妇之间》的批判，丁玲自己也写了《作为一种倾向来看——给萧也牧同志的一封信》，对作品中的“小资产阶级知识分子倾向”提出了诚恳严肃的批评，应该说，这是一次作家间关于创作思想的认真讨论，尽管这次批判日后给萧也牧本人的个人命运带来了严重的影响。但 27 年后，丁玲回忆起这封公开信，仍然觉得这封信本身并无过分之处：“我觉得这封信是很有感情的，对萧也牧是爱护的，我是说他那篇小说的倾向很不好。”

《中国》是丁玲一生最后创办和主编的刊物，1984 年年底创刊时，丁玲已年届八十高龄。《中国》是中国作协领导下的大型文学期刊，只存在了短短不到两年的时间，但丁玲为这个杂志的创办和编辑、存续工作花费了大量心血，照丁玲最后一任秘书王增如的说法，如果不是因为办《中国》杂志，丁玲的生命可能还会更长。

王增如在《丁玲办〈中国〉》一书中认为，促使丁玲下决心创办《中国》的，是两把“火”：一把是全国经济改革的大形势，让她深受感染，放开了胆量；另一把是纠缠困扰了她 40 多年的所谓“历史问题”终获解决，使她焕发出昂扬进取、奋发有为的精神状态，再次萌生了建功立业的雄心壮志。在我看来，丁玲终究是一位有想法、有抱负的大作家，她不会仅仅满足于个人的文字，在对中国文学的事业上，她仍想尽到组织者、推动者的责任，所以，尽管生命之火即将燃尽，为了完成未尽的创作，时间已极为宝贵，但她还是燃起了团结新老作家，创办一个新的大型文学期刊的雄心。在创办之初，甚至还提出了自筹资金、自负盈亏的大胆想法。

《中国》的创办最初以一些成名于三四十年代的老作家担纲，以丁玲、舒群、曾克等为核心，由牛汉、刘绍棠等中年作家担纲，也容纳了冯夏熊、王中忱等青年编辑。面对“新时期”文学日新月异的局面，作为 20 世纪新文学主要过程的亲历者，丁玲在《中国》创刊招待会上大声疾呼：“我们大家都很懂得，我们的革命史，我们文学的奋斗史，我们事业成功的经验，挫折的教训，都告诉我们，团结是我们的生命，团结是我们的根本，团结便是胜利。”在为《中国》创刊号所写的《编者的话》中，她再次呼吁团结，提出《中国》是在党中央“大鼓劲、大团结、大繁荣”的号召下，在城市经济改革的蓬勃浪潮鼓舞下诞生的。《中国》不是同人刊物，不是少数人的刊物。“刊物的撰稿人将包括五湖四海、老中青。我们希望所有的老作家能把自己的丰富经验和写作经历，积极介绍出来，帮助读者，帮助青年，在创作上少走弯路，健康成长。我们要大声呼叫，为那些把心灵浸入到新的社会生活中去的，把心灵与艺术创作难解难分地纠结在一起的那些年轻作家和奋发有为的文学爱好者们鼓劲。”言辞之间，似乎 50 年代初那个意气风发的丁玲又重新回来了。在这篇《编者的话》中，丁玲鼓励读者就杂志发表的作品展开讨论和争论。丁玲编辑文学刊物，刊登文学作品，从来极为重视文学批评和理论文章，她甚至认为，批评和文学理论文章是一个文学刊物的灵魂。她提出，“文艺上的思想问题是学术问题，可以自由讨论，各抒己见”。她甚至还鼓励和要求刊物的编辑“要经常与人民保持接触，同作家一样深入生活、关心人民、关心政治。这样才能理解社会、理解人民在变革中的思想感情，辨别作品中反映的是否确切”。应该说，无论是当时还是现在，在文学期刊的主编中，她的这些看法和要求都是非常独特的。

《中国》出刊近两年间，刊发了大量老作家和中生代作家的作品，也刊发了大量新锐作家的作品，尤其是到了后期，很多“85 新潮”后涌现的年轻作家都是在《中国》上先露面的。在丁玲主编《中国》期间，与在主办文研所时期一样，丁玲也极为重视提拔和培养青年作家，有意识地与年轻作家建立沟通渠道，可惜世易时移，在上世纪 80 年代上半期的时代氛围中，丁玲与年轻作家的沟通并不顺利。在 80 年代上半期求新求变，以新奇、反叛为潮流的背景下，丁玲创办《中国》，呼吁中国文学界的大团结，有可能在新时期文学时代转变的大潮中起到承上启下、开启新局的作用，可惜时不我与，在急速变动的时代潮流中，老作家的雄心已难以施展，《中国》在丁玲去世后半年左右，即调整休刊，成为丁玲一生文学编刊事业的绝响。

无论是创办和主持文研所，培养新作家尤其是工农作家，抑或鼓励作家“深入生活”，打破固有的生活状态，形成新的创作动力，还是创办刊物，在新的形势下，团结新老作家，繁荣创作和文学事业，都是丁玲围绕新中国的政治和文学组织结构，在中国作协的体系下，作为一位专业的创作者和文学工作组织者，所进行的思考努力和实践探索，其积累的经验至今仍然值得我们珍视。

（《文艺报》2019 年 7 月 22 日 5 版）

茅盾与《文艺报》

吴泰昌

茅盾是中国作协第一任主席，也是《文艺报》的创办者，对这一诞生于新中国之初的首个文艺阵地的成长他曾倾注了大量心血。

1949 年 2 月下旬，茅盾到达北平。3 月 22 日，郭沫若、茅盾出席华北文化艺术工作委员会和华北文协举办的招待茶会，郭沫若提出发起召开全国文学艺术工作者大会以成立新的全国性的文学艺术界的组织。3 月 24 日，筹备委员会宣布正式成立。郭沫若任筹委会主任，茅盾、周扬任副主任。就是在这次会上，决定出版周刊《文艺报》，并由茅公负责筹划。

1949 年 5 月 4 日《文艺报》第一期出版，至 7 月 28 日第十三期，在文代会筹备和大会召开期间总共出了十三期，除第一期外，余均为周刊。一至八期编者署名为“中华全国文学艺术工作者代表大会筹备委员会文艺报编辑委员会”，九至十三期署“中华全国文学艺术工作者代表大会文艺报编辑委员会”，由于版权页上未公布《文艺报》编辑委员会的人员，所以，长时期以来，少有人知道创办《文艺报》时期《文艺报》编辑委员会的带头人就是茅盾。

茅盾为《文艺报》诞生费尽精力，大小事多亲自过问。出版《文艺报》用纸，茅盾甚至惊动了周恩来同志。1979 年第四次全国文代会和第三次全国作代会召开前夕，文联及各协会恢复筹备领导小组负责人冯牧、张僖曾派我和刘梦溪去茅盾家取回他改定的在第三次全国作代会上作的题为《解放思想，发扬文艺民主》报告稿。茅公顺便询问起会议准备的一些情况，他感慨地说，现在客观条件好多了，第一次文代会用纸，包括《文艺报》用纸，都得去麻烦总理解决。

茅盾强调版面上要促进文艺界在为新中国基础上的广泛团结，在遵循党的文艺方向上的思想统一，他善于用交流的方式实现这个意图。1949 年 5—6 月，《文艺报》曾召开三次文艺界座谈会，茅盾主持过两次。座谈会发言经记者整理后，茅盾亲自仔细改定，详细报道。

茅盾为《文艺报》撰写了多篇文章。如代编委会起草了《发刊词》，5 月 26 日出版的第四期发表了茅盾 5 月 23 日赶写的《关于〈虾球传〉》，第十一期头条发表了茅盾《为工农兵》。茅盾还在百忙中多次写信为《文艺报》约稿，或者帮助编辑部年轻编辑考虑合适作者。

关于《文艺报》报头设计，茅盾用心选定。创刊号报头是茅盾让严辰去请画家丁聪设计的，第二期起至第八期，《文艺报》报头是茅盾亲自书写的，第十期至十三期，正值大会期间，报头又改用铅字。1949 年 7 月 19 日文代会结束后，《文艺报》作为全国文联机关报于 9 月 25 日正式创刊，报头系集鲁迅字体，一直沿用至今。《文艺报》报头用鲁迅字体这个主意，也是茅盾建议并最终被采用的。鲁迅是我国现代新文化运动的伟大旗手，第一次文代会会标上就镌有毛泽东和鲁迅的头像。

1949 年 7 月 19 日，中华全国文学艺术工作者联合会（全国文联）宣布成立，郭沫若当选全国文联主席，茅盾、周扬当选副主席。7 月 23 日，中华全国文学工作者协会成立（1953 年改称中国作家协会），文协主席茅盾，副主席丁玲、柯仲平。1949 年 9 月 25 日，全国文联机关刊物《文艺报》正式创刊。

虽然 1949 年 10 月 19 日茅盾已出任文化部部长，加上创办《人民文学》，工作骤忙，但《文艺报》1949 年九至十二期实际上仍由他兼管。这几期《文艺报》版权页上编者仍署“中国文学艺术工作者联合会文艺报编辑委员会”。在《文艺报》正式创刊号上，茅盾改定了社论《庆祝中国人民政协》，并发表了《一致的要求和希望》。他还要求文艺理论工作者以新的观点来研究编写《中国文学史》和《中国新文艺运动史》，并把它们提到工作日程上来。在正式创刊号上，茅盾还决定发表《全国文联关于出版〈文艺报〉致各地文联及各协会的通知》。1954 年全国文联决定委托中国作协主办《文艺报》，后来才逐渐明确《文艺报》由中国作协主办并成为中国作协机关报。

茅盾作为全国文联副主席和中国作协主席，对《文艺报》既是领导又有特殊的亲情。新中国成立后，他的一部主要文艺理论著作《夜读偶记》就是1958年1月起在《文艺报》连载的。他的长篇文学评论《一九六〇年小说漫评》,《文艺报》1961年四至六期连载。1963年，为纪念曹雪芹逝世200周年，茅盾在《文艺报》发表了《关于曹雪芹》。1965年6月,《文艺报》被迫停刊。1977年年底，茅盾在刚复刊的《人民文学》召开的一次座谈会上，公开以中国文联副主席和中国作协主席的身份讲话。他建议尽快恢复全国文联和各个协会的工作，并建议《文艺报》复刊。1978年5月底，茅盾出席全国文联第三届全国委员会第三次扩大会议，他在大会上庄严宣布："中华全国文学艺术工作者联合会、中国作家协会和《文艺报》，即日起恢复工作。"

晚年多病的茅盾，从1978年起，在着手写长篇回忆录《我走过的道路》的同时，不忘给《文艺报》多方指导和积极支持。他在1978年8月的《文艺报》上发表了《培养新生力量》，同年11月发表了关于《坚持实践第一，发扬艺术民主》的文章。1979年12月，又发表了庆祝新中国成立30周年的纪念文章，这是茅盾1981年3月27日辞世前，为《文艺报》撰写的最后一篇文章。

如今我看到彩色印刷的《文艺报》，想起当年茅公创办《文艺报》时为纸张找总理解决的往事，就会心生感慨，特别是看到《文艺报》热情介绍青年作家作品，便会想到茅公编《文艺报》时对文学新人的关怀和扶持，愿茅公的思想和精神继续发扬光大。

（《文艺报》2019年6月28日1版）

《文艺报》试刊十三期回顾

汪　砚

今年是新中国成立70周年，也是《文艺报》70华诞。《文艺报》创刊于新中国成立前夕的1949年9月25日，这个为文学界所耳熟能详。但是它发刊于1949年5月4日，在创刊前已发行了13期，这个则鲜为人知。

1949年3月24日，中华全国文学艺术工作者大会筹备委员会成立，决定编辑出版《文艺报》，作为大会筹备期间的会刊。4月15日，茅盾在筹委会上宣布，出版机关刊物《文艺报》，编辑为茅盾、胡风和严辰。

1949年5月4日，由中华全国文学艺术工作者代表大会筹备委员会《文艺报》编辑委员会负责编辑的《文艺报》第一期出版。《文艺报》为周刊，每星期四出版，每期人民券15元。刊名集鲁迅的字，在首页上刊登了《发刊词》。

《发刊词》首先介绍了发刊的原由："多少年来，从事文学艺术工作的朋友们都希望有这么一个定期刊，作为交流经验、交换意见、报道各地文学艺术活动的情况，反映群众意见的工具。然而由于客观形势的阻隔，此种希望，迄未能成为事实。现在，全国文学艺术工作者代表大会即将开会，各解放区以及解放区以外的文艺工作者陆续来到了北平，对于这样一个小型的定期刊，固然更其感得需要，而出版这样一个刊物的客观条件也大体具备了。这便是全国文学艺术工作者代表大会筹备委员会决定要发刊这一个《文艺报》的原因。"

随后，《发刊词》介绍，除了交换经验、交换意见、领导各地文艺活动、反映群众意见等经常目标而外，特别希望做到下列几件事："一、随时报道筹委会工作进行的情形，并十分希望筹委会以外的文艺界朋友们随时多多给我们意见，使我们的工作做得更好些。”“二、对于将来的全国性的文艺作家协会，它的任务、组织、工作方式、会员成分，等等，文艺工作的朋友们一定十分关心，而且有很多意见；我们希望朋友们把意见写出来，交给本刊发表。”“三、为了推荐近五六年来优秀的文艺作品，筹委会已有评选委员会之设置，并分诗歌、小说等五组。同人们见闻有限，而搜罗书刊亦苦难齐全。我们知道，这一件事若要做好，多听各方意见（尤其群众意见），是必要的。因此也十分盼望文艺界朋友及广大读者群多提意见，本刊自乐于发表。”

《发刊词》表示欢迎下列各种稿件：有关文艺各部门的理论、批评介绍、研究讨论、经验总结；有关文学艺术工作者代表大会的各个问题的商讨；全国各地文艺运动的综合或专题的报道；工厂、部队、农村及各团体的文艺活动情况等。末尾还留了通讯地址：北平邮政信箱四十号《文艺报》编委会。

正如《发刊词》所提到的，《文艺报》会随时报道筹委会工作进展，听取对成立全国性文艺作家协会的意见。《文艺报》第一期就刊登了茅盾《一些零碎的感想》，作为《发刊词》的补充。

关于新的全国性组织的方式，茅盾介绍，新的全国性的组织，或将命名为“中华全国文学艺术工作者协会”。新组织将包括文学与艺术各部门的工作者，将来可能会设综合性的各级组织（全国性的总会与地方分会）和单一艺术部门的各级组织。这些都希望大家来讨论。

关于大会代表的产生办法，茅盾说，最好自然是由各地会员开会选举，但是目前还办不到。“所以大会的代表，一是以各地文协的理事及候补理事（有监事者再加监事）为当然代表；二是为了照顾到各方面，当然代表之外再加上邀请代表。邀请代表可以由各地文协推举，亦可由个人推举，而由筹委会作最后决定。”

茅盾还介绍，筹委会秘书处正在草拟一个比较详细的报告，将在本刊本期发表。这个报告实际刊登在《文艺报》第二期上，标题为《文代筹委会近况》，在第三期又刊登了《文代筹委会近况——之二》。

从第一期开始，中华全国文学艺术工作者代表大会筹备委员会陆续刊登征集文学艺术作品、美术展览品等启事，其中第五期刊登了《中华全国文学艺术工作者代表大会筹备委员会启事二则》，主要内容一是延长征求文艺作品期限，二是征求推荐作品。

中华全国文学艺术工作者代表大会开幕后，《文艺报》连续发表大会概况、参会代表感言等。7月19日，大会闭幕，通过了大会宣言。7月21日出版的《文艺报》第十二期刊登了《全国文代大会宣言》。

《宣言》指出，从五四以来，中国新文艺运动已历时三十年了，在人民革命斗争中起了很大的作用。特别是1942年延安文艺座谈会以来，中国的文艺工作者，尤其是解放区的文艺工作者开始和广大的人民群众相结合。文艺工作者和劳动人民结合的结果，使中国的文学艺术的面貌焕然一新。《宣言》强调，我们的文学艺术既然是为人民服务的，我们的目的也就是使人民能取得胜利与巩固胜利。一个名副其实的真正爱国的民主的文学家与艺术家，就必须掌握正确的世界观与人生观，只有这样，他才有可能正确地了解中国社会的阶级关系，表现中国人民中新的英雄人物与英雄事迹，也才有可能使自己的作品富有思想性，也才有可能有效地正确地为人民服务，发扬文艺的伟大教育效能。

7月28日，《文艺报》出版了第十三期即创刊前的最后一期。由上可见，在全国文代会召开前后，《文艺报》确实发挥了“筹委会的公报”的作用。

《文艺报》第一期除了刊登《发刊词》和茅盾的文章外，还发表了许多名作家的文章，如范文澜的《急起直追参加革命建设工作》、王朝闻的《为政策服务与公式主义——致友人书之五》、阳翰笙的《略论国统区的戏剧运动》、王亚平的《关于推陈出新》、荒草的《东北人民解放军的演唱运动》、罗英的《热烈开展中的“兵演兵”运动》。

《文艺报》发刊之初，就提倡关于大会各方面问题的商讨。在第二期刊登了羽山的《意见两三点》，在第三期刊登了安蓝的《热诚的希望——供文代会的代表们参考》。《文艺报》还特意召开了三次座谈会，讨论关于新文协的若干问题。6月2日出版的第五期上刊登了《〈文艺报〉第一次座谈会：新文协的任务、组织、纲领及其他》，6月9日出版的第六期上刊登了《〈文艺报〉第二次座谈会：关于新文协的诸问题》，6月23日出版的第八期上刊登了《〈文艺报〉第三次座谈会：关于〈文艺报〉、民间艺术等》。

《文艺报》还大量报道了当时的各地文艺动态，并发表了郑振铎的《记苏联作家协会》、叶圣陶的《划时代》、黄药眠的《香港文坛的现状》、钟敬文的《请多多地注意民间文艺》、萧三的《普希金与中国》、萧殷的《我们需要文艺批评》等内容广泛的文章，也发表了巴金的《我们会见了彭德怀司令员》等散文、报告文学。

在大会召开前夕，《文艺报》向参会代表约稿，截稿日期是6月26日，自第八期陆续发出。如胡风的《团结起来，更前进！——代祝词》："就这样，把新旧文艺工作者团结起来，把星星似的散布在劳动人民里面的全国文艺工作者团结起来，把星星似的从劳动人民里面开始成长的文艺工作者团结起来，在实际工作里面团结起来，为了更坚强更健康而团结起来，为了更深入地更广泛地和人民结合而团结起来，为了文艺工作更光辉地发展，一步一步清洗掉半封建半殖民地的反动文化影响而团结起来。团结起来，更前进！"这篇代祝词写于6月25日夜。

柯仲平的《文代会上"数来宝"》写于6月25日。柳青的《转弯路上》，末尾署"一九四九年六月廿六日匆草于北平"。碧野的《在实际斗争中改造自己》，末尾是"一九四九、六、二十五，于华大三部"。马健翎的《我对于地方剧的看法》写于6月26日。林山的《略谈陕北的改造说书》写于"1949年6月北平"。此外还有李束为的《民间故事的采集与整理》、董均伦的《赵树理怎样处理〈小二黑结婚〉的材料》等等，以上约稿陆续刊发于第八期至第十一期。

《文艺报》创刊时，即制定如下方针：准备情况，帮助学习，交流经验，研究问题，展开批评，推进工作。这六项又是根据下面一条总方针出发的，那就是：通过各种具体问题来宣传毛泽东的文艺思想与新现实主义的创作方法。《文艺报》确定了作家及文艺工作者为主要对象，然后逐步扩大到文艺爱好者中间去。

《文艺报》发刊之初，就提出它不仅是文艺工作者的刊物，而且也是群众对文艺工作发表意见的园地。为了加强与广大群众的联系，及时了解各地群众文艺运动的情况，以便交流经验，发现问题，展开讨论，曾先后向全国各地发出广泛征聘文艺通讯员的启事。在启事发出后的半个月内，就得到各地同志热烈的响应。由于许多人对于《文艺报》的性质、内容和写稿的范围都不够了解，寄来许多不适合《文艺报》性质的稿件，所以《文艺报》特发了一封信。

在《文艺报》正式创刊前，9月16日，《文艺报》编委会刊发《给愿意做文艺通讯员的同志们的信》:“《文艺报》是文艺工作与广大群众联系的刊物。它用来反映文艺工作的情况，交流经验，研究问题，展开文艺批评，推进文艺运动。内容包括文学艺术的理论研究、批评，各地文艺工作动态，作品评介，书报推荐，出版消息，及群众对文艺工作与作品的意见等。”

密切联系群众，这是《文艺报》继承延安文艺座谈会之后解放区文学一贯重视苏联文学与文艺思潮的传统。《文艺报》的发刊与创刊，同苏联《文学报》有着密切关系，参照了苏联文学体制中的相关内容。1934年，苏联作家第一次代表大会召开，正式成立“苏联苏维埃作家联盟”。苏联苏维埃作家联盟创办了自己的机关报——《文学报》。1948年年底，丁玲访问苏联，其中一个重要任务就是学习苏联的文艺界的领导方式和文学体制。当时的苏维埃作家联盟主席法捷耶夫曾向丁玲建议，“最重要的就是报纸，这是教育作家、教育读者的最好的工具”。

丁玲本人曾经主编过上海左联机关刊物《北斗》，对办刊物有一种情结。1941年5月16日，党中央在延安创办《解放日报》，丁玲出任《解放日报》文艺副刊主编，编辑还有陈企霞、黎辛。当时，所有不用的稿子都退还作者本人，并写信给作者提意见，作为培养文艺新人的工作。丁玲在《解放日报》文艺副刊出满100期后离职，后由舒群任主编。

当1949年第一次文代会结束后，有人建议把《文艺报》和《人民日报》副刊合并，丁玲坚持把《文艺报》办下去，她本人也成为1949年9月25日正式创刊的《文艺报》主编，任期为1950年1月至1952年1月。此后，丁玲因去大连养病辞去主编职务，由冯雪峰继任，任期为1952年1月至1954年8月。在丁玲担任主编期间，还有陈企霞、萧殷两位主编，顾问是阿英。

《文艺报》虽名为“报”，实则为刊。直到1985年7月6日，《文艺报》正式改刊为报（周报，对开4版），成为名副其实的“报”。

（《文艺报》2019年6月24日1版、6月26日1版）

从中央文学研究所到鲁迅文学院

王　军

鲁迅文学院的前身是中央文学研究所，成立于1950年12月，旨在培养青年作家、打造年轻文学力量。1953年11月，中央文学研究所改称中国作家协会文学讲习所。鲁迅文学院是怎么演变过来的呢？这要从1949年召开的全国文学艺术工作者代表大会（以下简称文代会）说起。

1949年6月，丁玲从东北到北平参加文代会筹备工作，毛泽东在香山会见她。丁玲表示希望有机会做点帮助青年作家的工作，毛泽东让丁玲着手去做。刘少奇到苏联见斯大林，斯大林问起中国有无培养诗人的学校，刘少奇说没有，斯大林说诗人在一个民族的文化中占重要的位置。丁玲到北平后，刘少奇找丁玲谈话，说我们应该有一所培养自己作家的学校。

1949年7月2日，文代会正式开幕。会议期间，周恩来邀集部分青年作家谈话，青年作家提出参加学习的要求，周恩来当即答应考虑他们的要求。丁玲也作了《从群众中来，到群众中去》的专题发言，其中提出要有组织有领导地发动创作：

“过去对创作的领导是不够的，我们有很多有才能的写作者，但大半都很年轻，从各方面来讲，修养是不够的，他们埋头在下面，在生活上、写作上都尽了很大的力，他们有一些较好的作品，但他们还要求提高，他们必须要有人帮助。帮助他们如何整理材料，如何组织更好，要求帮助他们加强作品中的政策性，给作品灌入以正确而坚强的思想，如何总结他的生活经验和创作经验，这样才会使大家有信心来坚持这一个艰巨的工作，也的确才会逐渐使作品不只在量上而且也是在质上满足群众对文艺的要求。我以为这还必须有这种组织机构和专门的负责人。”（《中华全国文学艺术工作者代表大会纪念文集》，新华书店 1950 年 3 月版）

丁玲提出的“有组织有领导地发动创作”，即是对 1942 年毛泽东同志《在延安文艺座谈会上的讲话》中关于“新文化”精神的继承，而“必须有这种组织机构和专门的负责人”，则是对延安鲁艺文学系和联大文学系等具体实践的直接传承。

1950 年 4 月，全国文联党组向中央人民政府文化部（以下简称文化部）提出，根据文化部 1950 年工作计划及全国文联第四届扩大常委会今年工作任务的决议，今年要开始筹办文学研究院。1950 年 7 月，文化部批复《中央文学研究所筹备草案》，中央文学研究所筹备委员会成立。经政务院批准，中央文学研究所购得鼓楼东大街 103 号房子 76 间。1950 年 12 月，文化部颁发丁玲、张天翼任命通知书及中央文学研究所关防。

中央文学研究所可谓应运而生：首先是新中国需要培养自己的作家，其次是苏联文学体制的影响，最根本的是作家自身有需求。当时，一部分来自解放区的青年作家和初学写作者，迫切地提出了学习和提高的要求。这些青年大都忠实于人民的文学事业，有一定的实际斗争经验和写作能力，有希望、有前途。但由于多年紧张的战争生活，很少有机会学习，以致政治思想水平不高，文化知识既少且狭，甚至文学书籍都没读过几本。他们要求学理论、学历史，要求读书，要求有人帮助他们总结经验和提高思想水平与写作水平。

1951 年 1 月 8 日，中央文学研究所第一期一班（研究员班）在鼓楼东大街 103 号举行开学典礼，录取学员 52 人。1953 年 3 月，第一期第一班学员结业。学员共学习 27 个月，除去各种活动及写作实习时间外，实际学习约为 12 个月，合 52 个星期。每个学员平均读了 1500 万字的书，每天平均读到 2 万字。

1953 年 4 月，全国文协（中国作家协会前身）党组讨论了文学研究所提出的《第二期教学工作方案》，基本上同意了这一方案，认为将来发展的方向应明确规定为：采取适当的步骤发展成为苏联作家协会所领导的高尔基文学研究院那样正规培养青年作家的学校，给准备成为青年作家的干部以系统的文学修养的教育。胡乔木肯定了中央文学研究所这两年成绩是很大的，同时也指出教员、招生都碰到了困难，可以以退为进，暂时停止招生，准备一些教材，培养出一些教学人才，今后还是要办成比较正规的接近学院式的学校。

1953年7月29日，全国文协召开党组会议，讨论《关于中央文学研究所改组为中国作家协会文学讲习所的工作计划》，其远景还是苏联的高尔基文学研究院。在1953年9月底至10月初的全国文学工作者协会第二次代表大会上，全国文协改组为中国作家协会，通过了中国作家协会的章程，并选出了领导机构——中国作家协会理事会和主席团，不久前归属于全国文协的文学研究所，更名为中国作家协会文学讲习所。1957年10月，文学讲习所停办。从中央文学研究所至中国作家协会文学讲习所，开办的四期五班共招收学员286人，结业学员279人。

1980年1月，中国作家协会文学讲习所恢复，四年后的1984年11月，中宣部同意中国作家协会党组关于将文学讲习所改建为鲁迅文学院的报告，认为“无论是从需要或可能来看，还是从教学力量或招生对象来看，办这所鲁迅文学院是可行的”。1985年3月1日，鲁迅文学院第一届进修班开学。从此，进修班、函授班、研究生班、高研班等等次第开花，从八里庄到芍药居，建成了固定的校舍、结束了流浪的局面，与新中国文学事业共同成长、经历风雨彩虹的鲁迅文学院开始浓墨重彩谱写“世界上独一无二的班”的新篇章。

（《文艺报》2019年7月22日5版）

春华秋实七十年，薪火传承谱新篇

——作家评论家畅谈 70 年来的中国当代文学

本报讯　今年是新中国成立 70 周年，也是中国作家协会成立 70 周年。70 年来，中国文学在一代代作家的努力下不断繁荣发展，文学的薪火越烧越旺。在中国作协即将迎来 70 岁生日之际，本报记者采访了多位知名作家、评论家，他们为 70 年来的中国文学成就和当前文学的良好发展形势感到欣喜，也期盼有更多的优秀作家、精品力作涌现，推动我国文学更好地从“高原”走向“高峰”。

评论家张炯说，70 年来，我国文学取得了巨大的成就。无论诗歌、小说，还是散文、戏剧等领域，都涌现了一大批优秀作家作品，出现了既有主旋律也有多样化的良好格局。上世纪五六十年代，郭小川、贺敬之、公刘、李瑛等诗人以一系列政治抒情诗、军旅诗为人们所熟知，以《风云初记》《保卫延安》《红旗谱》《青春之歌》等为代表的“红色经典”深受读者喜爱；此外，还有老舍的《龙须沟》《茶馆》、郭沫若的《蔡文姬》、曹禺的《明朗的天》、田汉的《文成公主》等剧作，以及魏巍、杨朔、秦牧、刘白羽等散文家的散文作品。新时期以来，以丁玲、王蒙、刘绍棠、李国文等为代表的过去蒙冤的作家重返文坛，以铁凝、叶辛、王安忆、梁晓声为代表的知青作家蓬勃成长，一批又一批青年作家不断涌现，出现了五代作家同堂写作的盛况。而网络文学的兴起，更标志着文学的大普及和创作队伍的大扩展。茅盾文学奖、鲁迅文学奖、全国少数民族文学创作“骏马奖”、全国优秀儿童文学奖的一大批获奖作家作品，生动展现了文学创作的骄人成绩。莫言、曹文轩等作家相继在国外获奖，一大批作家的作品被译成多种文字在世界各国出版。这都说明，新中国文学正在不断走向世界，获得世界文坛和读者的重视。

新中国70年文学的繁荣，与每一个创作个体的努力分不开，更与国家的发展、创作环境的变化有关。作家徐怀中在回忆自己的创作道路时说：“新中国成立前夕，我们创作组乘坐军用卡车从重庆出发，途经贵州前往滇南边境，采访驻军‘钢铁营’，任务是写出一部多幕话剧。沿途两个步兵班护送，驾驶篷上架着轻机枪。那时我正好20岁，文学创作的旅程就这样开始了。历经多少风云流变与曲折磨砺，不觉间已经进入了衰迈之年。好在近些年始终坚持写作，也正好赶上了进一步改革开放与包容并蓄的新时代，再无种种顾忌自扰，完全放开手脚，以一部长篇小说完成了一个老军人毕生的最后一击。”

作家张抗抗说，70年的中国当代文学，经历了曲折的发展道路。但在每一个阶段，都有作家在努力探索着。特别是在改革开放后的40年，文学从单纯为政治服务的桎梏中解放出来，回归真实的生活以及对人性的描述。不同风格流派、各种技法和文学观互相交叉、交流、交融，文学的发展呈现出类似“小径分岔的花园”的多种可能性。一方面是寻找本民族的传统文化资源，另一方面则是向西方现代文学学习，了解西方现代主义文学思潮和叙事方法，中西兼得，形成了当代文学“立体交叉”的文学图景。70年过去，中国当代文学创作进入了丰富、丰硕、多样的成熟阶段。其中一部分作品走向了世界。因此，我们有理由对未来的中国文学抱有更大的期待。

编辑家崔道怡说，春花秋月，雨润风和，新中国文学已经走过了70年的旅程，取得了令人瞩目的成绩。这是一代代作家、评论家和文学组织工作者兢兢业业、努力工作而带来的良好文学局面。这70年的文学，始终坚守着人民性，以人民为写作对象，为人民而书写。今年也是中国作协成立70周年，它在70年里始终全心全意为作家服务，把广大作家紧密地团结在一起，不断为促进文学繁荣发展创造良好环境。中国作协所属的报刊社网向广大读者传递文学佳作、文学信息，给人以知识、见闻、启发和感染，成为了文学工作者重要的精神园地。在新时代，文学要继续坚持以人民为中心的创作导向，相信“为人民的文学”始终会百花齐放、万古长青。

诗人晓雪认为，新中国70年的诗歌创作，取得了划时代的巨大发展。这其中的一个鲜明体现就是少数民族诗歌的极大繁荣。在新中国成立前，少数民族文学没有得到足够的重视，作家作品的数量也比较少。新中国成立后，《人民文学》创刊号提出要"开展国内各少数民族的文学运动"，一大批少数民族诗人心花怒放，纵情歌唱，和汉族诗人一起歌唱民族的解放、欢呼祖国的新生，创作了许多富有民族特色的诗歌，揭开了中华各民族诗歌共同繁荣发展的新篇章。改革开放以来，党的民族政策和文艺路线进一步得到贯彻和落实，一批又一批的少数民族诗人带着他们别开生面、独具特色的诗作走到广大读者的面前。很多少数民族诗人同汉族诗人一道，获得一系列重要奖项，甚至在国际上都产生重要影响。正是大量少数民族优秀诗人诗作的涌现，使中国诗坛逐渐变成了各民族诗歌争奇斗艳、异彩纷呈、万紫千红的大花园。

作家叶梅说，70 年来的中国文学勇于担当历史使命，不断传承民族精神。难忘 70 年前，在即将迎来新中国成立的前夕，一大批追求光明、热爱祖国的文学家、艺术家，怀着无比的热情，汇成一股劲，在中国共产党的领导下成立了自己的大家庭。他们相互激励，在新中国建设的热潮中创作出大量饱含时代脉动和民族精神的优秀作品，鼓舞了一代又一代读者。在今天，作为一名文艺工作者，我们要不断开掘和传承老一辈作家艺术家留下的宝贵财富，进一步发挥文联作协的桥梁纽带作用，真心实意地走到人民群众的源头活水中去，深刻感受奔腾的时代浪潮之中深藏的不竭力量，塑造新时代的人物形象，担当历史使命，传承民族精神，用更加精美的艺术创造感染人的心灵，为伟大的祖国增光添彩。

作家刘兆林认为，70 年来的中国文学在不同阶段有不同的风格。在前 30 年，作品的风格深受苏联文学的影响，所塑造的工农兵主人公形象大多憨直、刚烈、勇于自我牺牲，呈现了那个年代国家的整体精神风貌。改革开放之后的 40 年，作家队伍和作品面貌发生巨大变化。发展到今天，作家们既不忘自己的初心，继承优秀文学传统，又积极借鉴国外的优秀文学经验，文学变化的广度和深度都前所未有。这 40 年来，作家队伍和作品数量都惊人地打着滚翻番，名家名作之多，可用今非昔比概括。因出版和传媒技术飞速发展，尤其无孔不入的市场经济规律作祟，文学门槛越来越低。优秀的作家要坚守文学的初心，去掉浮躁心理，沉下心来打造精品力作。

作家特·官布扎布说，中国作协的成立，对我国文学事业带来的影响是翻天覆地的。党和政府就以这样的形式，认定了文学事业的重要性，激发了作家们的创作热情，掀起了壮观的文学创作热潮，并取得了空前的成就。仅就蒙古族的情况而言，新中国成立之前，长篇小说很少，民众的精神生活主要依靠口耳相传的民间文化、民间文学。随着新中国的成立以及作协的有效运作，70 年后的今天，内蒙古的蒙古语长篇小说就有几百部，还有大量的中短篇小说、诗歌、散文等作品，创作力量得到了巨大的提高。

评论家杜学文认为，新中国成立 70 年来，中国文学取得了举世瞩目的成就，成为人类文学艺术宝库中极为重要的宝藏。新中国成立之后，中国文学发生了极为深刻的变化。首先是人民的主体地位得到确立。作为艺术形象，人民真正成为艺术表达的主人公。文学中的人物形象具有充分的自觉意识和理想追求。其次是继承了民族民间文化以及传统叙述方式，文学被更广泛的民众所接受，从而使文学真正实现了民族化，成为了人民的文学。改革开放以来，中国文学更为广泛地吸纳、借鉴了其他民族的审美经验。在表现中国走向现代化的历程，书写人民的情感、意志、追求中，文学的可能性更为广阔，艺术形式更为丰富。当前，中国文学再一次面临着深刻的转变，这就是：如何在继承与弘扬中华民族传统审美的基础上，吸呐与转化其他民族的审美经验，创造出具有现实针对性的、具有思想启迪意义与精神引领价值的审美范式，推动中国文学进一步为中华民族复兴、为人类的发展进步作出更大的贡献。

作家孙甘露说，新中国 70 年，中国作协 70 年，中国当代文学 70 年，从历史的维度上看，三者的发生、发展息息相关，其繁复绵密、波澜壮阔，可以说是史无前例。文学工作者因其召唤，受其影响，为其探索，在文学创作与研究的方方面面作出了不懈的努力。这 70 年的中国文学，既是以鲁迅为代表的中国现代文学的延续，也是新的时代精神生活的有力反映；它既是对现实生活的观察、思索和回应，也是文学在思想、语言、形式等各个方面如何响应时代、表现时代的真实写照。文学的道路从来都不会平坦，它总是伴随着国家、民族前行的步履。在这一点上，这 70 年的文学历史，中国作协 70 年来为此不懈努力的历史，会影响着作家们的创作，在人们的记忆中长久地保存。（本报记者集体采写）

（《文艺报》2019 年 7 月 15 日 1 版）

七十载：与祖国人民共同走过（《文艺报》社论）

“文艺是国民精神所发的火光，同时也是引导国民精神的前途的灯火。”中国文学有着悠久的历史和伟大的传统，积淀着中华民族最深沉的精神追求，包含着中华民族最根本的精神基因，代表着中华民族最独特的精神标识，始终为中华民族生生不息、发展壮大提供着丰厚滋养。五四新文化运动以来，在中华民族争取自由、独立与解放的伟大事业中，革命的进步的新文学始终走在时代前沿，为团结人民、改造社会提供了强大精神力量。迎着新中国诞生的曙光，中国文学工作者和作家终于有了自己的组织。中国作家协会从诞生之日起，就以团结引领广大作家和文学工作者为使命，以繁荣文学创作、服务时代和人民为己任，与祖国同呼吸、与时代共命运，至今已走过 70 年不平凡的历程。

中国作家协会作为党领导的中国各民族作家自愿结合的专业性人民团体，是党和政府联系广大作家、文学工作者的桥梁和纽带，是繁荣文学事业、推进社会主义文化建设的重要社会力量。70 年来，中国作家协会及各团体会员团结了越来越多的作家和文学工作者，这是一支老中青相结合、富有才华和敬业精神的作家队伍，遍及全国各地、各行各业，构成了中国文学繁荣发展的中坚力量。

笔墨当随时代。70 年来，在党的领导下，中国作协团结和带领广大作家，与时代同步伐，与新中国共命运，响应时代召唤，真实记录伟大祖国的进步与发展，热情讴歌新中国亿万人民创造美好生活的实践，在沸腾群山的建设第一线、风雪夜归的征途中、充满希望的田野上，到处都活跃着作家的身影，他们以自己的辛勤劳动书写着社会主义革命、建设和改革开放的中国故事。一代代作家跨越新中国各个不同发展阶段，凝聚在繁荣文学的共同旗帜下，走向广袤的农村、喧闹的工厂和辽阔的边疆，走进自己迫切需要了解的新生活，不断发现生活中的新现象、新经验、新问题，感知和发现时代的细微变化，准确反映时代的变动，深刻捕捉时代的精神方向，以自己的小说、诗歌、散文和报告文学热烈呼应时代的每一次召唤，记录新中国前进的每一次振奋人心的变化和坚实的步伐，留下属于时代、属于未来的文学见证。

人民需要艺术，文学属于人民。人民是历史的创造者，社会主义文艺，从本质上讲，就是人民的文艺。人民的生活是文学创作唯一的源泉，广大作家只有真诚走进人民生活，才能获得无穷的写作动力与资源。70 年来，中国作协团结带领广大作家和文学工作者，把满足人民精神文化需求作为文学和文学工作的出发点和落脚点，把人民作为文学表现的主体，把人民作为文学审美的鉴赏家和评判者，把为人民服务作为文学工作者的天职，虚心向人民学习，从人民的真实感受中确立主题内容，寻找典型素材，选取独特视角，认真研究人民群众精神文化生活的新特点、新趋势，把握人民群众审美需求的新规律、新变化，感受人民群众丰富的内心世界和真情实感，展现人民群众昂扬向上的精神风貌。

“诗文随世运，无日不趋新”。70 年来，中国作协带领广大作家始终坚持古为今用，推陈出新，服务当代，面向未来。越来越多的作家自觉追求现代性与民族性的融合统一，坚守中华美学精神，张扬中国精神、中国作风、中国气派。广大作家坚守文学理想，与时代同心，与生活同行，以现实主义精神把握世界，以浪漫主义情怀展望未来，中国文学的创造力、生产力得到极大解放，不断推动艺术进步，观念、题材、内容、风格多元多样，体裁、门类、形式、技法百花竞放。文学理论评论自觉以马克思主义文艺理论为指导，从中国当代文学实践出发，阐释文学发展规律，建构中国文学理论话语体系。当代文学批评对引领创作发挥了积极作用。70 年来，中国作协积极推动对外文学交流，中国文学走向世界的步伐愈加坚实，中国文学、中国作家与世界对话的自觉、自信和能力不断提升。

70 年来，中国作协不断深化自身改革，根本目的是把广大作家和文学工作者更加紧密地团结在党的周围，为繁荣发展社会主义文学事业凝聚力量。中国作协紧紧围绕政治引领、团结引导、联络协调、服务管理、自律维权、推动创作的职能任务，加强和改进党对文学工作的领导，不断改革完善组织机构。建立健全面向基层、面向社会的服务体系，加大服务基层工作力度。建立联系新的文学群体、引导网络文学发展的工作机制。搭建中国当代文学走出去平台，加强对外文学活动的机制化建设。积极开展适合港澳作家特点的文学活动，加强海峡两岸文学交流，关注海外华文文学的创作发展。通过这样的措施和努力，中国作协不断延伸工作手臂，增强了广大作家和文学工作者的凝聚力、向心力，文学的队伍在不断发展壮大。

70 年的文学发展历史深刻表明：中国人民波澜壮阔的伟大创造，是文学创作取之不尽用之不竭的源泉。一切优秀作家的艺术生命都源于人民，一切优秀文学创作都为了人民。“扎根人民、扎根生活”是进行文学创作最根本、最关键、最牢靠的办法。对于作家来说，创作是中心任务，作品是立身之本。推动文学繁荣发展，最根本的是要创作生产出无愧于我们这个伟大民族、伟大时代的优秀作品。任何优秀作品都是对社会生活和时代精神的深刻写照，文学要真正做到为时代画像、为时代立传、为时代明德。站在新时代的新起点，中国作协必将把广大作家和文学工作者进一步团结起来，引领大家在深入生活、扎根人民的基础上进行无愧于时代的文学创造。广大作家和文学工作者要深入学习贯彻习近平新时代中国特色社会主义思想，特别是习近平总书记关于文艺工作的重要论述，静下心来、精益求精搞创作，把最好的精神食粮奉献给人民，努力创造中国文学新的辉煌。

（《文艺报》2019 年 7 月 15 日 1 版）

第三辑

“我一生只有一张工作证”

——访编辑家、作家周明

任晶晶

夏日午后，室外阳光热烈明晃，中国现代文学馆C座一层的办公室里，浓荫下的窗户间，却有丝丝凉风穿过。下午两点，编辑家、作家周明如约而至，步伐轻健、笑容明亮，丝毫看不出已是85岁的高龄。周明笑言，“是文学给了我支撑，给了我力量。”

周明上世纪50年代大学毕业，就进入中国作家协会工作，一待就是半个多世纪。50多年中国文学的风雨兼程，他亲历了；50多年重要作家的春华秋实，他亲见了。他说，“我一生只有一张工作证，就是中国作协的工作证，并也为此感到无比荣光。”

做编辑，要愿为人梯

“在从事编辑工作中，有许多难忘的经历、难忘的老师。”周明回忆说，“最初刚刚由大学校门走进编辑部做编辑工作时，启蒙老师是著名作家、评论家黄秋耘。那时，我在中国作协的青年文学刊物《文艺学习》编辑部工作。作为见习编辑，先从收发、登记稿件做起，几个月后开始看一般来稿，从中挑选出可供版面用的稿件送组长、编辑部主任复审和审定。黄秋耘几乎每天都要来翻看一下我们几个见习编辑处理的稿件，告诉我们这一篇为什么可选，那一篇为什么不可用，结合来稿，谈题材，谈人物塑造，谈故事结构，谈写作技巧，谈如何发现和培养青年作者等等。他讲得动情，我们听得入神。他对于我，真是手把手地教，言传身教，一步一步引导我学会做编辑工作。”

后来，由于工作调整，周明又进入了《人民文学》编辑部工作。在这儿，周明又先后在张天翼、陈白尘、李季、韦君宜、张光年、严文井、袁水拍、李希凡、葛洛、王蒙、刘心武等直接领导下工作。“他们个个都是文坛骁将，个个主编刊物都有自己的独特风格和新鲜招儿。张天翼、陈白尘的办刊方针开阔而开放，团结了许多作家，组织发表了许多具有划时代意义的优秀之作。李季担任副主编时提出：人人当主编，人人心中要有一本《人民文学》，让每个编辑放手工作，大胆工作，独当一面。张光年的胆识与魄力令人难忘和钦敬，刘心武的《班主任》、徐迟的《哥德巴赫猜想》等优秀作品的面世，都有赖张光年的果断拍板而及时发表。”在周明的编辑生涯中，这些文学前辈的言传身教使他感到深刻难忘，循着他们的轨迹，他不敢懈怠，努力地在耕耘中收获。

徐迟的《哥德巴赫猜想》、冰心的《咱们的五个孩子》、黄宗英的《小木屋》等至今仍被报告文学界称道的作品，都与周明的策划、编辑相关。如果说编辑是为他人做嫁衣的人，周明这个巧手裁缝做的嫁衣，可谓件件美观大方、赏心悦目。这其中可有诀窍？周明笑言，只有一颗不敢懈怠的心。

在《人民文学》担任散文、报告文学编辑期间，为了能迅速及时反映现实生活，需要经常深入实际生活中去了解情况，一旦发现可写的题材线索，就马上物色和组织作家采写。许多重要作家作品的采访和写作过程，都有他的陪同和参与。徐迟写作《哥德巴赫猜想》采访陈景润期间，冰心采访“五个孤儿”的故事期间，周明都在一旁做详细记录，为作家的创作提供参考。

这样的例子还有很多，陪同作家的采访过程也让周明获益匪浅。他认为，编辑在某种程度上不是一个独立存在的个体，不应当将自己变成一个编辑匠，在一定的时候应当也可以参与和帮助作家的写作。

巴金曾在一次文代会上的讲话中深情地说：许多做编辑工作的人不是不会写东西，不是不能写东西，许多人是具备创作条件的，是能够大有作为的。只是他做了编辑，要帮助别人，培养别人，必须做出牺牲。这段话，在周明看来，是理解，是勉励，也是公正的评价。

著文章，不能只是用笔

由于工作关系，周明与众多作家成为了好朋友。周明说：“可不是吃喝的朋友关系，是在生活、工作和创作上相互关心、帮助和交流的真诚而难忘的友情。”因此，周明对作家的创作有深入的了解，对作品的判断有独到而准确的视角。

周明所看到的作家们的成功之作，都不是轻易得来的，都源于各自深入生活、观察生活的深刻体验。“赵树理就是长期生活在农民群众中的一位作家。”周明回忆说，1961 年 1 月，一个春寒料峭的日子里，他长途跋涉，辗转来到了赵树理的家乡沁水县，想请他撰写一篇能够鼓舞人们战胜暂时困难的作品。沁水县招待所的服务员一听说是从北京来，又是赵树理的客人，显得格外热情，主动说起了许多关于“老赵”下乡的生动故事。作为一名县委书记，平时他根本不待在县城，连个固定的办公室也没有，大量的时间是在乡下，是在农民群众中，他自个儿的家也安在了农村里。见到赵树理后，还没等周明说明来意，他就情不自禁地滔滔不绝地对周明讲述许多农村中的新人新事。同时，也谈及当前农村中许多困难和存在的问题。对公社、生产队和社员的具体事儿他都如数家珍，听到他这般拉家常似的谈话，使人感到非常亲切。

周明说，赵树理的创作不是先有了个什么主题，而后再下乡去搜集素材，挖空心思地去编织作品。他下乡首先想到的是和农民“共事”，即共同生活、共同劳动、共同商议，用行动去和农民兄弟一起改变农村面貌。他把自己看作是农民中的一员，与农民同呼吸、共命运，急农民所急、想农民所想、干农民所干的活，所以他的许多反映农村生活的优秀作品的诞生，大都是从实际生活中有感而发、有的放矢的。赵树理也曾多次说，如果作者对某件事、某个人物并不感动，要写出感动别人的作品是不可能的。相反，要是你深受感动的事，甚至到了非写不可的程度，那时你写出来，就很有可能是感人之作、成功之作。

或许因为工作的原因，周明更偏爱报告文学作品。他认为，报告文学是与时代、与现实联系最为紧密的文学样式。很多有为的报告文学作家都成了时代的在场者，他们尽记者之职，为历史和人民记录现实。报告文学作品必须承担与新闻同等的历史和时代的记录任务，同时它又是文学作品，应当充满激情和思考，并且能够通过塑造典型的形象为社会起到一定的影响作用。

在上世纪80年代，报告文学与社会现实紧密相连，对整个社会都形成了一种推动作用。渐渐地，随着改革开放的深入，进入80年代中后期，报告文学中的反思性越来越强。周明说，“只有对社会问题进行揭露，才有可能让国人保持清醒；只有把暴露出来的问题一个一个解决，我们才能更好地前进，这才是我们民族希望之所在。”

为文学，做好“火种”传播人

晚年的巴金，为中国现代文学馆的建立牵肠挂肚、奔走呼吁，并不断地为文学馆捐款，除了从自己的稿费中拿出15万元作为文学馆的建设基金，后又陆续捐出自己的再版稿费，带头捐了几批藏书和资料近万册（件），册册件件都是他亲自挑选的珍品。中国现代文学馆的建立曾被巴金称为“甜蜜的梦”。巴老在他的文章和历次谈话中都述说着建立现代文学馆的重要性：通过文学馆展示中国作家的辉煌成果，通过中国现代文学，让世界认识我们的国家，了解中国人民的过去和现在、认识中国人民优美的心灵。

巴金老人和众多文学名家对中国现代文学馆建设的大力支持和真情投入，令所有的后来者感动。周明在中国现代文学馆工作期间，全力以赴，尽心尽力，四处奔波。即使后来退休了，他也愿意继续奉献自己的力量。其中，“柏杨文库”的建立和“柏杨研究中心”的筹划，就是周明“退岗不退休”的真实写照。

柏杨是台湾享有盛誉的小说家、杂文家和学者，其作品拥有众多读者。台北的病榻前，将56箱近万件珍贵资料“抢”了回来的经历虽曲折，却意义非凡。周明说，他曾先后四次去台湾和柏杨及家人商量手稿文物捐赠事宜。当时，柏杨此举在台湾也引起了一些人的质疑。质疑者说，柏杨吃台湾的米，喝台湾的水，怎么可以把东西捐给大陆？然而柏杨十分坚定，在接受各方采访时说，“台湾人与大陆人同文同种，使用的都是华文，都是中国人”，“中国只有一个”。2007年，柏杨亲笔写下“重回大陆真好”，正式将自己数十年珍藏的1万多件文献文物捐赠给中国现代文学馆。俭朴而隆重的捐赠仪式在柏杨寓所举行，柏杨的朋友和学生参加了仪式。当时已经退休的周明受馆长陈建功所托，赴台湾主持了捐赠仪式并代表中国现代文学馆致辞："此举乃柏杨先生的义举和善举，其意义重大而深远。这些宝贵的数据虽然为中国现代文学馆所珍藏，但它将为海峡两岸及港澳地区所共享。"临行前，柏杨坚持起床给周明一行送行，并语重心长地说道："这件事是一种缘分，我是不动摇的。希望大陆的同胞多来台湾走走，能对台湾增加好印象；希望台湾人也多到大陆去看看，增加对大陆的好印象。这样，情况就会慢慢好起来。等我病好了，我还想回大陆呢。"离别的一幕深深印在周明的记忆中。"我起身告辞，请他先回卧室，我站在客厅目送老人，我看到他的眼睛湿润了，而我也同样落泪了。此时，只见他坐着轮椅进卧室，忽然他背着身举起右手向后摆了摆，自然是表示再见，却头也不回……"

周明说，如今的现代文学馆堪称中国现当代文学的"聚宝楼"，它不仅珍藏历史，更珍藏着一段段难以忘怀的文坛记忆。中国现代文学馆大门外的彩色巨石上镶刻着巴老的一段话："我们的文学是散播火种的文学，我从它得到温暖，也把火种传给别人。"周明希望自己也能做好这火种的传播人。

（《文艺报》2019 年 7 月 12 日 1 版）

“我就是文苑篱边一棵草”

——记文学工作者李一信

王　婉

即便是在并不繁华的东土城路上，中国作协的办公楼仍显得低调，很不起眼，却常有人路过这里时驻足拍照，“打卡”所谓文学地标。在许多文学爱好者心中，“中国作家协会”是一座神圣的文学殿堂，是中国作家的大本营。

“我当年就是怀着朝圣的心情到作协工作的。”在中国作协成立70周年前夕，笔者拜访了一位“老作协”。他说，自己就是一名普普通通的文学组织工作者，而且退休快20年了，从没接受过正式采访。我说，这不算采访，作为后辈，我们就想听您唠唠作协过往的“家常”。

这位作协前辈是李一信，他从部队转业到中国作协机关是在上世纪80年代初。那时，中国作协刚刚恢复建制，重新启动工作，办公地点在沙滩北街的简易板房里。“来报到时看到这样的办公条件，多少有些意外。”李一信入职的部门是人事室，人事室和机关党委五六个人挤在一间不足10平方米的小屋里办公。处室的负责人每天骑着一辆辨不出原色的自行车上下班，干劲十足，“经常敲打我，人事无小事，要落实党的干部政策，为作协看好门、管好人”。

当时，作协四散各地的老同志陆续回京安排了职务，一些德高望重的老作家成为驻会作家。“我从人事档案里，看到儿时就仰慕的一连串文学大家的名字，想到自己就在他们身边，觉得特别幸福，好像人生都找到了最佳归宿。”两年后，李一信从人事室调入办公厅，参与和主持办公厅工作是他作协生涯中最长的一段。

作协当年就有个不成文的规定，对于年逾古稀的驻会作家，逢五逢十的生日，办公厅要组织登门祝寿，作协领导必须到场。“艾青老比臧克家老小五岁，冰心老比克家老长五岁，也就是那一年，我们要接连到三位文坛巨匠家里祝寿。”回忆起这些往事，李一信露出孩子般的兴奋，“我去给冰心老送工资、送信，就能借机在她家坐会儿，跟冰心老说两句话，很温暖。冰心老喜欢桂花，更爱红玫瑰，这个你们可能知道。自诩‘百岁儿童’的臧克家老不要蛋糕，就喜欢喝酸奶，这我最知道。”他笑言自己是作协机关掌管吃喝拉撒的大管家，执帚提壶躬身服务，老作家的健康起居无不挂在心上。“臧克家老人 93 岁那年摔了一跤，我们真是担心得整宿睡不着觉啊。”

作协把作家当亲人，文学工作者和作家交朋友，那种关切和联系是真挚而深厚的。而作协也是作家之间的情感纽带。得知办公厅要去上海看望巴金老人时，曹禺嘱托：“见到巴金告诉他，我真的很想他。”问冰心老人要捎什么话给巴老，冰心调皮起来：“请他自己多多保重，还有，问问他想不想我这个老太婆。”

作为专业性人民团体，联络、协调、服务作家是中国作协的主要职能。作协从上到下、由内而外散发出的活泼亲切的气息深深契合了“作家之家”的气质。“我经历过的党组书记处领导，光年、冯牧、达成、鲍昌、马烽……大家都习惯直呼大名。我多年做宣传干事积攒的那些写‘官样文章’的本事，在这‘家庭气氛’里似也派不上太大用场。”

1985 年，巴金被法国政府授予荣誉军团骑士勋章，办公厅当即发贺信至上海巴老寓所。很快巴老就回了亲笔信，是给机关全体同志的回信。“同志们那个欢悦啊，收到家书，怎能不欣喜和激动？”李一信向机关全体同志展示并朗读那封满含巴金主席深情和厚望的来信时，场面特别温馨，“不少同事和我一样，至今珍存着这封来信的复印件”。

而彼时，作协机关加上文艺报社、作家出版社等几十号人，仍凑合在那几间“冬凉夏暖”的防震棚里办公。开源节流，筹措经费，改善条件，竭尽所能为作家办好事实事是办公厅殚精竭虑、日夜思谋的头等大事，也是难事。

“我们筹建文学会堂、筹办中华文学基金会，都是在四次作代会以后。”邓小平等党和国家领导人出席了中国作协第四次全国代表大会，带来党和国家的深切关怀和殷殷期望，文学事业又一次振奋精神，注入了新的活力。“从那之后，中国现代文学馆在北京万寿寺临时挂牌。北戴河和杭州两个创作之家相继建起来，一直为会员服务到今天。”亲抓基建的李一信去检查杭州创作之家工程进展时，不慎从两米多高的隔层上摔下来，住了半个月的院，躺在病床上的他却为施工的顺利推进而无比欣慰。

“那时候，《人民文学》有刊授，鲁迅文学院有普及部开办函授班，还收作业批作业呢。作协在首都剧场举办文学讲座，火爆如阵阵旋风，岂止是座无虚席，站都无虚席。书记处每季度专题研究创作态势，各业务单位和部门忙着开笔会，集体改稿，从文学马拉松大军里选拔出好苗子。”办公厅则在为作家排忧解难上挖空心思。“这是作协的好传统，实实在在为作家解决实际困难，分担创作的后顾之忧。作家的事儿，没有作协不管的。”这些事情琐细到，帮文学翻译家汝龙挂专家号，给史铁生住的平房安装热水器，路遥去世后家里最艰难的时期，作协为其子女支付了学费。大约是 80 年代中后期，办公厅新设了一个机构叫作家权益保障委员会。“别管帮作家打赢了几场官司，替作家维护正当权益的意识是跟得上的，也算是想作家之所想，急作家之所急。”

由于种种原因，中国作协第五次全国代表大会的召开与四代会相隔 12 年，但是中国作协为文学事业繁荣发展而操劳的脚步从未停歇。到 90 年代中期，中国作协会员已达到 5000 多人，各省、地、市作协会员和文学工作者万余名。中宣部和中国作协联合在长沙召开了文学创作座谈会。会上，批准在上海、山东、山西、内蒙古、湖南、广东等地建立 6 个全国文学创作中心。

五代会前夕，一座供中国作协机关办公的楼房兼全国作家创作活动中心，终于在东土城路 25 号拔地而起。“还有作协上下心心念念十几年的文学馆也破土动工了，以后再也不用租用万寿寺了。”主持办公厅工作的李一信直接参与推进中国现代文学馆建设，当时的目标是到新中国成立 50 周年之际，主体工程竣工，可以布展。

“作协大事记都刻在我脑子里。作协这些年一路走来不容易，做具体事情的文学工作者，难免承受一些压力，有时感到力不从心的焦灼和辛苦，而最终这些都不值一提，‘必达红标远，间关不计程’，初心没有变过。”说到这里，李一信讲起毛泽东主席和丁玲之间的一段对话。新中国成立之初，毛主席半开玩笑地问丁玲："你是想当官呢，还是想当作家呢？"丁玲回答："我既不是想当官，也不是想当作家，而是想为新中国培养和扶持自己的作家。"

诚然，文学创作是一种个体劳动，但是若把作家比作自由飞翔的小鸟，中国作协就是在为他们营造一片绿色的树林。李一信说，他只是植树护林的一员而已。"现在作协各方面条件越来越好了，植树护林的队伍兵强马壮，各项工作开展得有声有色。这些我都了解、都惦记。"他说自己岁数大了，很少上网，但书报还是要读的，学习不能停，沉浸于信笔涂鸦的恣意，常常忘了老之悄至。

"读读写写的惯性，自然是在作协工作养成的。担任办公厅主任期间，我自己记工作日记，也要求秘书处处长写工作日记。我鼓励办公厅的同人们多读书勤写作。"在作协机关工作，服务是第一位的，李一信不仅认真完成各项行政事务，还额外给自己定下了"每天看一个短篇，一周看一个中篇，一季度看一部长篇"的文学阅读计划。"想做好作协的服务工作，就得熟悉作家，想熟悉作家就必须读作品。见得多了，看得多了，自己也可以写，自己写不是为了当作家，而是为体会创作的艰辛，当然也有乐趣，那是文学工作者必修的体验，如此更能理解、尊重、热爱你所参与的文学事业，更自觉地为作家服务好。"

李一信曾被调任鲁迅文学院担任分管行政的副院长，"那几年里，鲁院的所有课，我只要有空都去旁听。"他说自己是"月亮里的兔子沾了光""圣殿里的耗子也会念两句经"，耳濡目染下偶有灵光闪现，就赶紧记下来。"在作协工作，到处都是你可以描红的帖子，跟社会上的文学爱好者相比，这是多么得天独厚的优越条件啊！"

退休这些年，李一信有大把时间和精力写作。他创作了200余万字的小说、散文、诗歌，却从来不说自己是作家，"我就是文苑篱边一棵草，这一点从来没有变过"。

（《文艺报》2019年7月22日1版）

作协那些难忘的事

陈崎嵘

庚辰（2000年）初夏，组织上把我从《求是》杂志社调入中国作协工作。白云苍狗、岁月如歌，至今近20载矣！

其间，印象深刻、值得记叙的人和事实在太多。

进入作协，使人特别兴奋的是，过去那些生活在书本和影视剧中的文学名家，似乎一下子齐刷刷地来到自己面前。他们性格迥异、举止有别，令人目不暇接。

作协有个老传统，走访老作家。我工作的一大部分，就是经常陪着作协领导，一一登门拜访。

臧（克家）老是与毛主席探讨诗词创作的大家，但在平时与人交谈中，他谦逊得像位小学生。且每次必得亲自送我们到门口，久久挥手致意。

光未然是《黄河大合唱》词作者。第一次见他时，眼前立着的竟是位瘦小文弱的老人。当时心里就颇感诧异：这么个文弱书生，怎么能发出“风在吼、马在叫，黄河在咆哮”这样震天动地的声音？

贺敬之部长、柯岩阿姨是诗坛伉俪。在他们家里，看到的是另一种场面。《雷锋之歌》的雄壮激越，每每使人想到它的作者必定是位慷慨激昂的诗人。而其实，贺老在家很少说话，他喜欢默默地坐在沙发里，微笑着听夫人柯岩兴致勃勃地谈论健康与养生。

有一年春节，党组派我去杨绛先生家慰问。那时，杨绛先生已年近百岁，但精神矍铄、谈锋甚健。因交谈颇为开心，杨绛先生要送我一本她的新作，我受宠若惊。但她寻遍案头，一时竟没有找着。在我不注意间，她居然搬一把椅子到书架前，颤颤巍巍地爬上去，摸摸索索地抽出一本新书来。这真吓得我够呛，万一不小心跌伤，我罪莫大焉。但杨绛先生竟像没事一样，认认真真签上名，然后送给我。

与这些文学前辈接触交流，才会理解谦逊、涵养、风格这些词真实而丰富的含义；才能体会到，在作协工作，为这些大师名家服务，其实是一种幸运与幸福。

作协平时工作按部就班、波澜不惊，但也有紧张甚至危急的时刻。譬如，抗击非典和抗震救灾采访活动。

2003 年春，一场猝不及防的非典疫情突袭中国及东南亚，每天发布的非典确诊病例、疑似病例数量，如同由春入夏的温度表，噌噌噌地往上升，每个人都把心提到了喉咙口。不知病因、无计预防的恐慌心理，在社会上迅速蔓延。同时，一大批无私奉献、不顾生死安危的白衣天使站了出来，他们的事迹感动了千千万万中国人。

作家王宏甲提出，在抗击非典战斗中，中国作家不能缺席！一批作家遂主动请缨，组成抗击非典采访团，深入一线采访创作。采访团临出发前，中国作协在十楼会议室，举行了一个简朴又简短的仪式，给采访团授旗。

当时，会场气氛庄重肃穆，高洪波、何建明、毕淑敏、王宏甲等八位采访团作家，神色凝重而坦然，站在主席台前，接受人们的注目礼。当时现场真有那种“风萧萧兮易水寒，壮士一去兮不复还”的悲壮感。在我眼里，这些作家仿佛是荷枪实弹出征的勇士，只是，他们的战场在非典防治医院，在白衣天使穿行的病房。

另一次抗震救灾采访，则是我的亲身经历。2008 年汶川大地震后，中国作协组织了几个抗震救灾采访小分队，分赴各个震区，作家们彼此戏称为“震友”。其中一支小分队由我带队，队员大多是青年作家，记得有全勇先、春树、范党辉等，目标地是陇南。因在那场地震中，陇南受损程度也极其严重。

我们从兰州出发，冒着阵阵余震和沿途滚落的山石，经过一天时间长途跋涉，来到当地受损最严重的贺家坪村。该村坐落在高山顶上，村里绝大部分房屋倒塌，还有人死伤，全村笼罩着悲痛和绝望气氛。

小分队甫一抵达，村民们听说北京来人，呼啦啦地齐集到村口，用充满期盼的眼神看着我们。我一时悲痛难抑、热血沸腾，跳上村口一块大石头，面向村民讲了一番鼓励激励的话。然后，拿出中国作协捐赠的5万元现金，送给村里作为抗震救灾启动资金。

令我意料不到的是，就在我向村干部移交5万元钱时，村民堆里突然冲出两位中年妇女，跑到我面前，二话没说，跪地叩头，表示感谢党，感谢政府。我赶紧把她俩拉扯起来，但满眶热泪再也禁止不住，顺着脸颊流下来，流下来，留在那个山顶上。

在彼时彼地老百姓心目中，未必能分得清作协与党政领导机关的区别。好像是北京来的人，就代表政府，就代表中央。他们的直觉是北京来人了，他们村的灾情北京知道了，他们就有救了！这是普通老百姓的心理，也是老百姓对党和政府、对北京的一种莫大信任哦。在当时，小分队成员的自我感觉就不仅仅是一名作家，而是光荣地代表了北京！这种感觉很好，当然，也使我们的责任变得十分重大。青年作家春树后来几次谈及这种感受时，她那长长的睫毛上也会挂满泪花。

进入新时代以来，作协工作领域大为拓展，其中引人瞩目的是网络作家工作。浙江省和杭州市有关部门施以援手，作协在钱塘江白马湖畔建立了中国网络作家村，唐家三少担任村长，我被冠以名誉村长一职。至今，100多名网络作家已经入驻。网络作家村既是创作转化的高地，也是交流学习的平台。

（《人民政协报》2019年7月22日10版，有删节）

感恩生命中的遇见

邵　丽

大约是2000年左右，我在杂志上连续发了几个中短篇小说，引起了一点小小的关注。那时候年轻，对文学上的事情还不甚懂，再加之面皮薄，参加什么活动都是被动的、懵懵懂懂的，常常会开完了，人还没认识几个。记不起是哪位老师提醒我说，你可以申请加入中国作家协会了。当时我还特别忐忑，写这么几个小东西，就可以成为中国作协会员了？犹疑再三，最后还是抱着试试看的心情填了表，整个过程都忘记了，反正也没抱太大希望。

那一年河南有7人获批加入中国作协，其中就有我。得到消息，真有范进中举般的心情，打问了半天，最后才确认自己真的是中国作协会员了。

在此之前，我哥哥已经先我加入中国作协，他当时是个小有名气的诗人，发表了不少作品，还出版了几本集子。今天想来还觉得不可思议，那时全国一共才六七千个作协会员，我们家就占两个，还是挺骄傲的。我父母都是新中国成立前的老革命，觉得我们的写作是不务正业。在他们眼里，跟工作和生计无关的事都不叫事业。我把我和哥哥的作协会员证拿给他们看，他们似乎无动于衷。

我生于上世纪60年代中期，我们那一代孩子的家长，对儿女的期待远远没有现在的父母那么高。吃饱、穿暖、别学坏，足矣！我原以为我的父母也是如此，对于孩子们读了什么书，学了什么技能，他们概不关心。后来父亲不在的时候，我回去奔丧。他的那些老战友跟我说，你爸经常拿着你的书给我们炫耀，说，看！我女儿写的书。我真不知道，在父母心中，当一个作家还是这么盛大庄严的事情。

2002年，我被河南省作协推荐去中国作协所属的鲁迅文学院学习，成为鲁迅文学院首届高研班的学员。当时我只觉得是一次例行学习，并没有太多的高兴激动。现在想来，真是无知者无畏。

我此前的写作，仅仅是一种个人爱好，凭着热情和一点点才气，不说不足以遣怀而已。鲁院我们那一届同学，基本上都是成名作家了。置身其中，当他们说起文学、小说、流派的时候，我简直像听天书。原来写作是这么高深的一门学问！我至今不大爱讲话，大约与那时有关，基本上都是听，老师和同学们说些什么，我就看些什么。在鲁院的深造让我的写作态度发生了根本性的改变，写作水平更是有了极大的提高。2002至2003年，我完成了两本中短篇小说集，出版了我的第一部长篇小说《我的生活质量》。也就是在那一年，我正式调入河南省作家协会，终于敢坦然地向别人介绍：我是一个作家！

我常说我是一个没有野心的作家，仅仅是为了想写，为了表达自己。说起来很好笑，我哥哥去北京当兵，开始是作为仪仗队员入伍。他经常给我们写信，述说他们经过了何等严酷的训练，今后要担当何等的重任等等。可一年后，部队却莫名其妙地被换防去了唐山。这个小小的伤害，刺激他走上了文学道路。于是他开始写诗，至今还保留着他与舒婷、张学梦等诗人的书信，保留着当年和铁凝的合影。那时候，我哥哥高大威武，玉树临风，但毕竟只有十七八岁的年纪，在他们眼里大概还是个娃娃。他勤奋好学，对诗歌也真是热爱，先后在一些报刊发表了不少作品。

那个时代，一首诗的稿费基本不会超过10元，有一次，我哥哥回来探亲，拿出他存的300多元稿费的存折给我看。我不以为然，说，靠这挣钱，我也能。他说，如果你能在报纸上发表一篇东西，我就把全部稿费送给你。于是，我就赌气写了一个“东西”，是一篇短篇小说，发表在周口地区的《颍水》杂志上。后来我持续地写作，在不少报刊发表散文和诗，大约是期盼300元稿费的赠予。我哥哥一直未曾兑现诺言，如果一定要说我写作最初的野心，大约就是300元的诱惑。

毕业后我进入机关工作，结婚生子，文学变得更加遥不可及。我再也没有从事过写作，上班是一个兢兢业业的小公务员，回家是一个好好相夫教子的妻子。

但是，心中的文学情结总是放不下。生活看起来确实很圆满，该有的都有了，什么都不缺少。但内心却犹如漂在水面上的浮萍，一直活得无根无据，打不起精神。我的父母，我周围的人都过着同样的日子，没什么好也没什么不好。生活单调而庸常地循环往复，除了家人，我甚至没有自己的朋友。

后来女儿升入初中，不再需要我辅导作业了。一个最依赖我的人也不再需要我，我成了一个无用的人。就是那个时候，我又开始写散文、写小说，偷偷摸摸地写，偷偷摸摸地投稿发稿，像是做着一件见不得人的勾当。直到正大光明地蹚出一条自己的路子。

倏忽之间，二十几年过去了，我常常设想，如果没有成为中国作家协会会员，如果不去鲁院学习，我的人生会是什么样子呢？那些以文字为生的文学人，他们让我换了一条跑道，并引领着我奔跑。我感恩，文学给予我的已经远远超出了自己的期望。

2019 年 6 月，中国作协会员审批名单公布，河南又有 30 人成为国家级会员。一批批的年轻作者加入了中国作家队伍。中国作协像一个摇篮，一代一代的作家们在这个摇篮里茁壮成长。虽然写作是个体的事情，但我们又是一个互相协助、相互温暖的集体。我相信，他们会像我一样，通过文学这条康庄大道，实现自己饱满的人生。

（《文艺报》2019 年 7 月 17 日 6 版）

结缘文学三十年

王跃文

上世纪 80 年代中期，我在老家溆浦工作。当时县里的文学氛围很浓厚，舒新宇、何先培、向继东诸君皆是溆浦文坛的风云人物。

1989 年 8 月 8 日，我在《湖南日报》发表了散文《书房小记》。不足千字的短文，居然被县里的文友们传诵，这是我没有想到的。记得那天参加一个小会，继东正好坐在我旁边，他说：读了你的《书房小记》，真好！我含糊着谦虚几句。我同继东原不太熟，似乎那是我同他第一次说话。他当时在编史志，我早闻其名并暗自敬佩。

自从发了这篇小散文，文友们也把我当作家了。那年县里有个征文活动，新宇鼓动我投稿。我遵嘱写了一篇散文，叫《往兮杨柳正依依》。评奖时，有人说我这篇文章格调低沉。新宇据理力争，但他终究争不过别人，我那篇文章后来评了个三等奖。没多久，这篇小文又在《湖南日报》发表了。新宇拿着报纸跑到文化局去：你看看，你看看，你质疑人家文章格调，人家的文章在省报发表了！新宇后来把这故事讲给我听，我说：何必这么认真呢？新宇是个烈性子的人，他走路快、说话快、吃饭也快。他是写革命先烈向警予成名的，我想起他，总联想到向警予那一代革命先驱的形象：急步奔走在大街上，登高振臂便应者云集。

1990 年，我创作了短篇小说《无头无尾的故事》。我从未向文学杂志投过稿件，手头没有任何文学杂志的地址。我把小说送给新宇看。当天下午，新宇风风火火跑到我的办公室，进门就说："太好了，写得太好了！"他说话声音很大，估计整个办公楼的人都听得见。"我吃中饭时看的，本想先看几页，睡午觉起来再看。哪晓得一看就放不下了，太好了太好了！我帮你投到《湖南文学》去！”新宇那神情，似乎比我还要高兴。从那天起，新宇只要碰到文学朋友，就要讲我的这篇小说如何地好。后来，小说被《湖南文学》的黄斌先生发现，很快就发表了。这是我的小说处女作。

上世纪90年代初，湖南省作协办了个作家读书班。我同何先培一起去了。我们白天一起听课，休息时一起外出拜友。每天晚饭后散步，我便同先培谈我正在创作的小说。他颇有兄长风范，很耐心地听我絮絮叨叨。那些日子，我创作了短篇小说《望发老汉的家事》和《呼啦圈》，后来均发表在《湖南文学》上。

1995年，我创作了中篇小说《秋风庭院》，同样发表在《湖南文学》上。次年，《小说选刊》组织全国范围内小说评奖，我这部小说获了奖。记得那次同时获奖的作家有汪曾祺、阿成、徐坤等，总共十位。邓友梅先生见了我，说：跃文，你这么年轻，我真是没想到！《秋风庭院》写的是一位退休老干部的生活，邓友梅先生不敢相信我30岁出头，竟然把老年人的心思写得那么入微传神。后来，我第一次见到陈建功先生，他也鼓励我说：《秋风庭院》这样的小说能写上十篇，你在文坛上就立起来了。我暗自记住建功先生的话，心存无限感激。

1996年秋，《当代》杂志到湖南岳阳君山办笔会。我上班不便请假，直挨到周五下班，才乘火车往洞庭湖畔赶去。到岳阳天已很晚了，往君山去的轮渡已经关闭。我只得在湖边找了家旅店住下。第二天一早，我乘车过洞庭，上了君山。我在君山见到了胡德培、周昌义两位先生。记忆中，胡德培先生极是谦和，周昌义先生却是不怎么望人的。不怎么望人的周昌义先生偏偏看上了我的作品，即后来在《当代》发表的中篇小说《今夕何夕》。昌义先生对我的小说很是激赏，连连编发了好几部中篇小说。这些小说连同《秋风庭院》共六篇，故事和人物相互关联，合在一起就是长篇小说《朝夕之间》。这是后话。

今年，我同文学结缘三十载了。我所有的文字都来自岁月深处，都在书写日常点滴中的美与力。我感谢远去的无尽岁月，感谢在这些岁月里帮助过我的师友们！

（《文艺报》2019年7月17日6版）

作协是我家

刘兆林

35 岁那年，正好是我 70 岁生命的半截点，也正是在那个半截点上，我被中国作家协会发展为会员。这既是我的梦想，又让我喜出望外，一时有点不敢相信！

那会儿，我连中国作协大门朝哪儿开都不知道呢，只知自己正在就读的中国作协文学讲习所，在北京偏远的小关绿化队一大片种满各种小树的苗圃里，只有两长排供同学们寝食的平房，加一座师生共蹲的木板房茅厕，连个用栅栏围成的院子都没有，院门朝哪儿开根本就不用想！所以，哪敢或说哪有心思，去想管着文讲所的上级机关大门朝哪儿开啊！可是，我们文讲所第八期 40 多名来自全国的中青年同学们，已在那两排平房里，起早贪黑，废寝忘食，把原定 4 个月结业的文讲所第八期，读成两年后才能毕业的鲁迅文学院首届作家班了。需知，那是粉碎“四人帮”后百废待兴改革开放高潮叠起奇迹天天涌现的 1984 年年底啊！我们还没成为会员时，就在中国作协的文讲所即鲁院前身，像回家似的吃喝拉撒睡近一年了！光是被录取前的那次闭卷考试，已让我们起早贪黑苦熬了一个多月，也兴奋和担心了一个多月。我所在的东北三省加一个沈阳大军区考场，在许多报名者中遴选出 20 多名考生，集合在吉林省长春市东北师范大学的考场里，他们有的吸了支烟，有的含了片薄荷，我临进考场前喝了几口咖啡。半下午的闭卷考试，考到天黑还没完，考场忽然停电，北京来的文讲所老师，又一一给我们每人桌前点上一支蜡烛，红红的。那 20 多点红烛火，至今在我心中神圣地亮着。出了考场，有的人还打赌呢，说谁要考上了要请客的。进考场那 20 多人，只 6 名被录取。开学后，我真在一个很不起眼儿的小酒馆请几个认得的文友喝了几杯。那小酒馆虽不起眼儿，与我们连个院子都没有的文讲所正好般配。酒后一交流方明白，那场考试不过是让想当作家的有志者懂得，文化考试是让大家更重视提高自己的文化水平。学校也如实告诉我们，录取分数主要根据发表作品定，作品质量分占百分之六七十。大家相互把作品名和作者名一对照，可不是吗，每个同学的代表作都很有影响的！邓刚的《迷人的海》、朱苏进的《射天狼》、赵本夫的《卖驴》、吕雷的《海风轻轻吹》、乔良的《湘江之战》、孙少山的《八百米深处》、蔡测海的《远处的伐木声》、陈源斌的《万家诉讼》，等等。大家一聊，东西南北中的各处考场，各有难以忘怀的诗意。大家都是有曲折人生经历的作者，学校条件再怎么不好，在大家心里都是诗意。两年后毕业，大多数同学离校后又集体读北京大学中文系作家班去了，我因已有辽宁大学 4 年函授毕业的文凭，就没再去读北大。但我把鲁院的毕业证书，连同北大的录取通知书，装在一个口袋里，珍藏至今。我曾专门写过一篇回忆那段生活的散文《我们八一期》，这里不再细说了。

那段生活苦是苦点，累也累点，但于我，那是最珍贵而难忘的家一般的日子。想不在单位上班而又有人服务着指导着，天天可听一会儿读一会儿写一会儿，还和亲切的老师们一块排队打饭，并肩蹲茅房解手，有时老师还请我们到家里去串串门，这不是家是什么？对一个青年作者来说，不是家也胜似家。从所长李清泉到院长徐刚，还有杨觉、毛宪文、刘小杉、成增樾、王祥、景瑞等等一群男女老师，个个家人似的亲切。那会儿我还穿着军装，学校把我分在全军最著名我也最崇敬的徐怀中老师名下做学生，我带另几位部队同学到徐老师家吃饺子。当时虽不知中国作协大门朝哪儿开，但中国作协的新老领导，如张光年、冯牧、刘白羽、丁玲、王蒙、唐达成等等，都曾到学校讲话、讲课或专门看望过我们，那都是当代文学史上的人物，却像在家里长辈看孩子一样。

但是，我不能不再从另一个角度说说，作协如何是我们的家。严格讲，该算是中国作协刚创办 3 年的《小说选刊》推荐我们入文讲所的。《小说选刊》是中国作协专为评选全国优秀中、短篇小说奖（后又扩展出一本《长篇小说选刊》，我的《不悔录》也被评选过），扶持小说作者和繁荣小说创作而应运创刊的。1980 年年初刚创刊时只选短篇小说，到 1984 年年初才开始选中篇。而我的短篇小说《雪国热闹镇》和中篇小说《啊，索伦河谷的枪声》，接连发表在1983年的《解放军文艺》七、八期上，要不是《小说选刊》从越来越多的作品中及时加以选载推介，也许就被淹没了。值得我念念不忘非说不可的是，《选刊》不仅马上选载了先发的这个短篇，第二年又在创刊以来第一次选的中篇小说选了《啊，索伦河谷的枪声》。那时，我既不知《小说选刊》门朝哪儿开，《小说选刊》更不知我何许人也！还有当年那本薄薄的小小的，比现在最薄的《作家通讯》还薄的杂志型《文艺报》，也在不知我何许人也的情况下，对我这两篇小说加以推介。因此我才得以被文讲所录取，并在入学期间成为中国作协会员。也正是我成为会员那年，我被选刊选载的那两篇小说，分别获得当届全国优秀中、短篇小说奖，那个奖就是后来改设的鲁迅文学奖中、短篇小说奖的前身。后来鲁院越办越大，条件与当年比是天壤之别了，外国作家们见了都赞叹；鲁院之后，又添了个世界最大的现代文学馆，鲁院和文学馆连环相套在一个大院里，相映生辉；《小说选刊》越扩越阔；《文艺报》更由原来不起眼儿的小薄本本，扩展成每月数十版和涵盖各文学门类专栏的大报；还有，作家出版社扩大成出版集团，其所属越来越厚重的《人民文学》《中国作家》《诗刊》《民族文学》——分明就是作协大家庭包含的一个个小家，这些小家，也都与我们息息相关。

（《文艺报》2019年7月12日2版）

走过生命中最好的年华

冯　艺

20世纪70年代末到80年代，文化的饥饿感鞭策着人人爱学习，爱文学。那时候，人人都很穷，个人订不上报刊。有一天，在学校附近的魏公村邮局，我发现正在处理过期杂志，一毛钱一本，忽然眼前一亮，看到几本《人民文学》《文艺报》，心中不由得一动。那时《文艺报》刚复刊不久，16开本，白色的封面，红色刊名。在这两本刊物上，翻开扉页一看，“中国作家协会主办”。真的不得了，在我心目中，“中国作家”这一名号离自己是那样地遥远，不可企及。但是，在那个万物复苏的年代，人人都以“爱好文学”为荣，文学刊物是抢手货，就连征婚广告里都要特别注明自己爱好文学，文学成了时代的热潮。《人民文学》《文艺报》不仅信息量大，且刊登的作品丰富新锐，文意深刻博大，深深震撼了我，顿时令我感受到“中国作家协会”殿堂般的魅力，敬畏敬仰。我当工人时，曾经在省市报刊上发表过几首诗歌，虽还存着，以示来路，但已不忍卒读。加上孤陋寡闻，如今得以一见刚复刊的《文艺报》和“文化大革命”后以崭新风格面世的《人民文学》，哪怕已是过期的，但其中的一篇篇文章和作品都涌动着新时期文学的春意，每每耳目一新，更令我自惭形秽。尤其读着一些早已景仰的大家手笔，更是难得的审美享受。

好的刊物是润物细无声的营养、心灵的家园。这样的相遇，使我立马关注中国作协主办的文学刊物了，这应该是我通向中国作协的桥梁了。魏公村邮局没有处理杂志时，我就挎起书包，夹着坐垫，早早地来到图书馆，首先借阅的便是中国作协和各地的文学刊物。读罢这期，又期盼下期。这种享受丰富了我的世界，它让我生涩的笔得以滋润。当然，心头也会掠过一念，期盼会有这么一天，我也能成为其中的作者，也能成为一名中国作家。

相遇成了我写作的动力，时代给了我全新的平台。我写作的热情得到了我的老师冰心老人的支持。每次前往魏公村西院老人的家中请教，她都亲自为我泡上一杯清茶，拳拳之心，谆谆嘱咐。她鼓励我在作品中表达真实的情感，既要爱这个世界，又要讲真话，敢于鞭挞社会的不良现象和人性的丑恶。又时逢师生相融，教学相长。老师和学生心里都揣着一团火，共患难的人生遭逢，铸成深厚的师生情谊。时任我写作课老师、后任《民族文学》副主编的白崇人，更是对我的写作进行耳提面命的指导，文学课的老师们周末常到学生宿舍，与我们闲聊文学，读作品。说说笑笑中，我就好像黑夜里的孩子见到一束光明，这种文学的照亮，激励着我在课余时间，常常废寝忘食，潜心写作。于是，练笔的习作陆陆续续得以发表，为我后来的写作生涯打下了基础。毕业前的一天，系主任姜溪蓉老师通知我到系办公室。我一进门，看到两位面带微笑的老师，姜老师向我介绍说，这是中国作协的达木林老师和黄谷林老师，他俩是到学校了解我的情况的。只见两位老师为人谦和，说话不疾不徐，亲切平和，颇为儒雅。达木林老师问我是否愿意留在北京，到《民族文学》杂志工作。当然，这可是我梦寐已久的愿望，我至今都记得自己当时因激动而语无伦次的样子。内心感谢中国作协的抬爱，把我录取到《民族文学》杂志社工作，我也知道编辑的文学行走需要甘于寂寞，为人作嫁。但看见别人一篇篇作品经我最初的编辑变成了铅字，又是多么激动和欣喜。这就是文学的魅力。如愿来到中国作协工作，文学为我的人生掀起了一个崭新的广角。从那时起，我就与中国作协结缘了。

后来，由于个人的缘故我离开北京，回到了家乡，到了出版社还是做文学编辑。我想，这也许是因为我心底里的文学梦。每当阅读到作者的好书稿，感觉是那么欣喜，每当能提出对书稿的修改意见，内心更是那么充实。曾经是文学青年的我，也曾受惠于编辑，我不想在我手上漏掉一篇好稿或一本好书。“未觉池塘春草梦，阶前梧叶已秋声”，编辑一样在承载着这样的文学使命。从此，我常常与中国作协保持联系，中国作协相关部门也为出版社推荐了许多优秀的书稿，在我的手里，曾经为中华文学宝库增添一点精神财富，心里感到无比欣慰。

当然，写作仍然属于我生活的一部分。从诗歌到散文，还有评论、访谈等等，我力求把自己心底最真实的感受写出来。中国作协给了我不少勇气和信心，正是有了他们的扶掖，让我以情为笔，以心为墨。文字一次次见诸报刊，使我对自己的文字有了些自信。我把发表的作品整理出版后，分别获得了第四、第八届全国少数民族文学创作“骏马奖”。1990 年，我终于加入了中国作家协会，却不敢自诩成名成家，因为我日益体会到“中国作家”这个名号的含量与重量，既充满敬畏，又诚惶诚恐，深感自己只是组织上入会，真正的写作还在门外呢。

一代人有一代人的担当和追求，深深浅浅的脚步有仓促也有从容。在 40 年时光轨道中，像我这样的写作者，能走进文学的殿堂，并坚持走到今天，而且还要走下去，与中国作家协会给予的关心是分不开的，包括做人作文。我时常感受到中国作协这个大家庭给我心灵的温暖，让我多次参加各种文学活动和对外交流，与中国作协相遇，心中唯有感激。我有幸参加过五次中国作协代表大会，五次当选为中国作协全委，并连续三届当选为中国作协主席团委员。我怀着这种忐忑心情，走过了生命中最好的年华。

解不开的缘，叙不完的情。人生中精力最旺盛的时段其实不长，40 年跨度吧。在这有限的黄金时段里，我有幸得以与中国作协同行。所以感念，所以感恩，所以祝福。

（《文艺报》2019 年 7 月 12 日 2 版）

民族文学的一次飞跃

——记《民族文学》少文版创刊前后

李霄明

日前,《民族文学》少文版编辑永花约我写一篇纪念蒙、藏、维版创刊十周年的短文。我这才记起，三种母语版的《民族文学》创刊都十年了，多少引起了我少许伤感，十年转眼即逝，十年在一个人的一生中并不是一个短的时间。创刊时的辛苦，如昨日般呈现在眼前，由此想起《民族文学》(汉文)创刊也已近40年了。

几十年来，民族文学杂志有过值得骄傲的高峰，也有过荆棘的低谷，总而言之，经过两代人的努力和付出，才有了今天一本变成六本的现实。从1980年夏,《民族文学》组建到1981年创刊，这本杂志伴随着国家经济改革文学复兴的大潮，一路走来，它见证了中国改革开放40年来全国少数民族文学的发展和壮大。特别值得纪念的是，2009年《民族文学》蒙、藏、维版的创刊是《民族文学》(汉文版)创刊以来的又一次飞跃。它的意义不仅仅是文学上的或是语言上的，它更是党和国家意志的体现。

记得2006年,《民族文学》杂志社新班子为了摆脱当时办刊经费短缺不足的困难，开始酝酿思索破解办刊困境。在杂志社内通过集思广益、规范管理、招聘培养新人，逐步提高刊物质量等措施，对外积极向上级和相关部门单位呼吁强调这本刊物的独特性和公益性。2008年，时任中国作协党组书记的李冰同志对《民族文学》杂志发展定位的思路给予了大力支持和帮助。2009年，以庆祝新中国成立60周年为契机，杂志社班子决定在北京举办一个民族一个代表参加的少数民族作家“祖国颂”改稿班，来纪念和祝贺新中国60周年华诞。开班式上，李冰书记率全体党组成员参加并讲话。在改稿班期间，少数民族作家还给时任国务院总理的温家宝写了一封既有问候又有请示内容的信，信中特别提到了希望国家能创办蒙、藏、维、哈、朝少数民族文字版的民族文学杂志。记得当时大家只是想向温总理表达少数民族作家在北京共祝国庆的激动心情，和未来对民族文学发展的一些畅想，而并未意识到这封信给《民族文学》杂志未来发展所带来的深远意义。

当时给温总理的信也得到了中国作协党组书记李冰同志的高度重视。改稿班结束后，这封信即刻由中国作协转呈温家宝总理。好像没过多久，记得当时我与叶梅主编正在东北出差。一天下午，叶主编既神秘又兴奋地告诉我，她刚刚接到电话说，温家宝总理给《民族文学》杂志题了词，不知为何题词却发送到了国家民委，具体题词内容也不清楚。现回忆当时听到这个消息，我与叶主编都非常意外也非常高兴，毕竟一国总理为一本刊物题词，还未听到过。我们返京后，按中国作协党组李冰书记的指示，我们迅速联系国家新闻出版总署、国家民委、中宣部落实温家宝总理的题词中对《民族文学》的指示要求。后经《民族文学》杂志社班子决定，这项工作由叶梅主抓，由我与国家民委语言编译局就《民族文学》蒙、藏、维版的翻译、编辑、出版等相关事宜具体落实。当时《民族文学》杂志社班子成员就我和叶梅同志两人，那时编辑部的编辑人员也不整齐，平时应对日常编辑工作没有什么问题，但面对突然到来的新工作，老实说，思想上没有准备，实际上也没有这方面的工作经验，对我来说，完全是一片茫然，也不知从何下手，更显得力不从心，然而当年就要编辑创刊号，虽然新闻出版总署只批了蒙、藏、维语版种，但要按时出版，确实有很多工作要做，压力是可想而知的。好在叶梅主编有行政工作经验，她提出先双月出刊，待时机成熟再出月刊，她这样的思路，就大大地减轻了我编辑创刊号上的时间压力。这个问题解决了，但新的问题又来了，当时杂志社能干活的编辑本就紧缺，也无懂三种母语的编辑，更不知三本杂志需要多少创刊经费，特别是翻译、编辑、排版、印刷、人员经费等等，这些都需要我在短期内解决并拿出可行方案。好在天无绝人之路，当时只有求助于有过几面之交的、时任《民族团结》杂志社的李建辉社长，因《民族团结》是有少数民族文字版的，所以只有参考这本刊物。当年在李社长的热情支持下，通过总编室负责同志和财务人员的帮助，我们用两周时间，大概把蒙、藏、维版的预算成本和编辑出版流程方案拿了出来，同时以此方案为基础再与民委的语言编译局商谈合作分工协作、翻译费用及人员的劳务费用等诸多细节工作。因时任中国作协党组书记李冰早与时任国家民委党组书记杨传堂协商过此事并已达成共识。《民族文学》少文版的翻译工作由国家民委语言编译局承担。所以后续的工作就简化了许多，记得实质性的商谈有过一两次，其中印象深刻的是，双方的领导及编译局蒙、藏、维编译室的主任参加的第一次见面会。《民族文学》方面参加的有主编叶梅和我及办公室和财务人员，编译局方面，是时任的吴水姊局长、总译审阿里木·沙比提、蒙文室主任明安、藏文室主任南卡格西、维文室主任伊明·阿不拉等。记得当时双方就主要工作很快就取得一致意见，即《民族文学》杂志提供三个版本的汉文稿件，再由编译局负责翻译成三种少数民族文字并负责审读。至此，《民族文学》蒙、藏、维少数民族文字版于 2009 年创刊。

（《文艺报》2019 年 7 月 17 日 6 版）

步步留痕，活力永存

范小青

中国作协 70 年了。

写文章纪念这个特殊的年头、特殊的日子，敲下“中国作协”这几个字，一下子，几十年的点点滴滴，涌上心头，涌到笔下。

时间过去了许多年，许多年中的许许多多，被历史的浪涛淘汰，被岁月的风雨冲洗，留下的就是点点滴滴了。

记不起最早知道“中国作协”这几个字是在什么时候，也不再记得头一次踏进中国作协大门是哪一年的哪一天。记忆中依稀有那么一天，我下了火车，坐上三轮车，要找北京沙滩北街 2 号，那就是中国作协。

三轮车拖着我，找了很长的时间，最后还是找到了。

那时候的沙滩北街 2 号和后来的东土城路 25 号，是一直放在我们的心里、心底深处的，就像是娘家，也像是母校，想起来就会倍觉暖和和温馨。

中国作协是哪一年搬到东土城路的，我同样不是太清楚。上世纪 90 年代末的一个夏天，我曾在那里住了近两个月，参加中国作协的一个研修班，不知为什么没有住在鲁院，却住到了作协二楼的招待所，每天上课，每天到食堂吃饭，人到中年，又重新适应了一段时间的集体生活，感受着中国作协大楼里的那种平凡朴素而又充满温情的气息。

许多年过去了，许多事情都已经淡出记忆，幸好还有许多的点点滴滴。

1985 年成为中国作协会员，在以后的几十年中，这些点点滴滴，始终将我和中国作协连接在一起，从没断过线，那是一种不知不觉的、自然而然的连线。

正是在这些不知不觉的日子里，和中国作协的感情、对中国作协的关注和了解与日俱增着，渐渐地，就觉得中国作协就是一个亲人，是一个亲密的朋友，是一个永远可以信赖的师长。

几十年，初心未改。

几十年，“中国作协”这几个字一直都在心里，天天都有审美的愉悦。

理由很简单，中国作协每天都是新的。

中国作协每天都是新的，是因为时代和世界每天都是新的，也是因为中国作协的文学人的新思想、新举措，对社会对世界的不断更新的理解和感受。

在中国作协主办的报刊上，同样也记录着我个人的写作史、成长史，几十年后回头看，《文艺报》《人民文学》《中国作家》《小说选刊》等等，都真实、全面、及时地记录着我这个普通的写作者对于时代和社会变化的体会和感悟，翻动一页页散发着油墨清香的纸张，在普普通通的字里行间，能够一次又一次地感受到时代起伏的呼吸和跳动的脉搏。在中国作协的帮助下，自己在人生道路上走出的每一步，都通过这些报刊传送出来，映照出来，让我像对着镜子一样，明白无误地看清自己前行的路、文学的路。

许多年来，常有人对我说，看到你在《文艺报》上的文章了，看到你在《人民文学》上的小说了，看到《小说选刊》选你的作品了，每每听到这样的话，真是格外自豪的。

我曾经写过一篇《作协十楼》的文章，十楼的那个会议室里，经常有中国作协为全国各地基层作家召开的研讨会，研讨对象中，自然不乏早已享誉文坛的名家大家，也有崭露头角的新人新作，还有更多最基层的作家，更多生活和工作在市、县甚至乡镇的作家。所以，“作协十楼”对于基层作家来说，它是那么地温馨，那么地给力，因为它本身就是一种热爱，就是一种坚守，它就是为鼓励和支持基层作家而立的。

感谢中国作协，在漫长的时间里，持久地辛勤地陪伴和鼓励着我们，带领大家一起向前走，留下了值得回望的清晰的足迹。。

今年，中国作协 70 岁了。

对于一个个人来说，七十年，大概已经走过了人生最精华的阶段了，但是对一个从事着让人永远年轻的文学工作的机构来说，应该是刚刚步入最成熟而又最有活力的时期。70 年的中国作协还很年轻，因为它一直在努力，一直在前行，它变化创新，同时，它又始终坚守着，坚守着文学人的理想和信念，坚守着物质社会里的这一方精神家园。

在变化中坚守，在坚守中变化，中国作协活力永存。

七十年历经风雨无惧无畏，七十年不忘初心再创辉煌。过去的七十年，一步一个脚印，踏踏实实，未来的日子，仍然一步一个脚印，步步留痕。

衷心祝愿中国作协走出自己新时代的新风采。

（《文艺报》2019 年 7 月 10 日 2 版）

鸟儿入林鸟儿出山

——我与中国作家协会

关仁山

鸟儿在树林里栖息，成长。

花今天开了，明天就谢了。而树林里的树，要过多少年才能成材。如果把作家比喻成鸟儿，中国作协就是那片茂盛温暖的树林。七十年了，人生七十古来稀，而树木在七十年则是壮年。中国作协像树林一样，每时每刻都以它的热情迎接鸟儿入林，这些作家在这里觅食、休养，获得新的营养与激情再飞出树林，以丰硕的创作成果来报答作协的培养与支持，也可以称为鸟儿出山。最美的鸟儿与最美的树林相遇，永恒多一种可能，最好的作家与中国作协相遇，丰收与繁荣就会呈现在文坛。所以说，中国作协走过七十年可喜可贺。

走进历史记忆，让我想起自己是1989年加入中国作家协会的。走进这个艺术殿堂之初，多么激动与兴奋。我的入会介绍人管桦老师说：艺术道路，就是人生的道路。同时叮嘱我，人生有多宽阔，艺术就有多宽阔。这种宽阔取决于作家的内心，同时得力于作协的助力。现在回想起来，管老的话是把作家与作协的关系说透了。我们写作，从生活中来，从世俗中来，让作品感染读者，并温暖我们的世界。创作是对个体生命质量的体察，也是对民族秘史的探寻。作协在作品创作之初以及出版后，作用是极其重要的。没有作家不渴望在这个平台上一展身手。我引用梅特林的一句话："我与你相知未深，因为你我未尝同处寂静之中。"我特别有共鸣，在寂静的树林里，一鸟鸣叫，百鸟朝凤。

首次去中国作协，那时还在沙滩北街2号办公，办公楼房虽然简陋，院里树木也不很多，但那是神圣的地方，我作为新会员对这个地方魂牵梦绕。朋友带我参观了作协创联部，认识了关木琴老师。在这样的环境中见到同姓的老师，那样慈祥、和蔼可亲，鼓励我入会后多写好作品。随后见到了在作协院里办公的《中国作家》杂志杨志广老师，并交了自己的一个短篇小说。尽管这篇稿件没能发表，但几年后我的中篇小说《大雪无乡》在《中国作家》杂志发表。杨志广老师虽然离开了我们，但我对他始终怀着由衷的敬重与怀念。记得他当时跟我说了一些文学话题，作品要保持鲜活的生命力，需要生活和对生活独特的理解。同时，文学也是纯粹的一门技艺，优秀的文字能够成功地发扬这一技艺特点，而平庸的文字往往会暴露这一特点。这些问题当时不太懂，但细细思考却使我后来的创作受用无穷。

除了艺术上的启迪，中国作协还通过组团采访、作品研讨、评奖等方式团结作家、鼓励创作。现在习近平总书记提倡作家艺术家“深入生活、扎根人民”，“坚持以人民为中心的创作导向”。其实中国作协很早就提倡作家深入生活。我曾在故乡唐山渤海湾渔村挂职副村长、在唐山唐海县挂职副县长，以及最近到河北雄安新区王家寨村体验生活，都是中国作协、河北作协领导安排的。挂职的经历对我创作帮助很大。

记得有一年的中国作协青创会在石家庄举办，我在会上作了深入生活认知生活的发言，当时河北“三驾马车”中另外两位老兄何申、谈歌都作了发言。说到河北“三驾马车”，我们三位作家对中国作家协会充满深深的感激。1996 年，我们三位作家发表了《年前年后》《大厂》《大雪无乡》等中篇小说，被评论家雷达老师称为“现实主义冲击波”，研讨会是中国作协《小说选刊》杂志、河北省作协等单位主办的。中国作协党组书记翟泰丰出席并讲话。在中国作协的助推下，人民文学出版社、百花文艺出版社相继推出“三驾马车”长篇小说丛书、中篇小说集。铁凝主席在河北提出的“扎实生活、诚实写作”理念，对我们河北作家队伍的成长产生了深远影响。

文学社团呼唤改革，激励创作，服务会员，新时代对中国作家协会提出了更高要求。我在太行山、燕山体验农民生活，创作了乡村振兴长篇小说《金谷银山》《大地长歌》。在党的十九大闭幕之际，中国作协创研部召集专家开了研讨会。长篇小说《雄安雄安》的创作，又被中国作协列为重点扶持选题。这些年，我走进新生活，发现现实，获得对新时代的总体把握与认知，进而思考文学如何反映现实。结合现在进行的“不忘初心，牢记使命”主题教育活动，更加理解了作家的责任感与担当。文学既是对今天个体生命的体察，也是对民族伟大复兴的探索与记录。

如何引导作家将时代生活上升为成熟的艺术想象，这方面中国作协又做了大量的工作。考察作家与时代的关系、使命、责任与担当绝不能仅仅从姿态言论去谈，而应从文学作品的本身内涵与意义入手去考察。换句话说，如何艺术地表达新时代？一是对时代的整体把握，站在人类命运共同体的高度上思考，二是对弱者的同情与爱护，三是对生命的人文关怀，四是对人民无私的爱，五是对艺术创新的不懈追求。所以说，使命担当与文学创作绝不能成为放弃艺术之美的理由。习近平总书记说过，中国不缺史诗般的实践，而是缺创作史诗的雄心。从“高原”到“高峰”怎么攀？中国作协在行动，作为作家更应加倍努力，像鸟儿出山一样飞向广阔的天空。

（《文艺报》2019 年 7 月 10 日 2 版）

见证影视文学的全面发展

——《中国作家·影视》诞生记

艾克拜尔·米吉提

2008年6月，我兼任《中国作家》主编。到任伊始，时任副主编萧立军对我说：艾克，咱们刊物其实应该再办一个影视版。这话我听进去了，也记在心里。我当时对他说，先不要急于做此事，等我熟悉了情况，明年可以先做一期增刊试一试，如果可行，从2010年开始做影视版也来得及。

《中国作家》由冯牧同志1985年创办时的双月刊，到2000年改为月刊，再到2006年增为半月刊，上半月文学版，下半月纪实版，已经是当时国内容量最大的文学刊物了。我刚接任主编，总得要有一个调查研究和熟悉的过程，之后再根据读者需求、社会和市场两个效益做决策才是。

2009年1月，我提出了"用最优美的中文，写最美好的中国人形象，为全世界热爱中文的读者服务"的办刊理念。我认为，《中国作家》作为国字头的文学期刊，就应该有与之相应的责任与担当，为繁荣发展我国的文学事业做出应有贡献。

2009年适值迎接新中国成立60周年，我们的心思就用在了如何迎接这一大喜日子。我认为，文学不能简单地为政治服务，但是必须为国家利益服务，这是文学神圣的责任与担当。2009年2月7日，电影编剧王兴东发来短信："艾委员，我是王兴东，上次我们谈到贵刊发电影剧本的事，我编剧的《建国大业》已开机了，这个剧本已有贾庆林两次批示，作为六十年重点作品，因此，很想在《中国作家》发表，你意如何，请指示。"春节前，在人民大会堂的迎春茶话会上，我与王兴东坐在一起时曾谈起过刊物是否应该发表影视剧本事宜。

当时王兴东很赞成，他说现在影视剧本很多，除了拍摄后与观众见面，文学脚本基本没有出路。如果真做起来了，会有几点好处：一是影视脚本与读者见面，对读者和观众市场是一个互动互补；二是对一些剧本写作者、初学者、爱好者提供了一个学习借鉴的园地和范本；三是有一些好本子由于找不到拍摄资金没有出路，而对持资拍摄者又没有好本子的一方，又提供了参考；四是对作者著作权是一个保护，以后无论谁剽窃或模仿，原发刊物就可以成为物证；五是刊物也将自然获得剧本的版权，对完善我国知识产权环境，维护著作权、版权都有好处；六是会产生一定的经济效益。

那次我们谈得很投机，之后接到他的短信，我觉得这是一个积极信号，也与我和萧立军当初的商定契合。

于是，我让萧立军着手操作这个增刊。中国作协老领导金炳华同志得知我的这一思路以后，也给了我一个剧本以示支持。这期刊物最终刊发了《建国大业》《穿越》等电影剧本。随之，这两个剧本均拍摄为新中国成立60周年的献礼影片，尤其《建国大业》，更成为了献礼大片，引领票房价值潮头，令人欣慰、令人鼓舞、令人慨叹，也为迎接新中国成立60周年和人民政协创立60周年献上了一份厚礼。

2010年7月，《中国作家》变为旬刊，即：上旬《中国作家·文学》，中旬《中国作家·纪实》，下旬《中国作家·影视》。三管齐下，推进《中国作家》全面发展。

2010年9月27日，在中国作协餐厅见到李冰书记，他对我说，《中国作家·影视》应该把明年影视作家深入生活的事抓起来。过了国庆，李冰书记要求把影视版办好，明年（2011年）期期都要有重头稿，除了中宣部抓的重大题材，还要有原创未曾摄制的新剧本，此外还应该发一些话剧剧本。我向他汇报，已抓到王兴东的电影剧本《辛亥百年》和柳建伟、刘宏伟的电影剧本《飞天》。由此，《中国作家·影视》开始形成影响力，而且是全国唯一发表电影文学剧本和电视文学剧本的刊物，后来又增加了微电影剧本等栏目。

第十二届精神文明建设“五个一工程”（2009–2012年）结果公布，是对《中国作家·影视》的一次集中检验。由《中国作家·影视》刊发的剧本有5部获奖:《建国大业》(王兴东、陈宝光)、《飞天》(柳建伟、刘宏伟等)、《信义兄弟》(丁兰策划)、《辛亥革命》(王兴东、陈宝光)、《惊沙》(小滨),根据《中国作家》刊发的纪实文学改编的电影剧本 1 部,在获奖 26 部电影中占 23.08%。

在获奖 33 部电视剧中,由《中国作家·影视》刊发的电视文学剧本 1 部《辛亥革命》(王朝柱),另有两部根据《中国作家》刊发的纪实文学和长篇小说改编的电视连续剧《远山的红叶》(郝敬堂原著)、《湖光山色》(周大新原著),两项合计占 33 部电视剧的 9.1%。

此后,《中国作家 · 影视》刊发作品多次获得各种奖项,成为我国刊发影视剧本的权威园地。

党的十九大以来,我国影视业迎来飞跃发展新时代。《中国作家 · 影视》也获得新的发展契机。在习近平总书记关于文艺工作重要讲话精神指引下,相信《中国作家 · 影视》版将会见证从高原走向高峰的历史。

(《文艺报》2019 年 7 月 17 日 5 版)

总有一种回家的感觉

欧阳黔森

我加入中国作协已经有 20 年了，与德高望重的老会员们比算一下，我算是不老也不年轻。想起第一次参加作代会时的情景，仿佛历历在目。

那是 2001 年 12 月，中国作协第六次代表大会，地点是在北京丰台。大会选举了巴金继续担任主席。2006 年，中国作协第七次代表大会上，我当选为中国作协全委会委员。至今，也是三届全委，在“60 后”的作家中也勉强算是“资深”吧。

从小就喜欢文学，不等于我的理想是当一名作家。小时候，老师们总是引导我们，要有理想，也总是鼓励我们说出自己的理想。回忆下来，我回答过老师有关理想的话题中从未有“作家”这两个字，当然，想当解放军是首选，其次是当数学家。在相当长的一段时间里，我怎么也未想通，为什么当时我居然想当数学家，真是太不自量力，要知道，那时我的数学成绩太差了，经常考 3、4 分（要说明的是，那时已经实行 100 分制）。到如今，我的算术也就是个加减乘除的水平，其他一概不会。

很多年后，当我成为一名专业作家时，想起来这段离奇的往事，仔细一梳理，心中才有了答案。原来，当年徐迟先生写的《哥德巴赫猜想》影响实在太大，数学家陈景润是家喻户晓的英雄。这便是我想当数学家的理由。我从小在地质队长大，那时候，地矿战线英雄辈出，李四光、王进喜，无人不知。有了这样的环境和氛围，说我是一个崇拜英雄的人，或者说是一个有英雄情结的人，我深以为然。

有了这样的情结，最想当解放军对我来说就是理所当然的了。可为什么明明我的作文经常被老师拿去当作范文展示，却从未想到要成为一名作家呢？很多年后，我终于明白了。这是源自我内心深处对文学的敬畏，人一旦有了敬畏之心，于自身而言，便不会轻言妄想，这也许就是人性的弱点吧。

可以这样说，一部文学史就是一个国家和民族的精神史诗。中华文明史中那些无数的伟大名字，在历史的星空里依然闪耀着光芒。这些人无疑是我们的英雄，无疑是我们自信的源头。有了这样的认识，就有了敬畏，有了这样的敬畏，始终不敢轻狂妄语。

几千年来，中国的作家、诗人在中华历史的伟大进程中从未缺失过，他们树立起一座座民族的精神丰碑，传承着爱国主义、英雄主义。近现代的爱国作家、艺术家在中华民族到了危险的时候，他们没有缺失，而是发出了响彻云霄的吼声，他们一手拿笔、一手持枪，冒着敌人的炮火前进。那一个个鲜活而庄严的名字，到今天依然令人肃然起敬。

1949 年，新中国成立前夕，中华全国文学工作者协会成立。70 年以来，有良知的作家、诗人、艺术家从未缺席为伟大祖国而书写，取得了举世瞩目的成就。他们热爱党、热爱祖国的优秀品质，是我辈学习的榜样。

于我而言，中国作协历史的前 50 年，我不在其中，不是亲历者，只是从作家、诗人的作品中，感受到那份炽烈的爱国情怀。而我在入会后的 20 年里，每次来到中国作协，总有一种回家的感觉，常常倍感作协和党的温暖。中国作协是党联系广大作家的桥梁和纽带，我想我的感受也是大多数作家普遍的感受。

我是一个基层的文艺工作者，常常怀有对先辈的敬畏之心，怀有对党和国家的感恩之心。在中华民族伟大复兴的号角吹响之际，我辈应当学习先贤，不忘初心，牢记使命，坚守“四个自信”，坚定“两个维护”，以一个文化战士情怀，勇往直前，战无不胜。

（《文艺报》2019 年 7 月 17 日 5 版）

我们的家

季　宇

中国作协，我们的家——打开电脑，头脑里立马冒出了这句话。的确，提起中国作协就有家的感觉。不仅我这样认为，我的很多作家朋友也这么说。

2006 年 11 月，中国作协第七次代表大会在京召开。会议期间，有一天晚餐后，接到电话，说是中国作协领导要来看望。过了一会儿，时任中国作协书记处书记的高洪波同志来到我的房间，送上鲜花、蛋糕和祝福。我这才想起，今天是我的生日。因为在外地，我早把这茬儿给忘了，没想到中国作协竟然想着这件事，心里十分惊喜，顿时有了家的感觉。

1987 年，我到鲁迅文学院学习。那时，鲁院还在十里堡，条件也没有现在这么好。有一天早上起床，感到身体不适，到十里堡附近的一家区医院检查，结果是胃出血，而且是四个“+”号。医生当时便不让走了，要我住院。一个人孤身在外，身边一个亲人也没有，加上对病情的担忧，这让我情绪有点低落。鲁院领导、老师知道后，马上前来医院看望，并帮助我解决困难，帮我找医生做检查，使我心里十分温暖。

文联、作协的职能定位是团结、联络、服务。这一点，中国作协做得很到位。恕我孤陋寡闻，在我接触过的大机关中，中国作协转变作风是做得最好的。从作协领导到一般办事人员，接人待物均平易近人、热情周到，而且办事效率很高。每次去中国作协开会或参加活动，接待工作都做得周到仔细。如果遇到问题，工作人员总是不厌其烦，设法解决，让人感到满意。有一次，我去金炳华书记办公室汇报工作。谈话结束后，炳华书记亲自送我到楼梯口。据说，他也是这样要求作协各部门工作人员的。

2008年是改革开放30周年。安徽省文联、省作协策划了一个“中国作家看小岗”活动，委托我与中国作协联系。我们的报告送到了中国作协办公厅。办公厅很支持，很快作出安排，由高洪波副主席带队，组织了十几个作家前来安徽。我记得其中有陈忠实、陆天明、胡平等名家。活动很成功，对安徽作协的工作是很大的支持。

什么是家？家就是一个和睦相处、情感相系的地方。这里有关爱、有归宿、有帮助、有支持，让你宾至如归，融为一体。我觉得，中国作协就是这样一个家。

2018年，中国作协庆祝改革开放40周年主题采风暨“全国知名作家看安徽活动”在皖举办。铁凝主席亲自带队前来。这时，我已经退休。记得2008年，改革开放30周年，安徽举办“中国作家看小岗”活动时，我曾给铁凝主席的秘书打过电话，邀请她前来安徽，但她另有公务，无法成行。这次，安徽省文联主要领导再次出面邀请，铁凝主席终于来到了安徽。到达合肥后，她第一站便是前来寒舍看望。陪同她前来的还有中国作协阎晶明副主席和彭学明主任。铁凝主席代表中国作协向我表示慰问，并转达了小芊书记的问候。在谈话中，她询问了安徽作协的工作，对安徽这几年大力抓原创的工作表示赞赏。她还问了我个人的生活创作情况，有什么困难需要解决。我说，我现在一切都好，虽然退休了，但身体还行，今后还要继续发挥余热。她笑称，你不是发挥余热，你一直在发热。看望进行了将近一个小时，后来我才得知，由于日程安排很紧，铁凝主席甫下高铁，未及前往下榻宾馆，便前来我家看望，这让我十分感动。

中国作协，我们的家——今年是中国作协成立70周年。祝愿我们的家越来越好，欣欣向荣，兴旺发达。

（《文艺报》2019年7月10日2版）

自豪感油然而生

东　西

上世纪90年代初，我被称为“青年作家”。青年有青年的莽撞，也有青年的脾气。当时《文艺报》办了一个征文比赛，我写了一篇《我们是否太“哥儿们”了》参加。内容是批评文坛过于“哥儿们”的现象，文中引用了当时一句流行语：“说你行你就行不行也行，说不行就不行行也不行”。投稿时，我还在一个地市报社工作，认为文章不可能发表，但没想到被《文艺报》第一版刊登，还获了奖。到了90年代中期，朱文、韩东发起了一次“断裂”问卷，有一百多名年轻作家参与其中。问卷中有一条“你对作协的看法”，回答五花八门，直接开骂的不少。问卷在某杂志刊登后，青年作家们一直在等待批评和报复。但是，没有，中国作协以宽广的胸怀冷处理了这件事。这就是作协，原谅了年轻人，不记恨。

加入作协后，会员们无论开会或是私下里都喜欢给作协提建议，好像还有许多值得改进的地方。会员们之所以敢这样，是因为他们把作协当成自己的家。后来，担任省里的作协主席，才知道许多事情都不是作协可以解决的。但因为我曾在中国作协那里学到了宽容，因此，在地方，无论会员们如何提意见如何开骂，我也必须认领，尽量去改进。作协对于已经入会，特别是入会多年的会员来说，也许不再那么新奇，但对于那些正在起步的写作者，或许就是一种动力。我就曾经为加入作协而激动过。

20岁，我开始在刊物上发表小说，朋友们称呼我为“作家”。每当听到这样的称呼，我常常怀疑，我是“作家”吗？不是。于是继续写，几年后在省报副刊“作家自白”栏目发表了文章，但仍然觉得自己配不上“作家”这一称呼。原因是我对“作家”设置了太高的标准，我似乎还没有达到，我仍然在追赶这一标准的路上。后来，作品越发越多，有人告诉我：“你可以加入省作家协会了”，“你可以加入中国作家协会了”。

我拿到了作协会员证。这时，才坐实自己就是一个“作家”。我的自信不是来自作品，而是来自一本证件。我们这一代写作者大都有过类似的经历，在获得会员证书时曾经公开庆祝或暗自高兴，争先恐后地把“系中国作家协会会员”写入简历。说明这本证书是有药效的，它至少医治了部分作家的自卑。同时也证明，我对证件有依赖症。我不相信自我认同，习惯于组织、单位和他人的认可。更有甚者，把那本会员证放在的确良衬衣的上口袋，用香烟盒顶住，让“会员证”三个字清晰可见，遇到熟人便朝左胸指指，自豪感油然而生。

（《文艺报》2019年7月10日2版）

建国路七十一号

李　星

1949 年 7 月 23 日，中华全国文学工作者协会成立，1953 年 10 月，改称为中国作家协会。在中国作协推进社会主义文学事业大潮的号召下，1954 年 11 月 8 日，陕西省作家协会的前身“中国作家协会西安分会”成立，后更名为中国作家协会陕西分会，1993 年更名为现在的陕西省作家协会。

西安市东门里与有名的“张学良公馆”相邻的一座坐东朝西的深深院落，原来是爱国将领高桂滋的公馆，将军离世后，先为中苏友协，后为陕西省作家协会的办公之地。我知道它，是因为柯仲平、柳青、杜鹏程、王汶石等知名作家和《延河》文学编辑部。1976 年，陕西作协恢复工作后，我也从东木头市的陕西省文艺创作研究室迁移到这里的《延河》编辑部，当了一名文学编辑，直到 2005 年年底退休。

在几代没有出过一个读书人的穷困家庭中，我算是一个幸运者，九岁时进入村边一个破庙改建的有三间教室的村初级小学上学，并顺利升级到附近的小学读五、六年级。我的班主任是一个高个子、大眼睛，能写几句白话诗的文学爱好者，他以生动活泼的语文课堂教学，很快使我爱上了阅读和作文课，并且在班级脱颖而出，引起了他的注意。一次在他的课堂上，我突然感冒发烧，他让我躺在他以宿代办的单人床上，泡了芦根水喂我喝，在他的办公桌上，我看到了一本叫《保卫延安》的书。看我喜欢，他就给我讲军旅记者杜鹏程发奋写作的故事，并将书借给我拿回家看。经过一个星期六的晚上和一个星期天，到了星期一，我竟然将这本书看完了，老师很吃惊，怀疑我是否真读完了。为了证明我读完了，我就给他讲了书中主人公周大勇的故事，并将团政治委员李诚对他说的“一个人要保持对日常事物的敏感”的话背着给他听。老师高兴地将此事讲给校长，校长又传遍全校。

到了中学，我便知道西安市建国路71号有个作家协会，作家协会出了一本杂志叫《延河》，上面经常发表杜鹏程、王汶石、柳青、魏钢焰等人的小说和散文。初中时，我的一篇课堂作文被语文老师称赞，说你这篇作文可以投给《延河》编辑部。我从作文本上将它撕下来，竟有十多页，没有大一点的信封，我就将它卷成一个卷，外边包一层白纸，写上建国路的地址。我当时不敢署真名，就写上我和一个少年伙伴两个人的乳名。在邮局柜台盖上“邮资总付”的戳子后，邮局工作人员让我投进外面的邮筒，邮筒的口太小，塞不进去，我就将稿筒压扁硬塞进去。

天天等，夜夜盼，直到暑假的一个傍晚，大队长把我叫到村中大队部门口，递给我一个厚厚的信封，说：“你俩得是告状呢？退回来了，好好的娃不学好！”我羞愧地拿到家，看到的是一个油印的退稿笺：“不拟刊用，原稿退回，请查收。”母亲看到我偷偷藏什么纸，也以为我告什么人，一脸忧伤地劝我：“娃呀！咱穷家小舍，可不敢再惹什么事。”杜鹏程、柳青和西安建国路71号，从此就深深刻在我的记忆中。那是一个文学的圣地，是一个高不可攀的地方。

想不到的是，经过六年大学文科的学习和一年多部队农场的劳动锻炼，我竟然被分配到包括陕西省作家协会、剧协、美协、音协四个单位的刚刚恢复的“陕西省文艺创作研究室”，并被安排到“文革”后复刊改名的《陕西文艺》编辑部评论组。正是在这里，我见到了刚从陕南、陕北、关中各地落实政策，重新回到城里的胡采、柳青、王汶石、杜鹏程、李若冰、魏钢焰等星辰般的文学大家。柳青给我们讲：文学是“六十年一个单元”，要进“政治、生活、文学三个学联”，王汶石给我们讲一个党员应具备的“信仰”，杜鹏程一字一句帮我修改习作，李若冰给我们讲“作家、战士”等等，使我明白怎样做一个努力学习、刻苦钻研、奋斗不息的文学工作者。

正是在这里，在建国路71号院落中，我陆续认识了后来成为大作家并成为亲密文学朋友的陈忠实、路遥、贾平凹、叶广芩、高建群、李国平、红柯等陕西第二代和第三代作家。

有一个细节让我记忆深刻，感慨不已。退休后有一次我去陕西省作协大院办事，从80年代初新建的三层办公楼出来，正好遇见已经成为新一代陕西文学界佼佼者的周瑄璞走进来，我在这里曾多次遇见过或来开会或来送稿的她，虽然我同她早已熟悉，但还是习惯性地招呼："你也来了！"她一愣说："我来上班！"我才猛然醒悟：主客已经易位，她已成为这里的一位新主人。顿时想起刘禹锡的一句诗："玄都观中桃千树，尽是刘郎去后栽。"上世纪70年代的建国路71号曾经辉煌过，从延安走来的柯仲平、柳青、胡采，又走过了从关中大地走来的陈忠实，从陕北黄土高坡走来的路遥，而50年代出生的贾平凹已经成为了这里的主席；除了贾平凹，平房变高楼的建国路71号省作协，我认识的人已经越来越少了，连在这个院中玩耍长大的儿女们逢年过节，寻访我当年的"旧居"，还要被保安部门派来的门卫盘问登记。与此同时，是如周瑄璞这样的文坛新人，从这里走出新时代的中国文坛。

（《文艺报》2019年7月17日5版）

我心中的中国作协

张之路

上世纪 50 年代，我上小学。

有一天，一个小朋友到我家来玩。我问她家里是做什么的。她说她爸爸在中国作协上班。我很奇怪地问：“做鞋？做什么鞋？”大家都笑了。小朋友告诉我：“不是做鞋，是作家协会。是许多作家聚会的地方。”

我愣了，我第一次听到中国作家协会这个名字。

小女孩告诉我，那个叫中国作家协会的单位在北京东总布胡同 22 号。院子很大，有花有树有藤萝架、有回廊、有假山，最后面还有二层楼。她们经常在那里捉迷藏。我很羡慕。

我童年的印象中，中国作协是个大花园。作家就是令人敬仰的人。

60 年代初期，我上中学。

我的邻居老先生（老焱若）为首都剧场设计转动舞台，带着我们几个邻居的小孩到首都剧场参观。参观的时候，有人说文联大楼（现在的中华书局）就在隔壁。文联的各协会和中国作协都在楼里。我很高兴！参观完首都剧场，我怀着好奇和疑问的心情，来到了大楼门口，想上去看看。

传达室的人问我找谁？我只好回答找作家。传达室的人笑了：“学生，这里不是看热闹的地方。这里是办公的地方。”我又说：“我知道中国作协在四楼。”传达室的人说：“知道在四楼也不能随便进呀！”我只得怏怏而退。

那时候的我，心里总想到作协看看，看看作家都是什么样子的。可惜没有机会。

“十年动乱”开始，作协、文联大楼一片混乱。及至到了动乱后期，听说中国作协搬到了沙滩北街 2 号《红旗》杂志社的院子里，我终于走进这个大院。

发现中国作家协会在一个二层临时搭建的板房里，我不免有些失望。那时候的作家，头上的光环都被打翻了，但是我依然想看看从板房里走出来的作家。

一个工作人员笑着告诉我：“作家不常来。”

之后，“四人帮”被打倒了，改革开放的春风让我走上了写作的道路。

那个时候我遇到了真正的作家，我见到了严文井先生、金近先生、马振（马萧萧）先生，还有许多作家前辈。他们都看过我的不成熟的稿子。

严文井曾经对我说：“不是生活中什么事情都可以写成文章的，不但要选择，还要看用什么角度去看待这些素材。”这样的话我牢记在心。金近不但给我的稿子提意见，还把稿子推荐给杂志社。马振先生曾给我回信，谈对稿件的意见。马振先生曾遭受过不公正的待遇，但他却对我们说：“迎着阳光站，把影子留在身后。”

他们的教诲和帮助使我在文学创作上有所进步，在如何为人处事上也明白了许多道理。

多年前，我荣幸地加入了中国作家协会。

中国作协在我的心里不再是一个机关、不再是一个单位，更不是一座楼房或者一座花园。它在我的心中是一群有理想、有追求、有责任感的人的集合，他们的才华团结在一起发出了激情和光亮。他们继承，他们传播，他们感恩，他们点燃希望。他们告诉我，未来的痛苦和挫折属于你们，未来的光荣也属于你们。

今天，在这庆祝中国作协成立 70 周年的日子里，我要由衷地感谢中国作协。祝福中国作协健康长寿！

（《文艺报》2019 年 7 月 17 日 5 版）

愿为文学静守孤灯

蒋胜男

我是中国最早的一批网络文学作家之一，写作至今，历经了近20年春秋。很多作家都说写作的过程是苦的，但对我而言，写作的岁月却是“人不堪其忧，而回不改其乐”。

我的母亲是中学教师，家里有很多旧书，所以我的阅读生涯开始得很早。从少年时代起，我的课余生活便泡在书海里度过。放学后，我经常到母亲所在的学校图书馆自习，那个时候书架上的书不多，我会将书架上所有的书一架架看过去，喜欢的书甚至会看好几遍。至今我还记得自己读的第一本书就是关于春秋战国历史的《东周列国志》。可能就是这本书，点燃了我对中国历史的兴趣，那一个又一个散落在历史长河中有趣、有情、有故事的人物，让我对那段尘封的历史充满了好奇与探知欲。

我的阅读非常驳杂，任何题材、任何类型的书，只要喜欢我都会去读。与所有创业故事中所叙述的“找不到一个心目中的产品，所以只能自己动手去做”一样，我的创作生涯也始于积累了一定的阅读量后，再也找不到一本心目中理想的书，那么不如自己开始创作。很多人也都会有这样的驱动力，去探索、去问一问为什么？而当你有亟待抒发的创作欲望，有想要表达并不吐不快的感觉时，就是下笔的最好契机了。

中国历史上的女性，太少人进行着墨，或者一直是从男性主义的视角着墨，所以反而形成一个空白点，我想尝试换个角度与手法来展现历史。而我又是女性，可以相对细腻地去捕捉人物情感的细节。所以我写了宋辽夏系列，写了北宋真宗皇后刘娥、辽朝萧太后萧燕燕以及西夏没藏太后胭脂，也是想借女主角的一生去展示那个朝代，贯通古今。

当我想要创作一部小说时，我不会一开始就想去写一个具体的人物，而是先确定我要写的朝代和背景。一般我会先进行两到三年的历史人物资料搜集，这些资料不局限于某个主角，而是围绕大时代里其他人的生平和故事展开。接着，我会把这些故事放进文档里，当作一个大纲模坯，然后无意识地不断积累，酝酿很多年。这种感觉就像不断往自己思想的池子里投撒鱼苗，向它们喂食，看着它们长大一样。当资料搜集得足够多，人物就有话说了。

就像我创作《芈月传》。在此之前，我写过一本书，叫《历史的模样》。它是一个系列，当时写完夏商周的历史，我正往下追溯，打算做春秋战国时期历史资料储备的时候，突然意识到如果只是写一本普及历史知识的评述是不足以表达那个时代的波澜壮阔的。于是，我不断往自己的“思想之池”中投撒春秋战国的鱼苗，等待某一条“鱼”茁壮成长。直至我某一天无意间看到兵马俑的纪录片，专家猜测兵马俑可能非秦始皇嬴政所有，而是他的高祖母秦宣太后。就这样几句话，一个极小的触发点，让我突然有了灵感，确定主角就是秦宣太后了。这种灵感微光的偶然闪现成为我创作中不可多得的宝贵财富。

在此之前，我脑海中的每一条鱼其实都有可能成为主角。当其中一条鱼长得特别大、特别好的时候，它就会一直在脑海中骚扰我，我便不得已将这条“魔鬼鱼”从思想的鱼缸中捞出来，以它为核心进行创作。由一条“鱼”衍生为一部小说，拉开一段尘封的历史，这是我创作的惯常路径。

我在创作任何一部以女性为主角的历史作品时，其实都会带入对当下生活的思考。在创作过程中，当你真正深入地走进这段历史，沉浸于这段历史，你才知道原来所有人的困惑和共鸣，不是只有你体会过，它在若干年前就有了。我们常说“以史为鉴”，历史其实就像一面镜子，能够照出人类曾经所有的困惑、痛苦。这些情感是共通的，是能够超越历史，映照当下的。所谓“见自己，见天地，见众生”。

我写作历史题材的作品，一开始正是基于自己对中国历史和传统文化的喜爱，当我不断代入角色，探索不同的人物内心冲突和情感决择，我会渐渐不满足于只仅仅写一个故事，而是会更多地用作品去叩问内心，叩问生活，叩问历史与现代，叩问世界的变化与永恒。熔古今于一炉，站在时代浪潮里回望、挖掘、思考我们的历史，将历史带回当下，将思考传递给大家，再将这份情感落实到活生生的人物角色上，去引发观众和读者的灵魂共鸣，这就是我个人执著于创作的初心。

回思我从事历史小说的创作，更像一种与远古能量场的对接，这种能量场越深入越庞大，最终如果你不懂得及时退出，它会把你整个卷入耗尽。但你不深入，则无法找到那种与古代对接的感觉。我经常是写完一部大的作品，就会大病一场，但这种与历史的对话，同样是对自己的修炼和提升。历史题材小说的创作几乎要耗尽我所有的知识储备，它会催促着我不停地去补充能量、去学习、去思考、去提升。此外，你的精神能量得到庞大的支持，会让你的内心更强大，更坚韧。

于是，我就这么一部又一部地写了下去。

愿为它静守孤灯，只因它带给我长河浩瀚。

（《文艺报》2019 年 7 月 17 日 6 版）

一个写作者的想望

汤素兰

文学是人类灵魂的闪光。它不是太阳的光芒，让人睁不开眼睛，不敢直视；而是星光，它能照亮长夜；它的光慈恩如水，润泽大地，光被万物。

太阳是唯一的，只有一轮；而星星有万千颗。星星们不论远近，不论大小，在苍穹之上独自发着光，同时又彼此注视。星星们的光芒从每一颗星星发出，有的穿越了亿万光年，像古典文学与古典作家，有的是最近的宇宙大爆炸而诞生的新星，特别明亮。所有的星光交汇在一起，让夜空灿烂。这更像作家和作家的前辈、同辈与晚辈们的关系。

人们总认为，写作的人都是唯我独尊的，是孤独封闭的，人们还说“文人相轻，自古而然”。

如果哪个作家真的唯我独尊，在文学的世界里倨傲无礼，真要感到羞愧了。因为看看文学史的发展与文学流派的产生就会知道，没有哪个作家不是在一群作家中才能彰显自己的个性，而一个作家个性的彰显也不能掩盖其他作家的光芒，因为每个作家都因自己的个性而存在。比如，上世纪 30 年代以萧红、萧军为代表的东北作家群，他们的名字都被文学史书写；又比如上世纪 80 年代以舒婷、顾城为代表的朦胧诗派，他们聚是一团火，散是满天星。

也有人说，20 世纪上半叶的诸多文学经典，对于下半叶的作家来说，实在太可怕了，因为那些经典作家或者剧作家，几乎把小说或戏剧写尽了。你看，乔伊斯、普鲁斯特、里尔克、托马斯·曼、契诃夫、福克纳、卡夫卡、贝克特、鲁迅，甚至爱因斯坦、毕加索、维特根斯坦，他们几乎出生于同一个时代，那么多天才在一起，他们的光芒是如此耀眼。然而，20世纪下半叶，文学世界中依然有加西亚·马尔克斯、卡尔维诺、米兰·昆德拉、索尔仁尼琴等伟大的名字。

没有哪个作家能够单独成为一个作家，作为一个写作者，一切的经典作品与作家都是他必须学习的老师，他的书橱就是他写作的血缘、亲情和背景。马尔克斯在谈到影响他的24本小说的时候说，他在乔伊斯的《尤利西斯》里学到了无价的写作技巧，而在读卡夫卡《变形记》的时候，“从这本书开始，我突然意识到并不一定要陈述事实，对于作者来说，他的才能和话语权威就足够让故事真实”。

所以，对于像我这样的写作者来说，不管是30多年前初学写作之时，还是在写了30多年后的今天，学习写作依然是永远的功课。

我虽然是一个儿童文学作家，但我认为儿童文学并不是一种孤立的文学存在。一个优秀的儿童文学作家，既要以世界上最优秀的儿童文学作品为坐标，又要能与世界上最优秀的非儿童文学作品对话交流，才能让自己的儿童文学写作置于整个文学世界中，这样才能真正写出让9岁到99岁的人都喜欢的作品。

文学也决不只是文学技巧。最终打动人心的力量，并不是来自你的故事讲得多么好，文字多么精致，而是情感的真挚。

一个优秀的作家，应该有一颗真诚善良的心，有一种悲天悯人的情怀，在对人类精神世界与人性幽微处的探寻中，依然保持着对真善美的信念。他的情感和立场，让他能体察万物，为那些不能歌唱的花唱出声音，他对生活的态度和对价值的坚守，让他总能唤起人们的美感和对生活的热爱。

在很久很久以前，作家们是拿鹅毛笔蘸着墨水进行写作的。但在很久以前，作家们就开始换笔了；从上世纪开始，许多作家干脆不用笔，而用电脑写作。我现在就坐在电脑前，在键盘上敲打出这一篇随感。但是，在我看来，不管是用电脑写作，还是用圆珠笔、钢笔、铅笔写作，一直记得我们曾用鹅毛笔写作是非常重要的。做一个手持鹅毛笔的魔法师，一个讲故事的教育家，用心写出故事，用心打磨那些故事的同时，也用心打磨自己，希望有一天也能将自己打磨得发出光来，这是我作为一个写作者的想望，是对天空中那些明亮的星星的敬仰与追随。

（《文艺报》2019年7月12日2版）

我认识的那些作协人

马金莲

我在文学道路上认识作协的人，并受到他们的鼓励，是我在家乡小学校做聘用制教师的时候。一天，一位自称是宁夏作协闫宏伟的男子打来电话，说作协主席余光慧要来看望我。不久就真的来了，小车往校门口一停，一大群人进来了，我第一次得到这么多人关注关心，还被拍照，紧张得恨不能找个地方藏起来。他们看了我生活和写作的环境，对着我的一些写在教案本背面的小说稿拍了照。不久好消息来了，宁夏作协有个去南方的采风活动，余光慧主席让我参加。这是我生平第一次走出宁夏，第一次坐飞机，心里的忐忑自不必说。一路从固原到银川，再到深圳、珠海、广州……看到的，听到的，在内心引发的冲击，都成为丰富我人生和文学经历的重要因素，成为难忘的记忆。

从这以后我和作协打交道就频繁起来，先是加入宁夏作协，接着被宁夏作协推荐参加中国作协的活动，再到加入中国作协，再到参加鲁迅文学院高研班学习，参加中国作协的各种活动，到获得作协各种项目扶持和各种奖励，包括去年获得了鲁迅文学奖。

在中国作协的工作人员中，我印象最深的是张绍锋，2014 年中国作协组织一批少数民族作家去南方采风，活动由他具体负责联络和服务。我们一路从江苏到浙江，在南方找到稍微能吃得好一点的中小型清真餐馆是比较困难的。第一顿饭，张绍锋带我们去吃，在街上辗转走了好些路才到地方，我们一看没有清真餐饮的标识，就委婉地告诉了他。他显得十分为难，说订餐的时候人家说是清真的，而且网上找来找去也就找到了这一家。饭菜上来，我们几个民族作家都有些迟疑，捏着筷子不敢往下落。张绍锋看在眼里，脸上写满了难为情，他便自己不停地吃，似乎这样就能带动我们吃。他那尴尬的表情我至今记得清晰，那是一个人无意中没办好一件事产生的愧疚。其实他不知道，我们心里根本就没有丝毫见怪的意思，我们有我们的饮食禁忌，但是外出都已经做好了应对各种不便的准备，包里带着馕饼子和干粮呢，足够啃上三五天呢。至今我和张绍锋还保持着联系，已经成为比较熟悉的朋友，我对这个人一直很尊敬，就因为他那天发自内心流露的一脸愧疚。

2016 年颁“骏马奖”的时候，由中国作协的李壮带我们专门去吃清真餐，餐馆在酒店背后的一条街上，需要穿过一段弯弯曲曲的小道，我走得迷迷糊糊的，但是看李壮淡定又熟识的表情，就知道这条路他走过不止一次，不知道他带着少数民族作家走过多少次。

2014 年我当选为宁夏作协副主席后，找我问事儿的本地文学爱好者骤然多起来，不是询问加入各级作协，就是让我看作品，帮助修改，或者推荐投稿，还有外出学习培训，甚至各种扶持和疗养。我哭笑不得，只能耐着性子反复解释，我只是兼职，副主席不是我的本职工作，我还是在基层单位干着我最基本的活儿。然后就应要求把宁夏作协的电话给了人家，如果还要更具体点，就把李进祥、闫宏伟和冀爽的联系方式给人家，需要微信的，就把微信名片发过去，甚至还需要给李进祥、闫宏伟等人说一声。沟通好了，才能安心。这其中，多少周转，反复、琐碎，浪费时间和精力，不过心里还是挺欢喜的，能为基层作者做点什么我也是高兴的。

今年 6 月 18 日，宁夏作协副主席李进祥病逝。消息来得很突然。然而，不管如何突然，最后都得接受。如今他已经入土将近一个月。昨天整理一些旧物的时候，忽然看到一个本子封面写着一个邮寄地址，地址是宁夏作协，收件人是李进祥。字迹已经很旧了，我看了半天都记不起来这是给他寄什么用的，这些年寄给他的信件不少，样书、稿件、入会申请、申报项目报表、报奖表格和样书……细想这几年在文学上的事情，除了具体发表稿件之外，打交道最多的就是宁夏作协了，其中我接触最多的便是李进祥老师。

2016 年全国作代会的时候，我们团队还没起身，宁夏作协的冀爽就已经建好了群，她本人也先一天赶到北京为我们打前站，等我们大团队入住宾馆的时候，她已经把一切打理得妥妥当当。进入人民大会堂开会之前，李进祥、闫宏伟、冀爽忙前忙后为大家照相，团体的，个人的，举着宁夏代表团牌子的，站着的，蹲着的……忙忙乎乎拍完要进去了，才得知冀爽不能进去，她不是代表，没有出入证。那一刻我心里有一点遗憾，这个开朗麻利的姑娘，为我们忙了那么多，最后自己却只能在外面等我们。会议剩下一天，我儿子高烧住院，我得提前返回。夜深了，李进祥和冀爽还专门操心为我改签航班，又联系会务处，天不亮就送我去机场。

望着自己曾经随手写下的李进祥老师的地址，泪水再次迷离双眼。李进祥老师自己是作家，也许正因为是作家的缘故，在做作协工作这一块上，更尽心，更周到，事无巨细都会做到让人满意。送李进祥老师下葬的现场，痛哭落泪的不仅仅是我们回族作家们，汉族同胞们同样是清泪长流，怀念不已。

在文学这件事上，其实说白了，写作很多时候都是我们个人的事，作品写出来发表了，稿酬归作者个人，获奖了，奖金和荣誉也都属于作者个人，这时候为作家提供过方便和帮助的作协，还有作协的工作人员，他们并没有得到什么，我们也没有分一些什么给他们。他们为我们所做的，虽然都是本职工作，但这其中有太多值得我们感恩和铭记的。

回想我坚持文学的 19 年，接触过的中国作协和宁夏作协的所有人，和围绕着文学发生的事，都充满了美好难忘的印象，他们当中也有从事写作的人，但更多的是普普通通的机关工作者，他们以并不夺目的形象，默默隐在幕后，为我们提供着便利和服务，我们成长，进步，获取掌声与鲜花，他们更多的，是坐在台下鼓掌和微笑。所以，我很感谢文学路上遇到的那些作协人，向他们深深致敬。

（《文艺报》2019 年 7 月 12 日 2 版）

附 录

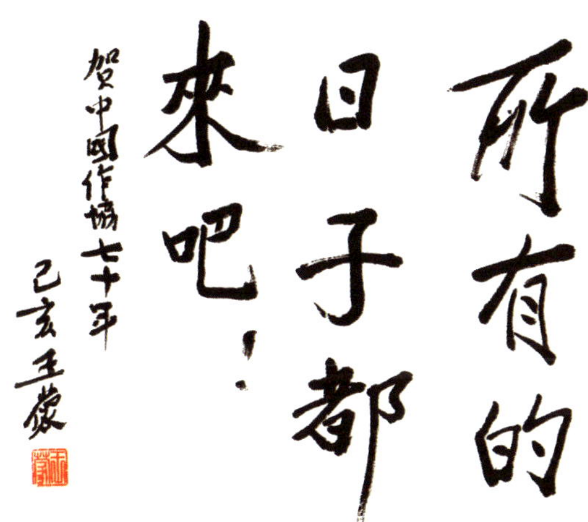

王 蒙

冯骥才

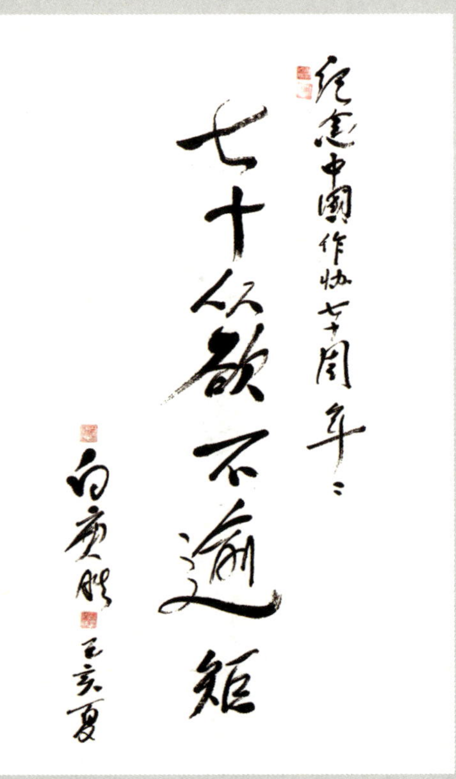

白庚胜

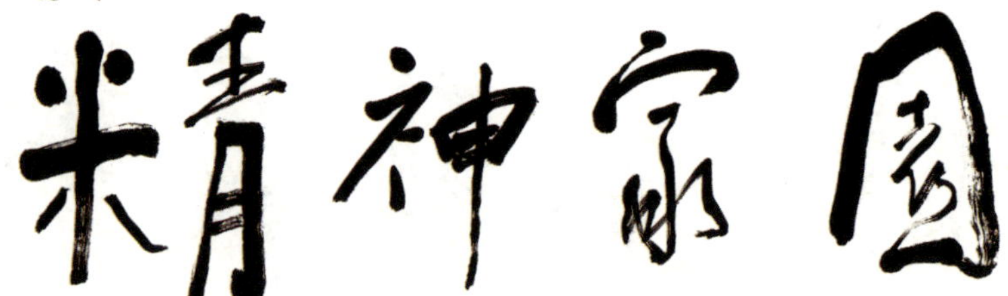

吉狄马加

刘 恒

文学改变人生

何建明

己亥冬

何建明

文載道

艺从心

張抗抗

二〇一九年七月

张抗抗

白山黑水建奇功，鋼刀彰光氣若虹。首葬丘陵威猛虎，軀投江海化蛟龍。身經百難心不改，裎被雙分目未瞑。題[illegible]碑銘拍案起，生為豪士死英雄。

己亥夏為趙尚志將軍敬題碑銘並賦此詩

恭錄以祝中國作家協會七十華誕 莫言

莫 言

贾平凹

風雲激蕩七十秋慣向潮頭駛文舟墨客雅集抒心曲樂為時代一展喉

賀中國作協七十華誕 高洪波詩并書

高洪波

中國作家協會七十華誕

百花齊放
書畫風流

二〇一九年七月 躍文

王跃文

叶 梅

物象萬千

中国作協七十年

己亥小暑馮藝

冯艺

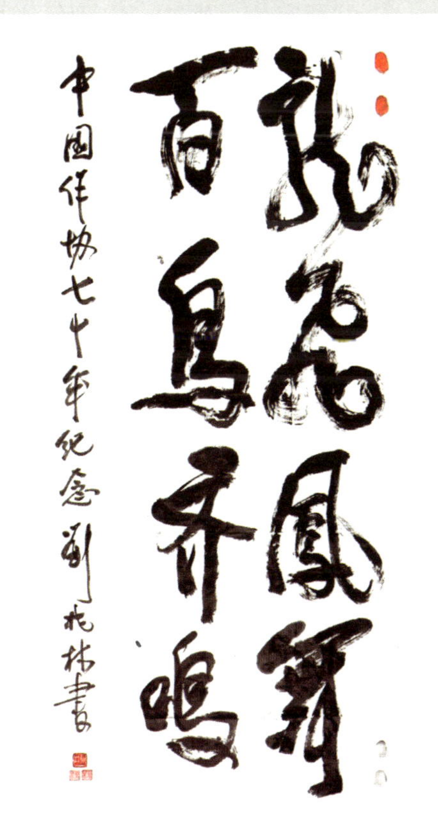

刘兆林

杨 克

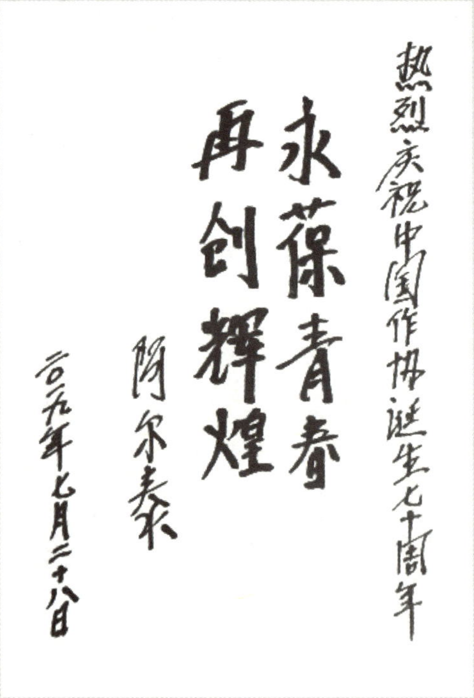

阿尔泰

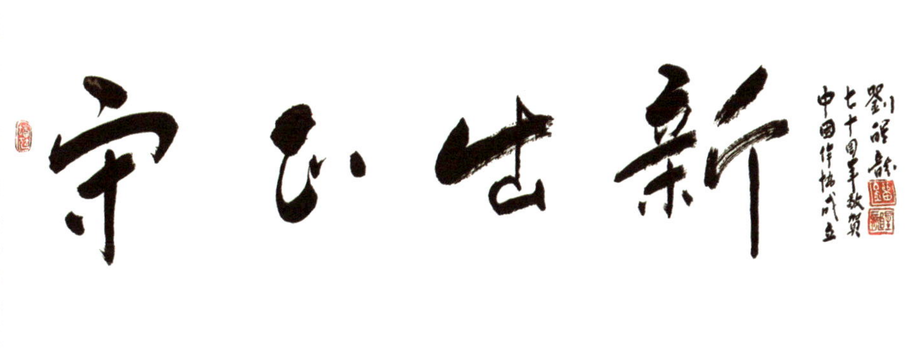

刘醒龙

黄济人

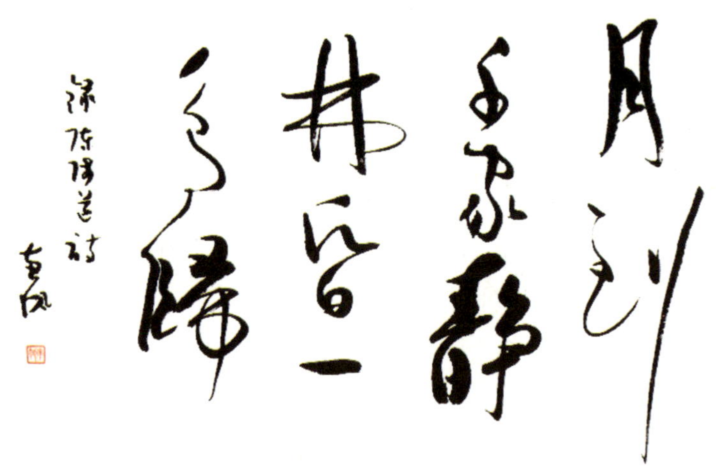

南 帆

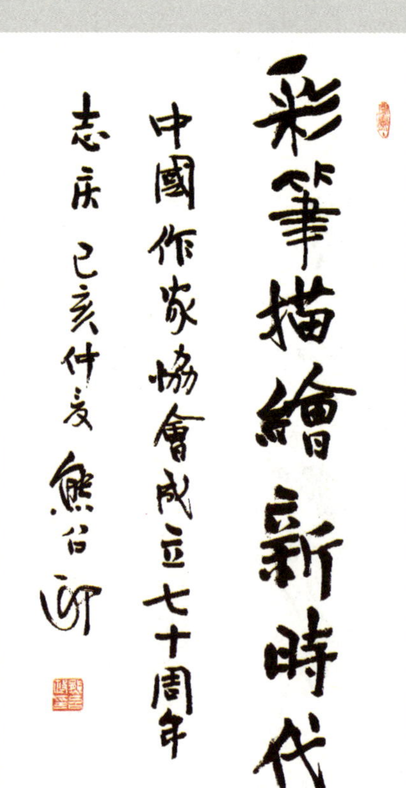

熊召政

关仁山

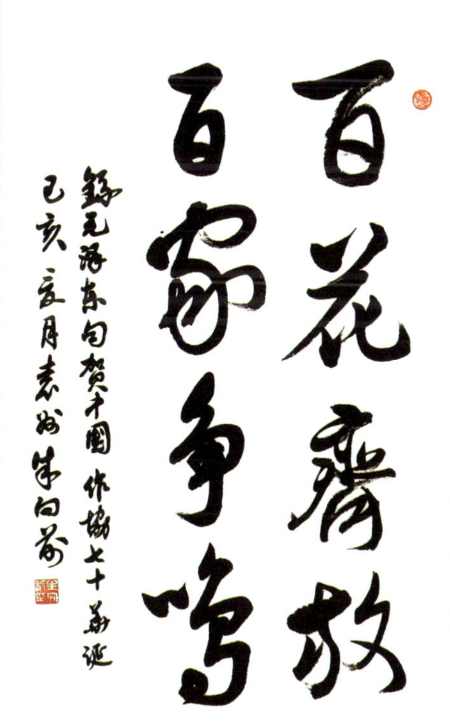

朱向前

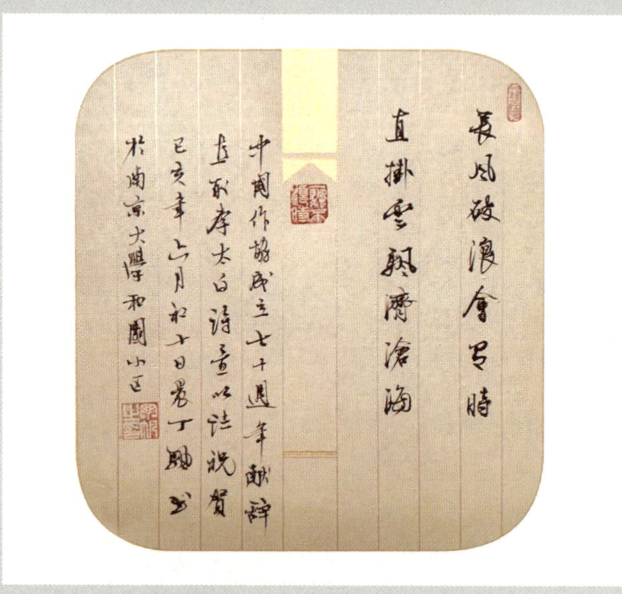
长风破浪会有时
直挂云帆济沧海
中国作协成立七十周年献辞
录取李太白诗意以志祝贺
己亥年六月初十日丁帆书
于南京大学和园小区

丁 帆

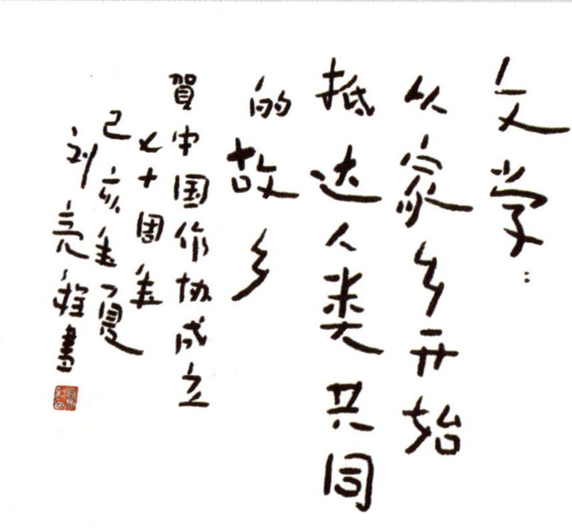
文学：
从家乡开始
抵达人类共同
的故乡
贺中国作协成立
七十周年
己亥夏
刘亮程书

刘亮程

刘斯奋

郑晓华

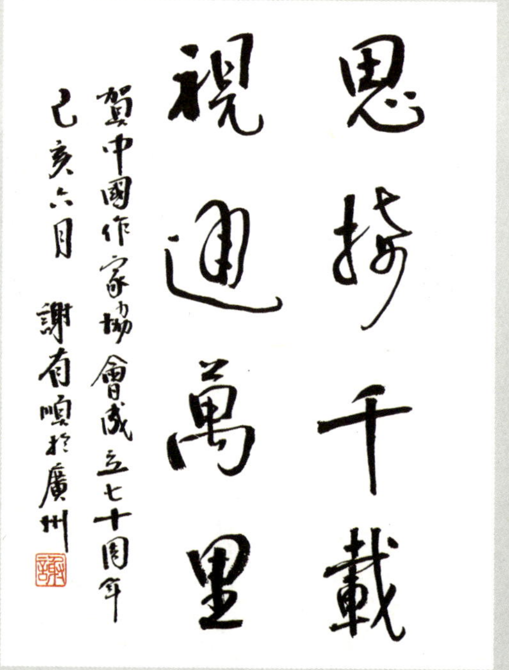

思接千載
視通萬里
賀中國作家協會成立七十周年
己亥六月 謝有順於廣州

谢有顺

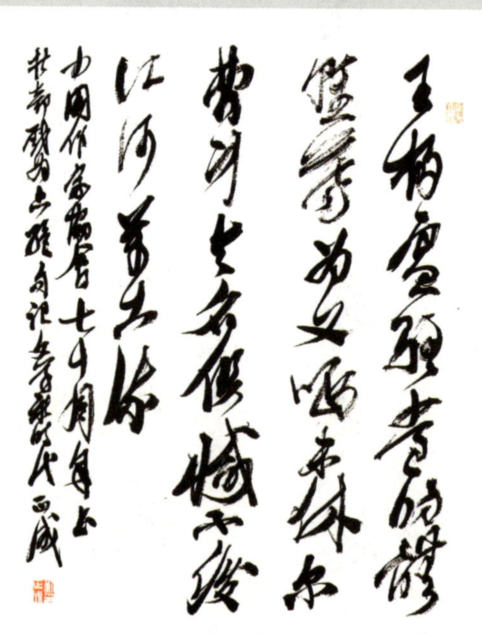

刘正成

徐小斌

文協作家七十年騷人興會筆無限賦情山水寫蒼生莫道青辭讓竹簡

徐 剑

汪 政

李有来

林那北

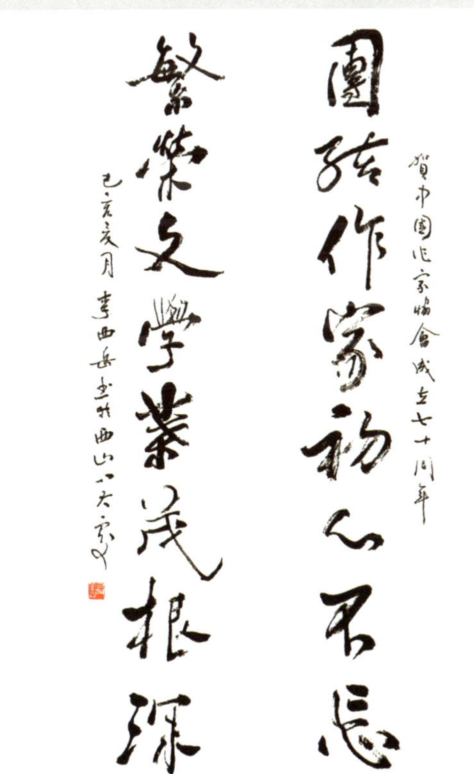

李西岳

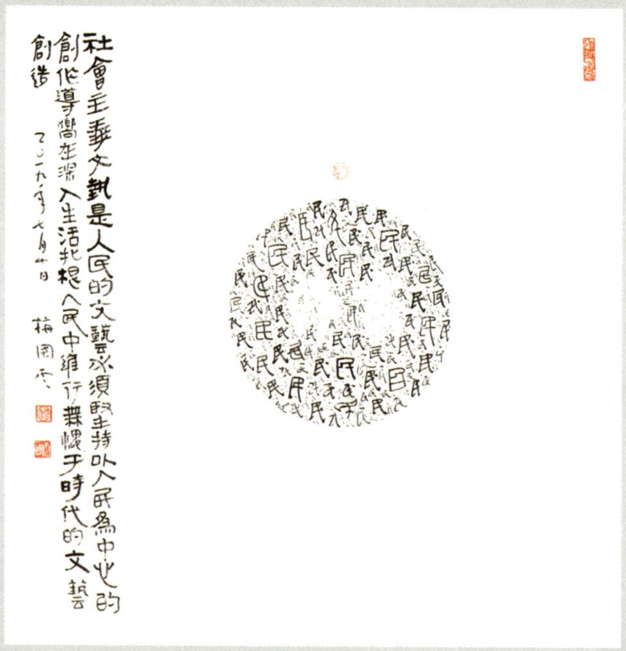
社會主義文藝是人民的文藝必須堅持以人民為中心的創作導向在深入生活扎根人民中進行無愧于時代的文藝創造
二〇一九年七月十日
梅國云

梅国云

文章千古事
書杜甫詩句以賀中國作協成立七十周年 歐陽江河

欧阳江河

王必胜

葛水平

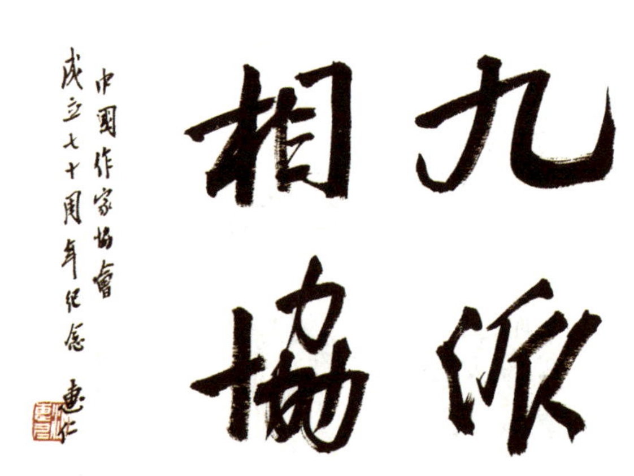
九派相協
中國作家協會成立七十周年紀念
惠仁

汪惠仁

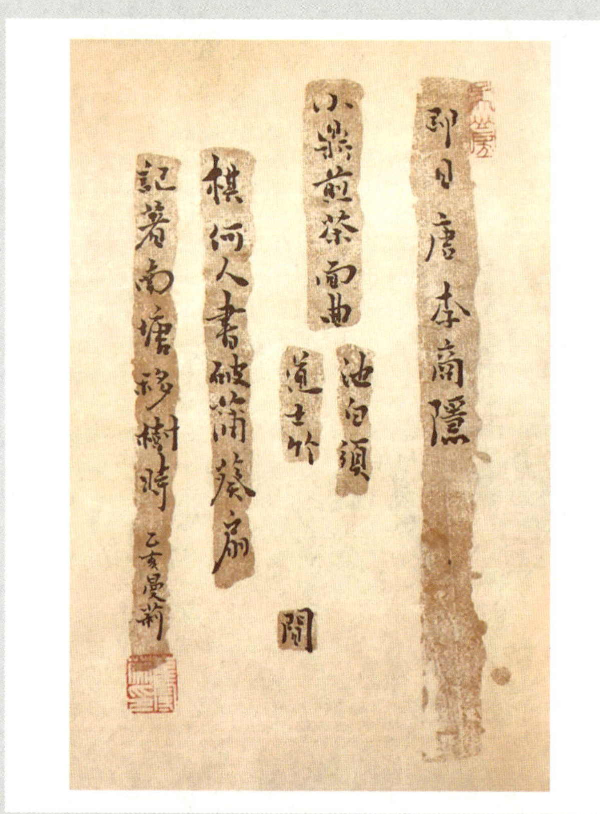
即目 唐李商隱
小鼎煎茶面曲池
白須道士竹間棋
何人書破蒲葵扇
記著南塘移樹時
乙亥曼莉

崔曼莉

朱培尔

浪淘沙

賀中國作家協會成立七十周年

回首望延安廣聚羣賢高擎火炬映紅天號角聲中東方白史換新篇與國喜齊年大業同圓民心世運緊相連文化復興肩使命一往無前

歲在己亥立夏

連日有雨暑氣皆消

宜詞宜書小萬詩齋 吳震啓

吴震启

中國作家協會七秩之頌

作文知道七十載
協力同心三百篇

葉培貴敬作

叶培贵

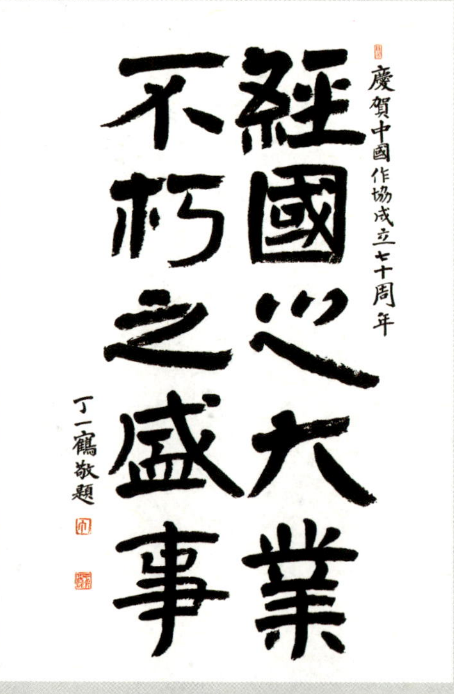

丁一鹤

陈履生

苏彦斌

图书在版编目（CIP）数据

庆祝中国作家协会成立70周年文集／文艺报编．-- 北京：作家出版社，2019.10

ISBN 978-7-5212-0757-6

Ⅰ.①庆…　Ⅱ.①文…　Ⅲ.①散文集－中国－当代
Ⅳ.①I267

中国版本图书馆CIP数据核字（2019）第237032号

庆祝中国作家协会成立70周年文集

编　　者：文艺报
责任编辑：赵　莹
装帧设计：周思陶
出版发行：作家出版社有限公司
社　　址：北京农展馆南里10号　　**邮　　编：**100125
电话传真：86-10-65067186（发行中心及邮购部）
86-10-65004079（总编室）
E-mail: zuojia@zuojia.net.cn
http: //www.zuojiachubanshe.com
印　　刷：三河市兴博印务有限公司
成品尺寸：170×240
字　　数：256千
印　　张：16.375
版　　次：2019年11月第1版
印　　次：2019年11月第1次印刷
ISBN 978-7-5212-0757-6
定　　价：40.00元